掟上今日子的推荐文

掟上今日子の推薦文

西尾維新 NISIOISIN

西尾维新／著
NISIOISIN
绯华璃／译

北京时代华文书局

千本樱文库

前 言
PREFACE

文库，原本是指收纳书物的仓库和书库，也指收纳书与记事簿，以及不常用物品的小箱子。以前者为例，京浜急行线的“金泽文库站”就是以前镰仓时代北条氏用来收藏汉书用的，“金泽文库”名字的由来便是如此。东京都的世田谷区也存在着收集着珍贵汉书的“静嘉堂文库”。后者则更多地被称为“手文库”。

江户时代以来，可以放入袖袂的小开本书籍逐渐流行起来，被称为“袖珍本”。明治36年（1903年），富山房发行了小开本的丛书，起名“袖珍名著文库”。随后，明治44年（1911年），讲述战国时代的猿飞佐助和雾隐才藏系列故事的讲谈社“立川文库”发行出版。讲谈是日本民间艺术，以口语化的方式讲述历史故事的形式。而“立川文库”则是将讲谈收录成册集中出版的丛书，据统计，当时刊行量为200册左右。从那时起，文库就脱离了原本的释意，逐渐演变成了现在的类书集丛。

文库说法借鉴了日本出版业界的传统说法。而千本樱源自日本奈良县吉野山樱花盛开的奇景，世人皆称“一目千本樱”来形容樱花美景。千本樱文库的纳入作品皆为日系作品，题材包括推理、悬疑、幻想、青春、文化等类型，正如千本樱满山盛开的绝景。

现代日本，以“文库”命名刊行的丛书系列有 200 种以上，所谓“文库本”只不过是统称而已。日本传统的“文库本”常用的是 A6 尺寸的 148mm × 105mm，也叫“A6 判”。千本樱文库的所有书籍将在“文库本”的基础上提升，达到 148mm × 210mm 的开本标准。追求还原的前提下，力图带给读者更清晰的阅读体验。

从上世纪 70 年代以来，日系推理小说逐步进入中国读者的视野。随着时代更替，涌现出了各种不同风格的作家。日系推理能够长久不衰的原因之一在于设立的各种新人奖，这些新人奖能为日本文坛输送新鲜血液，不断地创作优秀作品。其中，以自由度著称的梅菲斯特奖独树一帜。梅菲斯特奖是讲谈社旗下的公募新人奖，其特色在于不限题材，不设字数限制，能够充分发挥作者的想象力和创作力。因此，获奖作品都具有鲜明个性。同时，如森博嗣、京极夏彦、辻村深月等人气作家也都出道于梅菲斯特奖。梅菲斯特奖作家系列的引进出版，会给读者带来更多的个性之作。

西尾维新作品的风格，即使放在梅菲斯特奖的历史上，也是独具一格的。2002 年至 2005 年期间刊行的“戏言系列”兼具文学性与娱乐性，打破了本格推理小说解谜为主，不注重登场角色的传统。其作品中，经常出现形形色色、个性怪异的角色形象：喜爱自言自语的大学生、醒来就会失忆的侦探等……千本樱文库会陆续为各位读者带来他们的故事。

千本樱文库编辑部

作 家
WRITER

鲇川哲也奖作家系列

- 相泽沙呼
- 城平京
- 芦边拓
- 柄刀一

梅菲斯特奖作家系列

- 西尾维新
- 井上真伪
- 天祢凉
- 殊能将之
- 木元哉多
- 北山猛邦

其他作家系列

- 乙一
- 三津田信三
- 仓知淳
- 深木章子
- 横关大
- 野崎惑

掟上今日子的推荐文

第一章

今日子小姐的鉴定

1

所谓人生的转折点，没人知晓会出现在何处。人生在世，有时会看到好像是自己人生的未来，但那完全是一种错觉。

像我，亲切守的人生便是如此——老实说，当我找到工作，而且还是如愿进入大型安保公司就职时，在高兴到几乎把过去找工作时卧薪尝胆般的苦头忘得一干二净的同时，明明什么都还没开始，就以为自己的人生“正处于巅峰”也是事实。

接下来的人生都已经注定了。

我甚至以为，在我接下来的人生里，既不用再换座位、也不用再重新分班、更没有毕业这回事。从此以后，我可以一直从事“守护某些事物”的工作。毕竟这是将我取名为“守”的祖父，以及把我生得身强体壮的父母最大的期望，我也打从心里为自己没有辜负他们的期待感到骄傲。但另一方面，想到我已经做完可能是人生最后的选择，以后面对未来就只能把这条路走到底，难免又感到一丝拂不去的寂寥。

只不过，我想得太天真了。

人生可不是找到工作就能一切注定的。

接下来还有无数的变动……所有看得到的未来，都只是海市蜃楼般的幻想。不，若是海市蜃楼，或许在哪里还有个实体。但是关于将来的展望，有没有都还说不准呢。

因此——由于没人知晓人生的转折点会出现在何处，所以遇上什么事都不需要感到失望。人随时都可以改变，随时对于未来充满期待。无论长到几岁，无论是什么样的一天，都是冒险的开始。

问题是，那个转折点也可能是“转劣点”——为了不被绊住脚步、被人扯后腿，我们必须时时刻刻、小心翼翼地往前走。万一以为电视上的事件或事故“与自己无关”，可是会吃苦头的。像我这种黄毛小子，振振有词地主张这种论调可能一点说服力也没有，但我还是想提醒各位，这并非从书上学到的华丽词藻，而是我从苦不堪言的亲身经历中学到，并且引以为戒的教训。

希望我的提醒能避免各位在未来的人生栽跟头。

这么一来，我才有资格得到各位的安慰，说我是个就算身陷恶劣困境也能积极寻求突破的男人。

2

总之，在说明整件事以前，想先向各位介绍三位登场人物——他们为我只不过是找到工作就已如仙人般开悟的人生，带来了想象不到的转折点。我这话是说得客气，说直接一点，这三个其实是让当时正走在一帆风顺人生道路上的我大栽跟头的人……不，我还是不要说得那么直接好了。

第一，他们并非基于恶意要把我的人生搞得天翻地覆；第二，他们都是客人。客人即上帝——倒也没这么夸张，但客人就是客人，不该成为我口出恶言的对象。

话说回来，他们也不是我的客人——不是我需要保护的对象，而是我分派到某家美术馆的客人，是那种若非被公司指派，像我这样的男人大概一生也与之无缘的所谓现代美术馆的贵客。而且，其中一位严格说来并不是客人，但要算是造访美术馆的人也没错。

第一位是白发的女性。

虽然称不上频繁，但她来美术馆的次数也算是不少，把所有的作品看过一遍便打道回府。其中，她对挂在我负责保护的展区内的一幅画异常执着，会花一个小时左右驻足在那幅画前，目不转睛地盯着看。

我有点好奇她在其他展区是否也会采取同样的行动，向同事打听后，好像只有那幅画会让她花那么长时间欣赏。

那么她或许是为了欣赏那幅画才来美术馆的吧！如前所述，我完全没有美术的涵养，就连她看的那幅画有什么过人之处也不理解，不过，看到有人这么如痴如醉地打量自己的保护对象，感觉还不赖。

自己保护的事物有值得保护的价值，这让我感到很自豪。不过为这种事沾沾自喜也实在很奇怪，就像她看着那幅画而入迷那样，我也常常望着她欣赏画的背影而着迷。

事实上，站在那儿的她也确实像幅画。

另一方面，我很清楚像她那样一直站着不动有多累。再怎么感动，再怎么浑然忘我，一直维持动也不动的站姿，其实是很消耗体力的。扣掉休息时间，每天得站上六个小时的我可以很肯定的这么说。

话说，有时在电车上打算让座给老人，反而把对方气得暴跳如雷，这种经验我也有过好几次。不过，我的确太没有想象力，才无法理解老人不想被当成老人对待的心情，所以挨骂也是无可奈何。所以我设定的标准是“有没有把白发染黑”。会刻意将白发染黑的人，应该是为了让自己看起来年轻一点。当然凡事都有例外，不能一概而论——但是从这个标准来判断，就没有理由让我对那名满头白发的美丽女性释出善意。

我想告诉她这家美术馆的无障碍设施做得很好，只要按部就班地申请，就能借椅子来坐，所以便向她搭话。可是先不讨论这么做是否逾越安保人员的职责范围，这个行为本身就是个错误。

从我站岗位置望去只能见到娇小背影的她，非但不是老婆婆，年纪甚至与我相去不远，看来可能只有二十多岁。她用藏在眼镜底下的知性双眼，一脸诧异地往上瞅着我。

“呃，呃……”

叫住了她却不知该说什么的我，只能诅咒自己的莽撞。事情演变成这样固然出乎我预料，但这里毕竟是美术馆的一角，也算情理之中。美术馆是超越我这种木头人的价值观，拥有独特审美观的人会来的地方，不只褐发或金发，就算出现满头白发的女性也没什么好奇怪的。但不管是染的，还是戴假发，她的白发都太自然了……

仔细想想，至少就我的记忆所及，她从未穿过同样的服装出现在美术馆里。例如今天的套头针织衫搭长裙，再围着一条披肩的打扮，我也是第一次见到。那头白发或许是时尚的她新潮穿搭的一环。但我毕竟也不是从小说里走出来的名侦探，要我凭这点线索推理出全貌，难度也太高。尽管如此，我连她的脸都没看清楚就出声喊她，也的确太冒失了。

当我看到她回过头来，那张完全是个可爱小姑娘的脸……感觉真是糟透了。急着想要弥补过失的我，看起来就像美人在前，手脚都不知该怎么摆的登徒子。但是在这种情况下，要诚实告诉她“我以为你是位老妇人”，也很难说是种美德。

“您、您很常来呢。这么喜欢这幅画吗？”

一时心中百转千折，烦恼了半天，脱口而出的竟是这句——虽是宛若美术馆人员才会说的话，但我其实是外聘的保安。

“很常来……我吗？”

满头白发的女性微微侧头。

“哼……”她像是事不关己般自言自语。

表情与态度则仿佛是听我说了才知道这件事。

“您很常来啊……而且每次都像灵魂出窍似的一直站在这幅画前。”

“是哦。”

“明明已经看过好几次的画，却每次都能带来初次鉴赏时的感动……看来这想必是一幅跟您的审美很契合、很棒的画吧？”

“是哦……”

真是含糊不清的回应。

不过我的说法也相当模棱两可，既是“想必”“又是……吧？”的，所以我们算是半斤八两。但这也等于承认我根本看不懂这幅画——事实上，挂在那里的画，该说是抽象画吗？在我眼中就只是一张涂满了蓝、白、绿、咖啡色等颜料的画布。

贴在作品旁边墙壁上的牌子写着作者姓名、创作年月日、素材及画法，以及斗大的标题“母亲”二字，但是这幅画到底哪里像母亲？我完全看不出来……虽然以半瓶醋的知识脱口说出抽象画什么的，但我也不确定这是不是抽象画。

“是吗？我来过这家美术馆好几次了吗？而且每次都站在这里老半天吗？呵呵。不过，倒也难怪呢！”

“欸……”

有什么好笑的？我基于礼貌对嘻嘻窃笑的白发女性回以微笑——但是我的思绪已经缠成一团乱麻。对艺术的感觉比较敏锐的人，在日常生活的对话中也拥有独特的品位吗……

“我每次都在这里站多久？”

她的问题愈来愈奇怪了。

如今冷静回想起来，虽说这家美术馆的名气没有大到来参观的人络绎不绝，但也不能离开工作岗位太久，既然知道对方不是需要照顾的老婆婆，就不该再和她扯下去了，可是她悠哉自在的态度，完全具有足够让我想和她再聊一会儿的魅力……尽管她的问题令人百思不得其解。

“大概都有一小时吧……仿佛忘了时间的流逝，浑然忘我地看着画。”

“仿佛忘了时间的流逝，浑然忘我地看着画。”

她重复我下意识讲出的话，然后嫣然一笑。

“一小时左右吗？呵呵，差不多。今天一定也会花那么多时间站在这里吧——这幅作品的确有花上这个今天的一小时来欣赏的价值。”

“这、这样啊。”

虽说“这个今天的一小时”这句话有些拐弯抹角，总之原因并非“是我朋友的作品才看那么久”之类的老梗，还是令我松了一口气。请容我老话重提，能有人保证自己的保护对象值得保护，还是很开心的。尤其是像现在这样，我其实并不清楚保护对象的价值时就更不用说了。

纵然当个保安无法选择保护的对象，但我们终究不是设备而是人类，自然有喜怒哀乐。既然如此，比起愤怒，当然希望用喜悦来提升士气。

而说到价值或价格，白发女性接下来说的话更是直截了当，甚至足以引起争议——只见她以打从心底赞赏，充满感情的口吻这么说：

“因为，这幅作品可是值两亿元*呢。”

两亿元。

这是现代日本上班族一辈子的平均薪水，也是中乐透的头奖金额，不用说也知道是一笔巨款。当然，这里是美术馆，不会真把价格写在作品概要的牌子上，要是表明那是两亿元的作品，大家看画的目光都会为之一变吧。

在我眼中原本只是不知所云的画，这会儿也突然宛若散发出异样光芒……不，原本就不该用价钱来衡量艺术作品的价值吧……只不过，是她先用价钱来判断这幅画的。

“这幅画值两、两亿元吗……”

---

* 本书中货币指日元。

“是呀。看也知道啊。”

她一脸讶异地回道，使得我陷入仿佛受到“你负责保护这幅画，却连这一点也不知道吗”的被害妄想之中。也是……就算被骂准备不周，我也无从反驳，得好好反省才行。

“很棒吧。两亿呐。有两亿元能干吗呢？感觉可以一半存起来，另一半啪的一口气花掉。根本不用看标价，想要的衣服全都可以买回家呢。”

“是、是哦……”

由于她讲得飘飘然，让我差点忽略了这话的内容实在是俗不可耐……不，我是没啥意见，但绘制这幅画的画家想必不希望作品被这样只以价钱来评断吧？或该说，她根本只在讲钱（没在评作品）。不过既然画坛是个没有定价的世界，直接把价钱当成判断价值标准也是理所当然吧……

“你不觉得绘画的世界真的很棒吗—— CP 值*这么高。”

“C……CP 值……吗？”

“没错。不管是画材还是什么工具，成本不就那么点吗？可是有的画却值几十亿元、几百亿元——与小说家或漫画家不同，作品完成后，也不用花印刷或装订的费用。相反地，正因为没有投入成

* CP 值：是 costperformance 的缩写，又称为性价比。

本大量生产，价值才会水涨船高，真是值得学习的获利模式啊。”

“……”

虽然原因跟刚才不同，但又让我无语了。

什么获利模式的，大概是最不适合在美术馆里说出口的词语吧。虽然当时我被分派到的那家美术馆的确也非免费入场参观，要说是盈利行业也没错……但是说话也可以委婉一点嘛。她的说法简直像是付费入场来欣赏两亿元的钞票——伫立在两亿元前良久，度过一个小时忘我的时光。这已经不只是俗不可耐，而是个怪人了，而且还是非常怪的那一种。

“怎么？我让你感到不舒服了吗？还请放心，我心里清楚得很。我并不曾忽略馆方为了保护这全世界只有一幅的作品的稀有价值，也付出了许多管理维护成本一事哦。”

不知她是如何解读可能写在我脸上的疑惑，特地又补上这么状况外的一句。不，该说是状况外吗？又觉得有点装傻的味道。

感觉一直被她把话题扯远，用些似是而非的话来敷衍搪塞。可是被她这么一说，身为保安，过去甚至曾被无情责难是“扰乱美术馆景观”的我，却因此感觉自己的存在得到认同，而单纯觉得很高兴。百感交集。

“不管怎么说，两亿元实在好好哦。两亿元真是太棒了。相当于两亿元的两亿元，就只有两亿元而已了呢。能看到如此美丽的两亿元，真的觉得今天一整天都能打起精神了。”

“呃，可以请您不要两亿元、两亿元地一直喊吗……啊，请问您从事什么行业？”

我提出这个问题其实是想转移话题，但也不是没来由的一问。因为我突然想到这人也许是个画商。

如果她是画商，也难怪会开口就用价钱来衡量美术品的价值，应该说，她反而必须如此。因为严格地做出正确的价值判断，就是她获利的基础。虽然着实不觉得气质温柔婉约的她会是能干的画商，但很有可能从事类似的工作。这样频繁（而且理所当然到她自己都不记得常常来？）出入美术馆的举动，如果原本就是工作的一环，也就没什么好奇怪的。

然而，我又猜错了，看样子只要是在她面前，我就会乱了方寸——推理全部都失准。

“我是侦探。”

她泰然自若地说，递给我一张名片，名片上则印着“置手纸侦探事务所所长——掟上今日子”。

“今日子小姐……是吗？”

突然直呼女性的闺名实在很没礼貌，但是我真的不会念“掟上”这个姓氏，所以也没办法。而她非但没把我的无礼放在心上，还自己报上姓名。

“是的，我叫今日子，掟上今日子。”

拜她自报家门所赐，我才知道“掟上”的读音，得救了……不，她其实是察觉到我不会念，才故意这样提点我吧。

说到推理，这才是侦探的推理能力——等等，会推理的侦探不是只存在于小说里吗？现实中的职业侦探，工作内容不就顶多是调查跟写报告……不过话说回来，她是“所长”啊。

“您、您好了不起啊。”

我只能说出这种感想。

虽然用头衔来判断一个人，比用价钱来判断一幅画还要庸俗，但是眼前这位稳重的文静女性，实在跟“所长”那样拘谨的头衔不搭。

“哦，不，没多了不起的。只是一家私人事务所。正确来说是所长兼会计兼行政兼打杂小妹。”

她谦虚地说——今日子小姐在这个年纪是一家事务所的所长，岂会不厉害？“置手纸侦探事务所”这行号也是从她的姓“掟上”来的吧，* 由此可知，显然她并不是有名无实的老板。

“以保护委托人利益这一点来说，我算是亲切先生的同行。因此，如果有需要我帮忙的地方，请尽管开口。”

今日子小姐说完，低下那头白发，深深行了个礼。这样看来，

* “置手纸”与“掟上”日语发音相同。

她似乎还身兼营销业务。这样似乎也能理解她会有点（其实还蛮大一点的）锱铢必较的理由了。不过，我认为侦探与保安的工作其实有天壤之别……硬要用“保护”来连接也实在太牵强了。

咦？等等。我应该还没自我介绍，她怎么会知道我的名字？啊，大概是看到我别在制服胸前的名牌吧。这也是侦探特有的敏锐观察力吗……可是“亲切”这个姓也和“掟上”一样读音很特别，绝非一看就念得出来。

“那我就先失陪了。打扰你了。我想再欣赏这幅两亿元……这幅作品一会儿，所以亲切先生也请回到工作岗位上吧。”

“啊……好的，还请您慢慢欣赏。”

我完全错失了告退的时机，所以今日子小姐能主动画下句点，老实说真是帮了我大忙。该说她是大气吗？总之是个干脆的人。

我行了一礼，离开现场，回到我的工作岗位。而她也果然如自己所说，仔细端详那幅画一番之后，径自离去。

这是她和我的第一次近距离接触，当然，光这样并无法称得上是人生的转折点，也无法得到任何教训，顶多只能得到“跟人搭讪前，得先搞清楚对方是谁”的小小警惕心而已。

把事情整理成“工作时有点闪失”，当作是一个无伤大雅的小错，写入记忆就好。类似这样的失败经验我可多得是——我既非完人，总会犯错的。

只不过，关于今日子小姐，还有个必须先补足的小故事……虽然她在那之后，也经常来看那幅两亿元的作品，当然，我再也不曾向她搭讪。

毕竟保持安静本来就是美术馆的规定。我也一如平常，谨守自己的职责，只是从后方看着她欣赏画作时如画的背影。除了今日子小姐的时尚穿搭总是变化多端，这套既定流程总是一成不变。但在那天，却发生了异常。

异常来得非常突然——并不是今日子小姐外表产生极端变化（像是头发变黑，或是穿着我曾看过的衣服来）而造成了什么不同。

那是持续观察出现在那家美术馆里的今日子小姐，一直看着她背影的我才会察觉的异常——简单地说，原本以为将永远不变、总是相同，甚至绝不可能有例外的既定流程，突然没有任何预兆地失控了。

今日子小姐居然头也不回地从那幅画前走过。她总是在那幅画前站上一个小时，那天却只瞥了一眼就走过去——几乎没有停下脚步。

“请……请等一下。”

我下意识地想留住她。

我很清楚这次跟上次不一样，跟我的职务一点关系也没有，是完全找不到借口开脱的越权行为，但我还是无法不叫住今日子小姐。

附带一提，这天的今日子小姐穿着蓝色的牛仔裤，在白衬衫上头系了皮带，让我再次体会到她是个穿什么都好看的人。不过，此时此刻我最想知道的，并不是今日子小姐家里的衣柜到底有多么巨大。

“你、你不看吗？这幅画。”

“啊？”今日子小姐看似摸不着头脑地回答。

她的脸上像是写着“你是谁啊”的四个大字——看样子，她已经忘了我。大概每个穿制服的保安看起来都一样吧，所以也不能怪她。

只是，想到之前看到过今日子小姐展现过的敏锐观察力，总觉得应该记得我的长相……或许不若其知性气质，她的记性其实不太好。

我并非有什么企图才向她搭话的，所以今日子小姐对我的印象深浅其实一点都不重要。问题在于今日子小姐对那幅画的印象深浅——为什么过去从无例外地总是驻足欣赏的那幅画，唯独今天却头也不回地从画前走过?

我对这一点在意得不得了。

曾经那么执着的对象——直接以“两亿元”代称也无妨的对象——居然毫无征兆就突然看腻了，会有这种事吗?

“我看啦……怎么了？”

今日子小姐似乎对我有些提防……该说是鸡同鸭讲吗？她似乎完全不明白我想表达的意思。仔细回想，上次刚开始交谈时好像也是这样……

“呃……不，我是说，你不用仔细端详它吗？你平常不是都会花更多时间欣赏它吗？今天怎么就只有……”

我这样说简直活像个跟踪狂在自曝——我边说边深刻反省。居然上前去像是要纠正她没照既定流程走，我的这番行动已经完全不是保安，反而是对方需要警戒的对象。

虽然我的态度十分可疑，就算把女生吓得落荒而逃也不奇怪，但今日子小姐非但无所畏惧，反而露出很感兴趣的模样。

“哦？”

甚至还微微一笑。

那正是“名侦探发现充满魅力的谜团”时可能会浮现的微笑。与平常稳重大方的气质恰恰相反，说是充满了攻击性也不为过的表情。

“真有意思。能请你再说得详细一点吗？”

“详、详细一点吗……那个，因为……今日子小姐平常会花很长时间欣赏的画，为何唯独今天看都不看一眼就走过去呢……”

当对方已经忘记自己以前说过的话，我也不好主动提及。因此，我直接跳过那些枝枝节节，只讲重点。虽说今日子小姐的反应仿佛就连“平常花时间看那幅画”的事也不记得，实在让我觉得很不对劲……

说着说着，不禁觉得“每次来到美术馆都看同一幅画看到出神”其实才更奇怪，但今日子小姐本人在意的似乎不是这一点。

“嗯。你在意的点是‘为什么我唯独今天对这幅画视若无睹’对吧？但我在意的却是‘我以前为什么会被这幅画打动呢？’……你以前也跟我说过话吧？”

冷不防地来这么一句。

被识破曾向她搭话，一直只是顾左右而言他的我觉得好像自己做了什么坏事。虽然我对自己的演技本来就没什么信心（毋宁说是没自信），但她是怎么识破的呢？

“啊，呃……因为我还没报上姓名，你刚才却叫我‘今日子小姐’，所以我想我们曾经交谈过。”

“原来如此……”

自掘坟墓。我真是笨蛋，居然会犯这么基础的错误，侦探的敏锐观察力果然令人心悦诚服。但是话说回来，这个问题的起源根本就是她自己忘了曾经跟我讲过话，简直就是放火人还来救火的感觉。

“是，有的。当时你还针对这幅画滔滔不绝地发表了高见，所以我才觉得更难以释怀……”

“滔滔不绝吗？以我这人的个性来说，应该不是对绘画技巧有高见，而是对这幅作品的价钱高谈阔论吧？”

以我这人的个性来说——明明是谈到她自己，却好像在讲别人的事。看样子，今日子小姐似乎有把“过去的自己”当成别人来看待的习惯。

“嗯，这个嘛……”

要说“是的，正如你所说”还颇难以启齿，但她那天口口声声都在喊那幅画的市价，要回答“不是，并非如此”也很不诚实。烦恼了半天，又想不到怎么糊弄过去，我只好诚实回答。

“你说这幅画值两亿元。”

我在这节骨眼把价钱拉低到一亿元或五千万也没啥好处，反过来，特地灌水也毫无意义。

“两亿元。哦……这幅作品吗？”

今日子小姐边说边往那幅画前面站。

她站的姿势、站的位置，俨然就是平常那如画般的今日子小姐。明明与之前没有任何不同，但从她身上感受到的氛围，却又与之前完全不同。

那并不是欣赏画作的眼神。

而是大摇大摆前去干预那幅画内幕的视线。

就像侦探那样，打算毫无顾忌地揭开他人不为人知的私生活。

不对——不是那样。

不是“就像侦探那样”，她本来就是侦探。

“呵呵。当然，这幅画是很棒，画家的灵魂都注入在里头了，但要价两亿元有些言过其实了，三百万……不，事实上大概只值两百万吧！”

今日子小姐如此说。

我吓了一跳，那幅画的价钱居然暴跌到之前的百分之一……如果是买来投资，暴跌成这样，买家大概要上吊了。

到底发生什么事?

依我所见，那幅画并没有肉眼看得见的损伤，例如画布受损、颜料剥落之类的——如果换个人来鉴定，的确有可能鉴定出不同的价格，可是说这幅画值两亿元的不是别人，正是今日子小姐。我完全搞糊涂了，只能想到这价差是来自今日子小姐的内心变化，并非画作有什么不同。

“不，我心中并无变化。我可以保证，我的变化可是少得可怜呢。”

“是、是吗……”

她说得这么信心十足，我也只能接受——应该说是无法反驳。

“请容我确认一件事，亲切先生。”

今日子小姐直呼我的名字。

这也是看到我胸前的名牌，而不是想起我的名字吧。

“这幅画真的没有不同吗？跟我以前看到的，真的一模一样吗？”

“一……一模一样的。”

被她这样反复追问，害我也不安了起来。我哪有办法保证是不是一模一样啊。

只是即使再把画看一遍，我依旧找不出任何不同的地方。虽说身为保安，我的工作是监视有没有可疑人物，并非欣赏绘画（反而更不该去留意作品的好坏），只是从我的工作岗位看过去，那幅画就挂在自然而然会映入眼帘的位置，所以如果发生重大变化，我应该会注意到。

既然如此，难道不是画作本身，而是画作幕后的人或事物产生了变化吗？说句不得体的，所谓的艺术作品，作者一旦亡故，作品的价值可能会发生巨大的变化。既然价格有时是暴涨，当然也有暴跌的可能性吧。例如后来才知道这幅画的作者其实是别人……如果是那样，即使画本身没变，价格也可能会有所不同。

不过，要是出现那种新闻，在价格发生涨跌以前，展示那幅作品的美术馆肯定已经引起大骚动了。就算身为局外人的保安，想必也会有所耳闻。

搞错长期展出画作的来历若是事实，一旦公诸于世可能会遭到撤展，甚至是让美术馆暂时休馆的严重丑闻。

“嗯，说的也是。不过背景产生变化也是一条很有力的线索。所谓的艺术，就是要把相关的一切全部考虑进去——”

“……但也有人说，要把作者和作品分开看待啊。”

“啊哈哈。如果当成娱乐，或许可以把作者和作品分开看待，但是作为艺术，很难完全独立吧。毕竟艺术多少有些以艺术家为核心的成分。”

可是那些现在都已经没有关系——今日子小姐如是说。

没有关系吗?

然而感觉从刚才开始，今日子小姐讲起话来似乎已有把握，莫非已经对这看似没有不同的画作却有了不同价格的理由？她心里有了个底吗?

我鼓起勇气问她。

“嗯……我的确是心里已经有了底。不过没有证据，只是毫无根据的猜测而已。”

今日子小姐证实了我的猜测。接着她离开画前，对我行了一礼，说了句“那我先失陪了”就要走人……

“等、等等，等等等等！请你等一下。”

“还有什么事？”

“你、你不告诉我吗？你上次说值两亿元的画，为何今天说只值两百万的原因……”

“我以前说这幅作品值两亿元应该是真的，但，今天就只值两百万。其间显然有一亿九千八百万元的差异——但若要在此解释这件事，也实在太不风雅。这里不是解谜处，而是畅谈艺术的场所。而且，我今天休假。”

如果你无论如何都想知道——今日子小姐递出名片。

跟我以前收到的名片一模一样，是置手纸侦探事务所所长——掟上今日子的名片。

“请提出委托，我可不会免费推理的。”

3

如此这般，原本价值两亿元的画有一天突然贬值成两百万，这个谜团在我心中成了悬案，在美术馆中萦绕不去。

好奇归好奇，但我也不觉得这是要大费周章委托侦探，不惜花钱也想知道的谜底。孤陋寡闻的我虽不清楚侦探业的行情，但也绝不便宜吧。我可不认为以我所剩无几的资金，请得动家里有那么多衣服的今日子小姐。

而且，不管是两亿元还是两百万，都只是她说出来的价码，反正都是她的片面之词——这个谜团几乎可以说是她本人搞出来的。

我虽不至于认为这是新型诈骗，要当作是身为侦探的积极拉客行为，倒也不无可能……然而如果说会有人被唬住付很多钱，又觉得不太可能。

当然也可以向我的雇主，也就是这家美术馆的相关人员询问关于这幅画的详细资料，但是这么做，或许会反被追究为什么要问这种问题。这么一来，自己在工作时和客人聊天这种擅离职守的行为可能就会曝光。我想，还是尽量避免吧。

所以我也只能抱着满腹疑问，隔天一如往常地看着那幅一如往常的画继续工作。在那之后，我又在美术馆里见到好几次今日子小姐的倩影，但她已不再驻足停留于那幅关键画作前面了。

我也不再向她搭话。

当然，她也没有向我搭话……或许又把我给忘了。

因此，我和她的下一次接触——当我想起自从收进制服口袋里就不曾拿出来过的那两张名片，是意外发生以后的事了。

接下来，则要介绍为我的人生带来转折点的三个人当中，第二位人物——用“人物”二字来形容或许太隆重了，因为他是个十岁左右的少年。

虽说从小孩身上得到教训，身为大人是有点没面子，但他是所谓的天才儿童，所以我也毋须感到自卑。天赋异秉的人往往具有资质平庸之人看不顺眼的特质，那个少年也不例外，对我的态度始终狂妄。从这个角度来看，我对他真的没什么好印象，但还是不得不承认他很有才华。

那“画图”的才华——无法否认。

在第一次和今日子小姐说上话，被告知那幅画值两亿元之后没多久，我遇到了这名少年。记得那时候美术馆刚进了一幅馆长费尽心思弄来的新作，为了其展示方式还在馆内引起不小的骚动。

当人潮都聚集在新作前，使得我负责的区域比平常还要闲散时，那个顶着光头，带着素描本的少年出现了。当然，他是付了该付的费用（儿童票）来参观的人，所以轮不到我说三道四。小孩也跟大人一样，拥有欣赏艺术的权利……只不过，他的行为大有问题，凡是保安都不能放任不管。

不，其实我也不太确定。身为负责维护美术馆一角某个展区的一介保安人员，那真是难以判断的问题。

禁止饮食、在馆内要保持安静、请勿伸手触摸作品、禁止拍照摄影——这种程度的行为，由于馆内的各个角落皆已有明文规定，保安可以毫不犹豫地上前阻止，也会特别注意是否有这些行为。尤其现在随着手机普及，拍照已经变成日常生活的一部分，委婉阻止不以为意想拍照的客人，可以说是我的主要工作。

可是，遇到这种状况时该怎么办呢？

当有人站在一幅画前，打开素描本，舞动手中的铅笔开始临摹时——

由于那孩子太堂而皇之地临摹了起来，甚至让我有种“这很正常”的错觉。实际上，馆内也的确没有任何一处写着“请勿在此画画”。

这里是美术馆，所以来访者在鉴赏时，会感觉艺术情怀被唤醒，突然想拿起画笔也不奇怪……才怪。而且，那孩子一开始就拿着素描本之类的画材来美术馆，显然是存心来画图的。

再说当时也不是小学生该来的时间……我也不记得是星期几了，但我确定那天是工作日的大白天。我四下张望，心想会不会是小学生的课外活动，却没看见其他像是来参加课外活动的小朋友，当然也没看见带队的老师。

话虽如此，我的工作并非辅导小孩——虽然不去学校却跑来美术馆让人觉得事有蹊跷——嗯，我也不知道是怎么回事。临摹画作虽然感觉是在钻“禁止拍照摄影”这个规定的漏洞，但冷静想想，还是不能视而不见。

对方毕竟仍是个小孩，我也不是没想过就好心放过他一马吧——反正那天别说是今日子小姐，整个区域也没有其他客人，不会有任何人感到困扰，而且光是看着小朋友努力作画的模样，不禁让人会心一笑。

但当我还在犹豫是否要请主管或雇主协助处理，心想总之先看看状况而走近他时，刚才还在笑的心都凉到冻僵了。

因为他画在素描本上的“临摹”已经大大地超出“临摹”这个

词汇的定义，如果要从我的字典里找出合适的词汇，只能用“复制”二字来形容。不，严格说来，就连“复制”也不够贴切。因为挂在墙上的那幅画是用油画的颜料描绘的，就算我无从判断画的是什么，也知道是由蓝色、白色、绿色、咖啡色等色彩构成的——反观少年，他使用的工具只有一枝铅笔。

要完全重现那幅画是不可能的。

可是，就像水墨画那样，少年似乎试图只用深浅不一的黑色去重现眼前的抽象画，而他的企图几乎是成功了。

我这完全是外行人的感想，从画家的角度看说不定会觉得被侮辱——如果把色彩鲜艳的画作拿去黑白影印，可能就是他画的那样。少年临摹的程度就是如此细腻。

因为复印机是机器，我完全可以理解它能精密复制画面。但看到人类徒手描绘就画成那样，坦白讲，我只有“毛骨悚然”四个字可以形容。

我甚至还感觉得出来少年那张图与用复印机影印那幅画的差异……并不是我太敏感，而是不管再怎么迟钝的人都能察觉。

担任美术馆的保安之后，我才知道画作这种东西并非是完全的平面。光是把颜料层层涂抹在画布上，就会产生凹凸不平的效果。只要把颜料一层层地涂上去，那个部分就会隆起，抹上薄薄一层的色彩，还能营造出由高处往低处流动的效果——当然，还有下笔的力道。

用力将笔按压画布时、用轻柔的笔触让笔尖接触画布时，给画面带来的印象和损耗也都不一样，而这些又都会随着岁月改变。若以浅显易懂的方式来比喻，用笔画的图，其实也是一种雕刻……这点跟用 CG 技术描绘的画作可谓天差地别。

所谓“不可能复制”指的也正是这个意思——所以无论摄影技术再怎么进步，人们还是会去美术馆欣赏原作。因为画里还是有着平面印刷或出现在屏幕里的影像无法表达的真实感动，以及不用触碰也能感受到的触感。

那名少年的素描本里，就有这些感动和触感。他只用一枝铅笔，就重现出包含笔压在内的凹凸质感。成果不仅让人叹为观止，甚至还会想将这份惊艳与别人分享。

因此，就算只有黑白两色，就算他用的是铅笔而不是油画的颜料，就算成品有所差异，但就我看来，感觉还是完整的重现。

已经不是年纪还小、不懂美术馆规定的小孩自以为跻身艺术家之林，得意忘形地跑来看图仿画的那种水平了。

这个小孩到底在做什么?

换个角度想，这可是比拍照更过分的行为——因为他窃取的不只是画作本身，似乎还抽取了画作的灵魂。身为负责这个展区的保安，要对他的行为视而不见，至少我是很难做到——因为那一天的我已经从今日子小姐口中得知那幅画价值“两亿元”了。

这让我觉得好像目睹了两亿元的名画被偷走的场面……大胆的手法就连亚森·罗苹*恐怕也要自叹不如。

“喂！你在做什么？”

大概是太纠结了吧，我喊他的音量比想象中还要大声。吓得少年发出“哇”的一声，连素描本都掉在地上。

而之所以铅笔还在手上，是因为他拿笔的方法不对，握笔的姿势简直就像幼儿一样。不过他就是用这种握法，以飞快的速度画出那么逼真的画，所以断定他的握法“错误”，其实是有些教育者的傲慢。倘若这孩子主张他那种像是在拿剑的握法才是对的，或许我们也无法反驳。事实上，正因为他用这种方法握笔，才没让铅笔落地。

“怎、怎么啦……咦？大叔，你什么时候在这里的？”

专注画图的他，似乎完全没有注意到走近他身边的我。那尚未进入变声期的略高嗓音、夹枪带棍的口气，他果然就跟外表一样，还是个小孩子。

虽然我还不到可以称为大叔的年纪，不过，我在他那个年纪的时候，说不定也是这样称呼超过二十岁的大人。

“不要突然这么大声啦！想吓死我吗？”

---

* 亚森·罗苹：西方著名侦探形象之一。

“啊，嗯……抱歉抱歉。”

我边道歉边捡起少年脚下的素描本。因为过去不太有机会遇到这种状况，所以不太清楚该怎么和小孩相处。美术馆也不是经常有人带小孩进来的地方——更不是小孩会独自来的地方。

也因此，明明我是站在必须纠正对方的立场，却不由自主地道起歉来，甚至还因此松了一口气——看到少年表现出的幼稚态度，让我确切感到自己并不是在跟妖怪打交道。

可是我很快就明白，那种感觉只是一种错觉……我不确定用“错觉”来形容对不对，总之，当我拾起素描本时，不经意瞥见了里面的内容。

虽然只是顺势瞥见翻开的几页，没能一页一页仔细地看个清楚，但仅是如此，源自直觉的威胁就瞬间刺穿了我的胸口——无关理论，是第六感让我知道少年无以名状的绘画实力。

不光是他刚才在这里画的图，少年之前画的铅笔画，每张都具有令观众为之倾倒的十足迫力。或许不全然是临摹作品，但是就算我以后看到那些被临摹的本尊，感觉恐怕也不会受到这么大的冲击了。

这股冲击甚至大到让我不禁觉得“落地时没折到素描本真是太好了”。

我把素描本捡起来还给他，一边上下打量少年……光头、T 恤加短裤，露出晒黑的皮肤，膝盖附近有些擦伤，脚下踩着凉鞋。

光看这样，就像驰骋在原野上的健康棒球少年，至少从他的外表完全感受不到艺术家的气息，也没有像是电视上那些“天才少年”的感觉。难道说拿掉节目效果之后，所谓的“天才少年”就是这样吗？不过仔细想想，才华或资质这种形而上的东西，在电视节目里却能用肉眼可见的方式呈现，本来就蛮奇怪的……

“有什么事啦？大叔。我可是很忙的。”

他毫无惧色地说。别说是毫无惧色，他的态度简直是没大没小。也罢，要求小学生讲话要通达礼数也太强人所难了……而且能画出这种图画的少年，到底要以什么理由来对我有礼也是个问题。

“你不可以在这里画图，可以请你把素描本和铅笔收起来吗？”

“欸？有这种规定吗？写在哪里？”

果不其然，少年不满地说道。要是他肯识相地就此收手，该多么轻松啊。但世事果然无法尽如人意。

“是没写，但会造成其他客人的困扰……”

“其他客人？”

少年环顾四周。不巧因为是工作日的白天，馆内还不见其他客人的身影。我不禁好奇，要是今日子小姐在这里的话，她会说什么呢？

“那如果有其他人来的话，我就不画了，这样总可以了吧？”

少年说完，继续用笔芯在素描本上涂抹。这么轻易地就让他做出结论来也很伤脑筋。如果因为对方是小孩——或因为他是个天才就败下阵来，我还当什么保安?

“我这样在跟欣赏画作时做个笔记没什么不同吧！这样也不行哦？”

“这个嘛……”

我被他堵得哑口无言。

如果他在这里立起画架、摊开画布，使用颜料来描绘的话，以常识判断当然可以加以限制……要是真的这么嚣张，就算没有明文规定，一看也知道是不行的吧!

只是，他用的是铅笔，素描本也只是可供随身携带的尺寸大小。若连这样也要管，要管的事会多到没完没了。

其实，倘若我是看到他以外的小孩——或者是大人——在画作前运笔如飞的临摹光景（我之前没有这样的经验，所以只能假设），应该会再三烦恼之后当作没看见，或是认为这件事无法由我判断，而和上面的人商量吧。

这次之所以会自作主张先采取行动，主要还是因为他的画功好到令人毛骨悚然的地步……正因为画得太好，反倒无法视而不见。但是，这到底该怎么说明才好呢？“因为你画得太好，所以请不要继续临摹了”吗？不，理论上是说得通没错，但总觉得这么说有点像是在欺负小孩。

这跟要求跑得快的小孩要配合大家的速度一起跑没什么差别……可是也不能因为这样，就把班上跑得最快的小孩当成课程的基准。

比如跟他说“在书店里抄写店家要拿来贩卖的书籍内容是不对的吧？同样的……”哦，也不能说是同样的，美术馆和书店是性质迥异的地方……硬要说的话，应该拿图书馆来举例。可是如果在图书馆，抄笔记反而是受到鼓励的行为……嗯，这样还是只能告诉他“总之就是不行”了。

进退两难的我，只好从另一个角度进攻——采取“不要在这种地方画图了，乖乖上学去吧”大作战，跟少年这么说。

“你不用上学吗？”

不过，我也隐约意识到其中肯定有什么隐情，即使没有隐情，这样的孩子想必也很难融入一般学校里……

“不去也没关系呀。所谓的义务教育，指的是父母有义务要让孩子去上学，又不是小孩有义务要去学校。”

他说得没错，但也只不过是孩子气的强词夺理。要是这种理论说得通，做人何须如此辛苦。

“那你爸妈呢？他们上哪儿去了？没跟你一起来吗？”

“就你看到的这样啊！你很烦呀。”

少年边说边继续画图。只见素描本慢慢染黑，两亿元的画逐渐完成。

既然无法阻止他，我也只能静静地看着他把画完成，毕竟不能对小孩子使用蛮力。对方可是连我身高一半都不到的矮个子小男孩，只要我想，随时都可轻易地抢下他的铅笔，但要做到这么过分，到时演变成美术馆的责任问题，那就本末倒置了——反而会什么都保不住。

“就我看到的这样……所以他们没陪你来喽！你叫什么名字？”

一确定这已经不是自己能处理的问题，我就这么问他。心想总之就把来龙去脉写成报告，跟雇主报告这件事。

这孩子拥有这么高超的技术，说不定在美术馆里早就很有名，只是我刚好不知道罢了……如果是这样，或许馆里早就有怎么应对的程序。

少年依旧没停下作画的手，没好气地回答。

“我叫剥井陆。”

“长颈鹿？”

“……”

仿佛对我的回问感到失望——仿佛不知道自己名字的人很没教养似的，他默不作声地把素描本翻到下一页，写上自己的名字。

“剥井陆。”

与作画笔触形成明显对比……应该说是完全不能比的超难看的字，让我费上一番工夫才看懂在写什么。

“哦，原来你是剥井弟弟啊。”

“是你问我，我才告诉你的，别叫得那么亲热好吗？我一点也不喜欢这个名字哦！不管是剥井，还是陆。”

剥井弟弟虚与委蛇地回答，又把素描本翻回上一页，粗鲁的动作仿佛是在抗议我打乱了他的节奏。不过，翻页的动作固然粗鲁，但铅笔的笔触还是和刚才一样精确——仿佛脑子里有两个指挥系统。

他说自己既不喜欢剥井，也不喜欢陆这个名字，那到底该怎么称呼他才好呢……正当我不知该如何反应的时候，剥井弟弟说道：

“大叔，你呢？在问别人的名字之前，应该自己先报上名来吧。”

我不认为剥井弟弟会对我的名字感兴趣，这大概是想对我打扰到他“画图”的行为来个以牙还牙吧。不同于今日子小姐，他的观察力似乎还没敏锐能到从名牌看出我的名字。虽说画家和侦探是截然不同的行业，不也是需要观察力的吗……不，剥井弟弟根本没正眼瞧过我，没看到当然不知道。

“我姓亲切哦。亲切守。”

“嗯……汉字怎么写啊？”

“就是亲人的‘亲’、切两半的‘切’，我还挺喜欢这个名字的。”

“把亲人切两半有什么好喜欢的……啊，就是待人亲切的‘亲切’嘛！真是的，故弄悬虚。”

剥井弟弟总算回头注意到我的名牌，像是想通什么似的点点头，再次翻动素描本，在刚才写上的“剥井陆”底下另外用他那难看的字写上了“亲切”两个字。看样子我的姓似乎成功地让这个天才儿童留下深刻的印象……但是他似乎对“守”这个稀松平常的名字视而不见。

然后剥井弟弟一脸“你可以退下了”的表情，重新回头“画画”。而我也没其他话好说或问他，只能选择回到自己的工作岗位，用无线电向主管报告事情的来龙去脉，静候指示，等他们下达正式的判断。

说起来，今日子小姐也很不寻常，看来美术馆还真是会有千奇百怪的客人前来之处……可能也轮不到我来讲什么，但或许前途似锦的艺术家，都是这样培养出来的吧。不，从少年似乎很意外我没听过“剥井陆”这名字的反应来看，说不定这孩子并非只是在这家美术馆有名，搞不好他早在美术界享有盛名。虽说“艺术与年龄无关”这句话总给我一种只是说得好听的印象，可是据说毕加索也是真的从六岁的时候就开始画画了……

这时，我突然想到一件事，停下了脚步。虽然我已经没有该要问他的事，也没有该跟他说的话，但心中却有个问题想借此机会请教，希望他能指点迷津。

那个受制于面子和腼腆，让我不好意思向今日子小姐提出的疑问——这幅画到底在画什么？

标题虽为《母亲》，但这幅画到底哪里像“母亲”？究竟是蕴藏什么意义的抽象画呢？我完全看不懂……或许这原本就是要让人看不懂，要我们就从自己看到的去理解就好，外行人还妄想去解释才是会错意……虽然曾这么想，但自从几天前今日子小姐告诉我这幅画值“两亿元”之后，我就十分在意——这幅莫名其妙的画会值两亿元，实在让人难以释怀。

总觉得，起码让我知道这幅画在画什么吧……或许只要查一下马上就能知道，但我想要知道的，并不是一查就知道的部分。

我希望能由真正理解这幅画的人告诉我。

曾想过若有机会，想请教雇主这个问题。但我心里也有数，这个机会大概永远也不会出现——刚好，现在眼前出现了这位剥井弟弟。

正常情况下，实在不该问小朋友这种问题（尤其不该跟他讨论到两亿元这种金钱上的话题）但如果是具有这般高超的临摹技术……连凹凸细节都能如实重现的剥井弟弟，想必对这幅画有非常深入的理解吧。

但我也不抱期待——不回答我也罢，总之就这么问他。

“我问你，你知道这幅画的标题为何叫做《母亲》吗？”

“什么嘛。大叔看不懂吗？”他反问我。

我原想含糊带过这一点来问出答案的，但是这种大人的投机取巧，对小孩似乎行不通，我只好老实承认。

“嗯，我看不懂。”

或许诚实真的是上策，剥井弟弟以冷淡的语气应了一声“是哦”之后，接着把素描本翻到下下一页——刚才那页只写了“剥井陆”和“亲切”好像就没用处了。这样使用素描本固然浪费，但想必有他自己的坚持吧。只见他在全新的空白页上，龙飞凤舞地用铅笔迅速描绘着。

“看，这样就很好懂了吧？”

他让我看的画确实很好懂。

加上阴影的圆形……就连外行人，不，不管是任何人怎么看，绝对都看得出来那个球体是在教科书或图鉴里经常见到的太阳系第三颗行星，也就是地球。

只花了短短几十秒，也没有用到任何工具，就能徒手描绘出地球，让我再次见识到剥井弟弟的画功了得，可是……地球？

我放下素描本，抬头看着墙上的那幅名为《母亲》的画。也就是说，所谓的“母亲”是“大地之母”的意思吗？涂满了整张画布的颜料是在暗示着地球吗……不，即使如此我还是看不出来。

“这就是所谓的抽象画吗？”

“我不清楚大叔口中的抽象画指的是什么，但这是风景画啦！”

“咦？风景画？”

“嗯。严格来说不算是，但风景就是风景。因为画的是风景啊。”

这么大的规模，我是没想过要用“风景”二字来形容，但要说是风景，地球的确也算是风景。然而，剥井弟弟画在素描本上的这个图案也就算了，展示中的那幅画，我实在是看不出到底哪里是风景……

“啊，这……这是地球的特写吗？”

“就是呀。”

剥井弟弟在说这句话时，已经又动手画起图来了。我也不好要求进一步的说明，但在谜底揭晓之后，反倒觉得自己怎么会看不出来才真是个谜，好丢脸。

蓝色、白色、绿色和咖啡色。

交织在一块儿，宛如大理石花纹的图案，是海、云、树木和大地——这是从宇宙看到的地球，将其中一部分裁切出来，以特写的方式表现。

既然如此，这确实不是抽象画，而是风景画。

不，作者本人选择这样的艺术表现手法，或许是有更深刻的意图吧。会刻意将地球描绘成这样，再以“母亲”命名，应该有我这样的粗人绝对想不到的创意巧思，所以也轮不到我胡乱批评。

当我明白个中玄机后再来看这幅画，似乎可以用比刚才还要释怀许多的感觉来欣赏。而在这幅画前伫立良久的今日子小姐，她之所以会说来说去都只在说这幅画值多少，想必是对她而言，这幅画在画什么简直明明白白，根本不用多说。

说得极端一点，这幅画就像是用高性能的摄影机或显微镜拍摄物体的特写，问别人“这是什么？”的谜题一样……但是作者不可能看得到地球，所以也不难理解剥井弟弟会说这幅画“严格来说不是风景画”。

“作者是看着卫星照片之类描绘的吗……”

“也可能是完全凭空想象吧。干吗没事看照片去限制自己的想象力。”剥井弟弟如此回答我的喃喃自语，“或许作者本身就是航天员。”

“这、这有可能吗？”

“当然不可能。我说什么你就信啊。”

明明是自己起的头，却又没好气地把话说得如此难听……此时，剥井弟弟用力地合上素描本。

“啊，抱歉，害你分心了吗？”

我这句话真不合逻辑。我原本就是要阻止他在这里画画——所以打从一开始就是要干扰他，有什么好抱歉的。话说回来，凭我的程度似乎也没本事妨碍天才儿童的创作热情，只见他冷冷地说："画完而已啦。"

画完了？难怪最后感觉好像在陪我聊天，原来是因为已经画得差不多而行有余力……可是只要一个小时（真巧，跟今日子小姐站在那里的时间差不多）就能完成临摹吗？

"可……可以给我看一下吗？"

"可以啊。"

剥井弟弟一脸"让你看图是没问题，只是要再打开已经合上的素描本真麻烦"的表情，慢吞吞地翻到那一页，递给我。

我举起素描本，和那幅画对照——进行比较。像这样仔细一看，彩色与黑白的画作果然有很多细微的差异，很难说是完美复制——但重现的程度也算是异常地精密了。

比起佩服，我更想安抚自己被他那横溢的才华吓到的小心脏，另一方面也不禁怀疑，既然他有这么大的本事，为什么还要临摹？虽说又是外行人一厢情愿的印象，可是所谓临摹，对画家而言应该只是练习吧？既然这么会画，为何不直接前进到下一步……我把素描本翻到其他页，擅自欣赏起刚才帮忙捡起本子时匆匆瞥到的其他画作。

"这些全都是看着范本画的吗？"我问他。

"嗯……该说是范本吗？还是样本呢……总之是有原型啦。我到处去美术馆……”

要说明好像很困难。

也可以明显地感受到“跟外行人解释也没用”的氛围——的确，我也不觉得自己具备只要稍加说明就能懂的体会。

“你不画自己的作品吗？呃，我不是指自画像……”

“我听得懂啦。我当然也会画自己的作品……可是，老师说我还不到那个水平。”

老师？大概不是学校的老师，而是作画的师傅吧。这么狂妄的孩子也会向前辈学习啊？想到这里，多少感到温馨，可是这个少年的画功明明已经这么了得，居然还说他不够水平，这老师还真严格。

“我觉得你很有天分哦！”

我不禁口出类似加油，或说是像在安慰他的话——但是被我这样的外行安慰，也只会感到屈辱吧。

“那还真是谢谢你。”剥井弟弟敷衍地道了声谢，接着又说，“大叔，你认为天分是什么？”

我从未想过这个问题，要是他没问我，我可能一辈子也不会去思考这个问题吧。天分是什么？虽然是非常了无新意的答案，我想天分就是上天赐予的才能——其实也就是父母、或者是祖先的遗传吧？

以我为例，这副强健体魄就是我的天分，就连工作就是靠它才找到的。

不过，这毕竟是外行人的意见。

跟剥井弟弟……正确地说，是和他“老师”的意见差了十万八千里。

“我老师说，所谓的天分，是拥有可以比别人更努力的资格……因为我是天才，似乎必须比一般人更努力百倍，所以我才没有时间去上学呢。”

“……”

“给你添麻烦了，大叔。我在这里的努力已经结束，所以不会再来了，你大可放心。万一有什么问题的话……”

我一下子不知道该怎么回答，少年抓住我的手。我还以为他要和我握手，结果并不是。他居然用铅笔在我手上写下一串数字，但是由于铅笔不方便在皮肤上写字（更何况他的字实在很潦草），我好不容易才认出那是一组十位数……哦，是电话号码啊？

“你可以打这个电话。不过……说不定在不久的将来，我会主动打电话给你。”

“……这是你家的电话号码吗？”

“嗯，算是我家吧……总之是我监护人……哎呦，这不重要啦。”

剥井弟弟似乎懒得再说下去，一把抢过还在我手上的素描本，把铅笔也收起来，准备离开。但他才踏出第一步，却又指着墙上的画说：

“……大叔，我想我们不会再见面了，所以关于这幅画，你可以老实回答我一个问题吗？”

“咦？当然没问题……可是，我是外行人哦！”

“我就是想听听外行人的意见，我想知道外行人完全不用脑的感想——刚才我们不是提到航天员吗？”

“啊，嗯……但那是你开玩笑的吧？”

“是啦，这画家并不是航天员……不过，是加加林吧？说‘地球是蓝色’的那个人。”

“嗯……我记得好像是。然后呢？”

“那句话就是个很好的例子。除了加加林以外，也有许多航天员看到地球，然后大家说的都一样不是吗？什么美丽的行星有的没的。大叔，你对这点有什么看法？”

“什么看法……不就是这样吗？大家没必要刻意串供吧！”

我不是航天员，所以不敢说自己有同感，但是只看卫星照片，感想应该也大同小异。倘若时代进步到任何人都能上太空，任何人都能像以前的航天员那样，亲眼见到地球的全貌、知道地球有多美，人类污染环境及破坏自然的行为可能就会戛然而止——我认为这种说法，其实也有一定的道理。

然而，剥井弟弟对我这番只能以“平凡无奇”来形容的回答，显然是置若罔闻，之后的发言内容，更是跟我的意见完全相反。

“我啊……第一次看到地球的卫星照片时，第一印象只觉得很脏。”

“很……很脏？”

“没错，脏死了。”

剥井弟弟很不屑地说道。

“觉得各种颜色全都混在一起，搞得乱七八糟，看来就像和稀泥似的，怎么会脏成这样……我完全不能理解航天员为何会用美丽、漂亮、甚至是蔚蓝等形容词来赞美这颗行星……换成我，肯定一看到就吐了。我在看到那张照片的瞬间，幼小的心灵就决定死都不要当航天员。”

如果要用“小孩故意讲这些桀骜不驯的话来调侃大人”来解释，他那冷嘲热讽到极点的语调也实在是太真切了。他并非陶醉在自己与其他人格格不入的价值观里，这孩子真的无法理解航天员说的话。就像我完全听不懂他在说什么……

“这种感觉，也是我画风的原点。因为是素描，只要用黑色的铅笔就能画，颜色这种东西太恶心了。比起五颜六色还是黑白好……就像凡·高先生，记得他眼中的景色好像也和一般人看到的不一样？我大概也是那样。既然如此，这也是天分吧！”

关于凡·高的视觉，众说纷纭，因为很有名，就连我这个门外汉也略知一二。比起这件事，称凡·高为先生的少年之所以用铅笔作画，我还以为是为了不要超出美术馆内所能容忍（可能是吧）的范围，原来他不用画笔，甚至连彩色铅笔也不用，是因为他打从心底讨厌“颜色”这种东西。

“我只是想——其实，我们根本永远都无法知道，别人看到的风景，和自己看到的风景是否一致吧。临摹仿画要画多少都能画，但视野究竟是无法分享的。你还真能轻易地与航天员产生共鸣啊。好羡慕哦。”

不过天才只要稍加努力，应该就能够追上你们这些凡人吧——少年画家最后促狭地丢下这句话，离开了美术馆。

4

虽然少年说不会再来了，但身为保安，也不能对他说的话囫囵吞枣，我当然还是向主管报告了那天发生的事——包括剥井弟弟写在我手上的电话号码。

没有纠正他就放他回家，或许会让我也跟着挨骂，但也不能因此就放弃自己的职守。尽管我已经做好心理准备，但上头的人非但没有把我叫去，也没通知我“下次那个小孩再来的时候要怎样处置”。

这么一来，简直像是我呈上去的报告被搁置了，令我难以释怀。

然而，剥井弟弟确实如他宣言，后来再也没来到美术馆，所以我也免于再次陷入进退两难的窘境。

剥井陆。

虽然他说我们不会再见面，但我后来仍和他再会，只是地点并非这家美术馆——这里请容我先卖个关子。接下来终于要为各位介绍，成为我人生转折点的三个人当中的最后一位。

实际上，手段最凶残，害我狠狠绊了一大跤的就是这个人，所以我或许不该卖关子，应该一开始就先介绍他才对，但凡事总有先来后到。

正因为先遇见了今日子小姐和剥井弟弟，所以我和第三个人的相遇才会变成那样——

人与人之间的缘分还真是奇妙。

当然，之后的事情也是必然发生——无论我有没有扯上关系，都一定会发生吧。我不会自以为是地说那件事会发生都是因我而起，我人再好也没有好到跑去负起所有的责任。

虽然我曾经把今日子小姐误认为需要照顾的老婆婆，但第三个人的确是个货真价实的老人——虽然他把白发染黑，但是仍拄着手杖来美术馆，所以一定不会错的。只不过，就算我想对他释出善意，他也散发出一股不让人靠近的气场。一言以蔽之，就是很顽固的感觉。

他也不例外地——在那幅画前停下脚步。

站在那幅今日子小姐驻足良久、剥井弟弟振笔临摹的那幅画前——话虽如此，但当时剥井弟弟已经不再来美术馆，今日子小姐也不再放慢脚步，总是从那幅价值“两亿元”贬值到“两百万”的画作前迅速走过。

我仍旧必须站在岗位，所以不管我愿不愿意，那幅画都会一直映入眼帘。只不过，在这个位置站岗的我看来，起初一幅原本“不清楚在画什么的抽象画”先是变成“两亿元的名画”，在我明白那是一幅“地球的风景画”之后，不知何故价格又突然暴跌成百分之一的“两百万元”——历经这些曲折之后，我已经不知道该怎么面对那幅画了，感觉真是难以自处。

因此，当那位穿着和服的老人在画前停下脚步的时候，不可否认我其实有些期待，不知道这次又会发生什么事？会不会再来个一百八十度的大逆转呢？这绝不是工作时该有的心态，关于这点我理当深刻反省，但即便如此，那时老天对我的惩罚未免也太重了。

令人跌破眼镜的灾难……不，要说灾难，那幅画，那幅《母亲》受到的灾难或许比我严重多了。

先是被天才儿童完全看透，还被白发美女杀价杀到只剩下百分之一的那幅画，最后竟被神秘老人的手杖敲得支离破碎。

“啊……”

当我反应过来时，老人已经用手杖给那幅画第二击。天可怜见，描绘在画布上的地球就像遭到电影中的殒石直击，四分五裂。

“住……住手！你在做什么！”

突如其来的状况让我先是愣在原地，回过神来也只在瞬间，到我冲上前去，前后还不到两秒钟——但就连那么短的时间，老人也没有放过，以那一大把年纪难以想象的灵活身手，完全不放过已经从墙上掉落在地面的画——用手杖拼命往死里打。

老人挥杖的动作敏捷到让人怀疑他并非因为腰腿不好需要手杖，而是早有预谋，出门的时候才会带着手杖——不过，现在可不是佩服他的时候。

我从背后架住老人时，那幅画已经连同画框全成了无法修复的状态。即便如此，他似乎还不满意，以一点都不像是老人会有的蛮力抵抗我。虽然感觉稍不留神就可能被他甩开，但毕竟对方是个老人，我能做的也只有从背后架住他……总不能使劲地把他压在地上。

“放开我，没礼貌的家伙！”

然而，老人仍然情绪亢奋——非但没有冷静下来，还用后脚跟一再偷偷踢我的小腿。老人穿的不是鞋子，而是木屐，所以锐角的部分撞击在小腿胫骨上的痛楚可不是开玩笑的。

画都从墙上掉下来了，警报当然也随之响起。引起这么大的骚动，支援人员想必很快就到，但是我实在没有自信能在救兵来到之前不使老人受伤。

“你……请您冷静一点，到底怎么了？”

“你还好意思问我怎么了？”

我只是随口问问，也没期待能跟老人沟通什么，没想到居然获得回应。

“你们居然连这么不要脸的事也做得出来！可恶啊！”

老人瞪着我——我不禁被他震慑住，差点乖乖听话放开他的手。

“总、总而言之请您先冷静下来。只要您停止施暴，我就放开……”

“少啰嗦，给我叫敷原出来！”

敷原？我还在想敷原是谁，就想起美术馆的馆长叫这个名字……这个人要叫馆长出来？要分是非曲直的话，应该也是馆长要叫这个举止疯狂的老人过去才对。不过，这个人居然直呼馆长名讳的傲慢态度，反而实在让人无法忽视……

老人的歇斯底里也实在太声势惊人乃至威严逼人，一个不小心可能就会听从他的要求跑去叫馆长。但如果他说什么我就照办的话，还要保安干吗？尽管需要保护的对象已经遭到破坏，有没有保安都已事已至此，可是我也不能因此就放弃自己的职责。

“您有话可以跟我说……”

“开什么玩笑，跟你这种眼睛长在屁股上的外行人说有什么用！”

“眼睛长在……说我眼睛长在屁股上……”

如果他是在生气跟外聘的保安讲再多也没有用，这我能理解，但说我眼睛长在屁股上是什么意思？趁我感到疑问的空当，老人甩开我一只手，挣脱我的控制，接着手杖就挥过来。他那让人感觉不到年事已高的活力实在令人咋舌，而同时我也很想问个水落石出，到底是什么样的冲动，让他疯狂至此。我抓住他一把挥下的手杖。

“您、您跟地球到底有什么过节啦！”

听我这么一喊，老人突然安分下来——不再使劲挣扎，脚也不再乱蹬。这比翻书还快的态度大翻转反倒让我差点跌倒。

“放手。”

老人这次冷静地说，但我怎么可能因为对方不再抵抗，就放开犯下如此暴行之人……可是他已经先我一步扔下手杖，看来是想表达弃械求和之意。

我几乎已将人架在半空中，当他放弃挣扎以后，却也因为这样的姿势，我才突然清楚感受到老人又瘦又轻的体格，在情急之下关闭的敬老模式才又重新启动。

犹豫了半晌，我终于放开他如枯枝般——不过从刚才的暴力看来，应该还是很勇健——的身体。当然，我没有放松警戒，以便一旦他又抓狂，随时可以采取应变的措举。

“哼。”

不过，我的担心似乎是多余的，恢复自由的老人只是把凌乱的和服整理好——这样看他，就算不拿我这大个头去比，老人的体形也真的很瘦小。只是那锐利的眼神，实在让人难以忽视——该怎么说呢？他只是因为我的插手而放弃抵抗，但完全没有投降的意思。

“地球？你看得懂这幅画？”

“呃……”

他抛出的问题只让我更加不解……什么意思？啊，是因为我刚才一急结果脱口而出的那句“跟地球到底有什么过节”吗？

只是若问我懂不懂画，我只能说我不懂。那句话是我从剥井弟弟口中现学现卖的。

如果告诉我这幅画值两亿元，这幅画在我眼中就有两亿元的价值；如果告诉我这幅画是地球，这幅画在我眼中就是地球；如果告诉我这幅画只值两百万，那这幅画在我眼中就只值两百万——我的眼光就是这么短浅。

不过，现在虽然已经冷静下来，但考虑到老人刚烈的脾气，我想还是不要老实回答比较好。虽说这是跟诚实相去甚远的应对措施……

“略、略懂。这是从宇宙看地球的风景画……对吧？所以才以《母亲》为题……”

“……”

我还真敢拿个孩子的说法现学现卖——但似乎奏效了。

“原来如此啊。”老人意味深长地颔首，“看样子，你的眼睛也不是完全长在屁股上嘛……既然如此，那就更要说你真是个笨蛋了。眼光明明还不差，怎么会笨成这样……”

“咦？欸？这、这是什么意思？”

“……好吧。”

老人完全不回答我的问题，毫不客气地将我全身上下打量了一番。

“小鬼，你叫什么名字？”

小鬼……自从我的身高超过一百八十厘米以后，就再也没有人这样叫过我了，所以乍听之下，我还不知道他是在说我。结果能从别在胸前的名牌知道我叫什么名字的人，只有今日子小姐了……那这个名牌岂不是一点意义也没有吗？

“我叫亲切守。”

“这样啊。那么，阿守，我出个题目考考你——”

明明是一个束手就擒的狂徒——等会儿就要交给警察处置的犯人，老人却以威风凛凛的态度说道。我对他那种高高在上的态度觉得很抗拒，但是不知道为什么，又对他的“题目”很好奇。

我在期待什么呢？

我不知道……虽然还不知道，但老人已经指着碎落一地的画布说道：

“你来为这幅画估个价。”

“……咦？估价吗？”

“没错，大概就行了。把尾数拿掉，直接说个你想到的价格。”

老人像是在估量我值多少般凌厉地盯着我，命令我说出眼前的惨状值多少——我一片一片地检视散落在地上的画布碎片。

价格……被这么一问，我第一个想到的当然是今日子小姐——那个满头白发的女性。她起初鉴定这幅画值两亿元，但是过了一段时间，却仿佛忘了这件事，又改称这幅画只值两百万。

就像拿剥井弟弟的说法现学现卖那样，我现在也应该拿今日子小姐的意见来挡吧……但就算我想这么做，今日子小姐也有不同两种的意见。

是值得她站上一个小时的两亿元？还是只瞥了一眼就走过去的两百万呢……这时要说出哪个价钱当价格才是正确的？先不管正不正确，这个性格古怪的老人出的问题真的有正确答案吗？总觉得不管怎么回答，都会被他找茬说是错。该不会是他已略有所感，我口中的“这幅画是地球的风景画”并不是我自己的答案……所以才会出题考我？与其说考我，其实是要拆穿我的不懂装懂——若是如此，我就更不能傻傻地掉进他的陷阱里。

既不能原封不动地借用今日子小姐的答案，但想老实地陈述自己的意见，我也没有任何意见可陈述。

“怎么啦？答不出来吗？不知道就说不知道。”

答不出来是事实，不知道也是事实，但是要我老实回答不知道，毕竟与老人相比我还年轻气盛——我也是有口气要争的。

认真思考。

不是去鉴定——要去推理的。

若以今日子小姐的定价为依据，答案有两亿元和两百万元两个选项——考虑到合理性，这时应该选择后者。

这是时间顺序的问题，当然要选择后者。

并不是鉴价两亿元那天的今日子小姐和鉴价两百万那天的今日子小姐哪个比较值得信任的问题，而是应该要以“哪个才是最新情报”来判断。

如果今日子小姐在那之后又改变意见则另当别论，但是后来她便不曾在这幅画前停下脚步。要是画作的价值涨回两亿元的话，今日子小姐应该会跟以前一样，停在这幅画前长达一个小时之久。

察觉到某些我懵然未知的变化，判断画作价格暴跌的今日子小姐。以其身为侦探的敏锐观察力，假设这幅画后来又有什么变化，一定不可能逃得过她的法眼——只是，硬要鸡蛋里挑骨头的话，今日子小姐并不是每天都来这家美术馆。事实上，最近她已经一个星期没来了，谁也不能保证这幅画在这段时间没有发生任何变化……

要是能知道今日子小姐是基于什么根据改变评价，就不用在这里进退维谷了，可是她并没有告诉我，所以我也迟迟下不了决定。说来，她说她不会免费推理——

早知如此，是否当初就应该正式委托她，请她告诉我呢？不，当时还不知道事情会演变至此。话说回来，今日子小姐说出的价钱也不见得绝对正确，那只是她个人的意见，这个老人不见得会满意她的答案。

与其乱说话去刺激到他，让他又开始失控抓狂，还不如沉默是金……或是老实说不知道，才是成熟的判断呢？虽然这会令人很不甘心、很不能接受，但事实上我的确不知道这幅已经变成碎片的画值多少钱，尽管几个月来这幅画始终在我视线的一隅，但我依旧没发现它有什么不同——

不……等等。

不同？

说到不同——比起过去这几个月来，此时此刻才是有了大大不同吧？眼下不就发生了和刚才的状态完全无法相提并论的极端巨变吗？在老人的杖击之下，连画框也被砸得粉碎的这幅画——就算直到昨天的价钱是两亿元也好、两百万也罢……

当画变成满地碎片的此时此刻。

已经没有任何价值了。

馆方为了保护其稀有价值，也付出了许多管理维护成本——今日子小姐曾经这么说，所以我这么答道：

“……零元。”

“……”

“变成这样，已经没有价值了……不仅如此，在现在这个时代，就算不要钱，也不见得有人会收下。”

当然，作者描绘这幅画的苦心、热情并不会因此就变得毫无价值——反之，正因为物体本身已遭到破坏，这些形而上的东西或许才更有价值——但是以作品而言，已经完全失去物质上的价值了。

所谓变化，既是为经年累月产生的变化，同时亦为瞬间之变化——我也不是想强调世事无常，但本来就没有任何东西能够永远保持相同的质量。

就像人生的转折点随时都会出现，东西的价值、社会的价值观也会不断变动——没有人能永生不死，也没有东西能永不毁坏。

当老人用手杖敲下去的那一瞬间，这幅画就已经没有价值了。这价值的丧失也证明了无论是两亿元还是两百万——这幅画在那一瞬间之前，的确有着谁也不能撼动的明确价值。

于是乎，老人不怀好意地——非常邪恶地——笑了。

“哼。临场反应还挺快的吗……就算你及格吧！”

老人把手伸向我。

似乎是要我把手杖还给他……我虽然有些犹豫，但仔细想想，认定这根手杖只是他带来破坏作品的根据实在很薄弱。万一他真的腰腿不好，我这从老人手中抢走手杖的行为显然说不过去。我把手杖还给他。老人一接过去，马上就拄在地上，将身体重心移至拐杖重新站稳，看来我的判断并没错。

言归正传。听老人的口吻，感觉我的回答绝对不是一百分的答案……不仅如此，看来还只是卖弄小聪明，勉强算够到及格的分数。

是啊，说是临场反应也的确是临场反应。

眼下是就算他勃然大怒地骂我“这是什么烂答案”也不奇怪的情况，但老人已经完全冷静下来，大概只能算我运气好吧。事实上，我的临场反应似乎也让老人灵机一动。

“那我就先告辞了。我只是弄坏一幅不值钱的画，当然不用赔偿吧！”

他装傻充愣地说道。接着便拄着手杖、顺着动线要离开……慢着，这种歪理怎么可能说得通？！我急忙绕到老人面前，张开双手挡住他的去路。

“怎样啦？说那幅画价值零元的可是你哦！”

“我……我是这么说没错，但这样说不过去吧！总之，请您待在这里不要动，我马上去请人过来。”

“你啊真是说不听的家伙。我一开始不就叫你找敷原来吗？只要告诉他和久井来了，他就知道了。”

“和、和久井先生吗？”

“是啊。赶快去叫他。”

“好、好的……”

总算知道这个老人的名字了，而且从他的口气听起来，老人好像认识美术馆的馆长。

这么一来，他那始终傲慢的态度也就说得通了——这个老人该不会是美术界的泰斗吧？他的确是有那个架势……可是，美术界的泰斗会这样大闹美术馆吗？用常识来想，一般人是不会这么做的，但事到如今，我完全不认为这个人的行为能用常识去解释。

这时，其他展区的保安和美术馆工作人员终于察觉状况有异而纷纷赶到——在我向他们报告这件事的来龙去脉时，和久井老翁似乎被带到另一个房间，一转眼已不见他人影。

保安里没人认识他，但美术馆员工之中似乎有认识和久井老翁的人，看他们对老人的态度毕恭毕敬到显然已经超过敬老尊贤的程度，我更确定他果然不是普通人物——不管怎么说，这件事是在我负责的展区发生的，身为负责人的我只得忙着收拾残局。

大概要到明天才能知道老人到底是何方神圣，到底是基于什么动机才做出如此破坏行为吧……那天我虽认识到事态重大，但心态还是颇为乐观。

可是我做梦也想不到……

自己会因为那天发生的事而丢了饭碗——所以我才会说这件事是我人生的转折点。

或许该说是最终点。

5

归根结底，是我把这个世界看得太简单了——不只看得太简单，甚至还有失轻重吧。又不是有什么生命中不能承受的，到底是多想过极简生活啊。唉，虽说我也不是讨厌活得简单轻松，但也没想到会因此失去所有。

不能否认我心中有淡淡的期待，假如那个和久井老翁和馆长很熟——毕竟他似乎受到特别的礼遇——或许就可以大事化小、小事化无吧。

身为那个展区的保安，就算免不了受到惩罚，但顶多就是换个展区，最坏的情况也顶多是罚我在家反省几天……没想到，我竟然被开除了。

真不敢相信，我那么憧憬，而且也费了好大一番工夫才找到的工作，只因为一瞬间的大意就失去了——简直就像是做了一场噩梦。

但是冷静下来想想，身为保安却没保住应该要保护的物品，被开除也是应该的。更何况，我就站在那么近的距离，却无法阻止曾经一度价值两亿元的画作受到破坏，雇主还有什么理由继续雇用我呢？

馆方没要求保安公司赔偿就已经谢天谢地了……是我脑袋进水，才以为公司会保护我。

不过，只要熟读劳动合约，聘请律师奋战到底，或许能够扭转劣势。幸好这个国家还是很保障劳动者权益的，有心抗争应该可以抗争到底。

问题是，我没有那个心。

毕竟整件事是因为自己的疏忽而起，心里已有些过意不去，也不觉得以我那弱不禁风的小心脏，有本事承受得住和曾经望穿秋水才挤进去的公司对簿公堂的压力。

光是想象就令人提不起劲来。

再说，虽然是被开除，但公司却让我以自愿离职的方式离开——也付了我离职金。既然如此，我就应该用这笔钱找下一份工作，才是积极进取的人生态度。

业界本来就会互通消息，我干的好事一定转眼间就会传得人尽皆知吧，以后要在这个行业找到工作可能不太容易了……

可是话说回来，最让我在意的，其实是公司付给我的离职金

——能拿到离职金，我已经很惊讶了，而且老板在支付时不但没有东扣西减，还给了我好大一个红包。

别说是讨厌色彩的剥井弟弟看到会觉得脏又恶心，想到那红包，就连我也不太舒服，或说是总觉得心情不是很舒坦。

若说是怕我因为失业而流落街头才多给一点，当然应该要千恩万谢，但我看事情的角度已经没有这么天真了。

我只觉得这笔离职金内含了封口费——之所以这么说，因为明明是在规模绝对不算小的美术馆里，发生展示中的画作遭到破坏的大事，消息却完全没有见诸报端。不论是美术馆的名字，还是和久井老翁的名字，当然连我的名字都没有出现在报纸上，也没有出现在电视上。

不过，所谓艺术，对世人而言的确是非常小众的文化，若说缺乏爆点，也真的是没什么新闻性，所以我当时也没怎么放在心上。准确地说，当时的我正处于失业这个人生最大的灾难旋涡里，所以也没有心情想太多。

然而随着时间过去，回头重新审视当时发生的事，再想到公司汇给我的离职金，这件事果然很不对劲。

幕后似乎有一股巨大的力量在运作，让这件事大事化小、小事化无……该不会是私底下处理掉了吧？只是没让我知道而已……

事到如今，再说这些都已经太迟了，当时没有想太多，事后只能徒呼负负的感觉原来就是这么一回事啊——为了粉饰太平，必须有一只代罪羔羊出来“背黑锅”。很荣幸，我就是那只被选中的代罪羔羊。

毕竟造成那么大的损失，总要有人出来领罚——超额的离职金，或许就是公司要表达对我的歉意。

虽然没有任何证据，但是这么推理下来，一切就都说得通了。只要让负责那个展区的我一个人引咎辞职，就可以让一切圆满落幕。

可喜可贺，可喜可贺。

我不知道是否真的可喜可贺，可是活像抽到下下签的感觉却怎么也挥之不去。纵使如此，公司对我释出了最大的诚意也仍是事实。

事情过去就过去了。

不过为了转换心情，继续前进，有件事我一定要搞清楚。

我不怪美术馆和保安公司，也不怪和久井老翁，但还是很想知道自己为什么会遇上这么倒霉的事——如果不搞清楚，下次再发生同样的事情、再遭到同样的对待，还是无法应付。

最重要的是，那个老人为何会那么执拗地要砸烂那幅画——还有，那幅画究竟值多少钱？话说回来，那个老人到底是何方神圣？为何所有人都想隐瞒这场骚动？

谜团未免也太多了。

我才不要怀抱这些令我束手无策的谜团，去面对未来的人生。

我需要一根手杖。不是用来粗鲁地把画作敲碎的手杖，而是让我在迎接人生转折点之时，能够站得稳、撑得住的手杖……想到这儿，我又想起了那名满头白发的女性说过的话。

“我是不会免费推理的——”

没错。

一切事物都有其适用价值，不管是绘画、工作、离职金——还是解谜。

原本我不觉得有必要花钱去解开那幅画的谜团，但如果这就是想要省点钱的结果，我已经遭到报应了。都怪我把应该弄清楚的谜团束之高阁，随着时间的发酵，那个谜团才掉下来砸到我的头……倘若当时我肯认真寻求价格变动的解答，就不至于落到这步田地了。

当然，说这些都已经无济于事，何况当时的我根本没有钱能付给身为专业侦探的今日子小姐，所以想再多也没用……不过，现在的我有那笔钱。

天上掉下来的——意外之财。

若说是赔偿金——金额也太大。

当然，这笔钱是我在找到下一份工作前很重要的活动资金，不能随便浪费，应该小心翼翼地揣在怀里，直到黑夜过去、黎明来临。

我比谁都清楚这一点，但还是拿出了两张名片。一直放在我的制服——匆忙之间错失了归还时机的制服——口袋里的那两张名片。

置手纸侦探事务所所长——掟上今日子。

我第二次的求职活动，大概就是从打电话给她的那一刻开始。

6

“让你久等了，我是掟上。你就是委托人亲切先生吗？初次见面。”

出现在咖啡厅里的她如此说道——已经许久不曾像这样与她面对面了，但今日子小姐那一头白发依旧非常好认。

可是她却说“初次见面”，难道是又忘了我吗……我给人的印象这么浅吗？不过，这已经是我们第三次对话了，只要好好解释，今日子小姐一定会想起来吧。

今日子小姐这天穿着浅蓝色的衬衫搭外套、紧身裙搭丝袜、再加上包鞋，打扮非常正式，跟她逛美术馆时的穿搭风格大为不同……因为今天是来工作的关系吗？

或许她是个把工作与私生活分得很开的人——像我就是分不太开吧。如果脱下保安的制服、一整天都不用上班，就会觉得好像迷失了自己……所以才因此错失把制服还回去的时机吧。

“是的，敝姓亲切。还请多多指教。”

我今天没别名牌……已经成为失业者的现在，当然也没有可以递出去的名片，所以我只能站起来自报家门。

“哈哈，跟在电话里讲的一样，你的体格非常壮硕呢。我一眼就认出来了！亲切先生，你平常锻炼身体吗？”

今日子小姐胸无城府地微笑着，并这么恭维我一番。她散发的氛围和以前在美术馆里说话的时候毫无不同。

我还以为既然她会用打扮来切换工作与私生活的模式，说话方式可能也有不同，但我似乎猜错了。

“并没有特别练什么……不过，因为工作的关系……呃，现在已经没工作了……”

在电话里尚未聊到细节。正确地说，是委托过程太过顺利紧凑，根本还没有机会聊到细节。我才下定决心，打电话到置手纸侦探事务所，就马上预约到当天傍晚的时间。

请到我指定的咖啡厅等候——电话那头的她如是说。

我原本想当然地认为会与她相约在隔天以后的时间，没想到进展会如此神速，让我也有些困惑。但由此看来，置手纸侦探事务所似乎只接受当天的预约……这不就等于不能预约吗？这样会有生意上门吗？我纵有满腹疑问，但是打铁趁热，解决问题当然愈快愈好，于是我便整装出发了。

等今日子小姐点好餐（与她那满头白发相反，她点了一杯不加糖也不加奶精的黑咖啡），我便开门见山地说道：

“呃，其实我以前也跟今日子小姐说过话……你还记得吗？”

“咦？”

今日子小姐莫名所以地侧着头——仿佛毫无头绪的模样。

“就是……今日子小姐不是经常会去一家美术馆吗？我就在那里当保安啊……因为没穿制服，所以认不出来吧？”

今日子小姐沉默不语，直勾勾地盯着我看——怎么了？难道是在想象我穿上保安制服的模样吗？

“我……经常去的……美术馆。”

“是、是的。你忘了吗，就是那幅关于地球的画前面……啊，不过那幅画现在也已经不在了……想起来了吗？”

“是哦……”

“因为出了点状况，我现在已经不在那家美术馆工作了，今日子小姐最近都没去吗？”

“嗯……我也不太清楚。”

“……”

感觉比我想象中还要鸡同鸭讲。

对我而言，因为是自己上班的地方，所以会留下强烈的印象，但是对今日子小姐而言，去美术馆只不过是日常生活中的一小部分，甚至不会留在记忆里吗？不，每次来都花上一小时站在画前那阵子也该有印象吧！她还曾经拐弯抹角地说那幅画值得花上“这个今天的一小时”来欣赏。

我不认为她会毫无印象。

黑咖啡上桌，今日子小姐喝了一口之后，开口说话。

“亲切先生，请别管委托内容是否与我有关，总之先继续把话说下去。可以的话，还麻烦你当成是在向初次见面的人说明原委，也暂时忘记我是掟上今日子一事，请事无巨细地告诉我你遇到的灾难。”

或许是因为我迟迟没能说到重点，所以她想帮我起个头吧。但这句话听起来还是挺奇怪的。

今日子小姐要我连她是今日子小姐的事都暂时忘掉……但记忆怎么可能这么随心所欲地重置。算了，这或许是侦探为了客观掌握前因后果的手法。好像是叫“观察者效应”来着？我对这方面没有什么研究，所以也不是很清楚……不管怎样，专家的做法轮不到我来说三道四的。

于是我交代了这几个月来在职场上发生的事——原本曾想不用提到剥井弟弟也无妨，但既然她要求我“事无巨细”，所以我还是一五一十地据实以告——毕竟这个少年带给我的印象，实在是鲜明到无法忽视。

不过我隐瞒了自己第一次向今日子小姐搭话，是以为她是老婆婆才向她搭话的事实……因为面对面地说出这件事，未免也太没脑子了。可是这么一来就无法解释向她搭话的理由——对此我打马虎眼地说："因为你的背影太有魅力了，我忍不住向你搭讪。"

虽然这么说可能会令她觉得像我这样上班走神、只顾搭讪的保安，被开除也是应该的……但我还是宁可隐瞒真相。

"哎呀，你这个人还真糟糕呢！"

幸好，似乎没给她留下不好的印象，只是小斥一下就放过我。

从那柔和的微笑看来，说不定她早就看穿我的真心了……今日子小姐具备某种会让我这么想的气质。

后来我也在今日子小姐的催促下，继续交代事情的全貌。像这样向别人说明之后——仔细想想，这还是我第一次认真对别人说明这件事——虽然讲完之后也觉得整件事情还算有条有理……或是说这个体验其实没有想象中那么特别，但总让我有种"得不到百分之百合理说明"的印象。

今日子小姐又作何感想呢?

我静待她的反应，只见她拿起在听我说话时喝空的咖啡杯，唐突地说："我要再来一杯，亲切先生呢？"

的确，一直说话让我有点口渴。承蒙她的好意，我点了杯冰红茶，而今日子小姐第二杯点了双倍浓缩意式咖啡。而且又是"不加砂糖和奶精”……她的舌头到底是用什么做的啊？

“看样子能帮上你的忙，真让我松了一口气。亲切先生似乎还不知道，我算是非常特别的侦探，所以专业领域有所局限。因此，如果我判断自己无能为力，就必须介绍同行给你……但是要将你特地托付给我的工作全部推给竞争对手，可会让我觉得非常愧疚呢！”

在等候饮料送来的空当，今日子小姐这么说——专业领域？

“专、专业领域是指？”

“专业领域这个说法可能不太正确。我指的是可以解决的案子与不能解决的案子——我给你的名片上没写吗？”

“我看看，有吗……”

被她一说，我拿出了今日子小姐的名片。可是，正反面都没瞧见上面印着相关的警告或注意事项。

“有啊！你瞧，写在这里。”

“……”

今日子小姐整个人往我这里凑过来指着名片，两人间的距离意外的近，令我有点脸红心跳，整个人向后仰，不过仍看到了她指的文字。

“一天内解决你的烦恼！”

我没留意到在“置手纸侦探事务所”的商标底下，居然印有这样一行口气颇大的文案。但是，这和她的专业领域有什么关系？这只是用来表示决心、或是事务所用来争取信任的广告词吧。虽然我觉得“一天内解决”这句话有些夸大其词……完全不像警告，反而还觉得蛮可靠的。

“不是你想的那样哦！这句的意思是‘只接受能够在一天之内解决的案子’呢——因为我是忘却侦探。”

“啥？”

我对这个听都没听过的单字感到困惑。

“忘却……侦探？”

“没错。”

不知为何，今日子小姐似乎有些引以为傲地点了点头。

“我的记忆每天都会重置——今天发生过的事，到了明天就会忘得一干二净。”

7

今日子小姐只有今天。

在对于“忘却”这个最为人强调的特征一无所知的情况之下，我就这么找上了置手纸侦探事务所。不过听完她的说词，我终于明白为什么我们的对话总是鸡同鸭讲了——今日子小姐不但不记得我和去过美术馆的事，连昨天以前的事，也全部忘光了。

难怪只接受当天的预约……因为就算接下隔天以后的工作，等到那天来临，她也记不得约好的事。

这不是健忘、记性不好这种日常小事程度的遗忘，虽然有点难以置信，但是我也想不出今日子小姐有什么理由要扯这种谎。如果不是真的，根本没有必要刻意将“无法胜任要花上一天以上的工作”这种缺点印在名片上——对于以持续调查为前提的侦探而言，这几乎是致命的弱点不是吗？

“别这么说，并不尽然都是坏事哦！相反，多亏有这种特性，大家都很重用我呢。身为侦探，最重要的前提就是要业务保密，所以从保护隐私的观点来看，再也没有人比我更可信了。”

“是哦……原来如此。”

这倒是，如果就连调查者本人都忘了，情报就绝不会外泄了……别说是调查内容，就连接受过委托的事、委托人是谁，到了第二天，今日子小姐就会全忘记。

反过来说，纵使今日子小姐得知了不该知道的国家机密，也不会陷入危险——反正只要给她一点时间，她就会忘得干干净净，所以对方也没必要冒险杀她灭口。

无论天大的机密都能随意介入，而且绝不泄密的侦探——今日子小姐会受到重用，也是可以理解的。虽然我是在不知情的情况下找上她，但是听她说起话来，感觉不管是作风还是态度，都跟一般人印象中的侦探大相径庭，与那沉静温和的气质恰恰相反。今日子小姐似乎是个很极端的侦探。

谈到国家机密之类的话题，使我不禁有些退缩，拿我个人的工作去委托她妥当吗？只不过有数面之缘，就拿这种芝麻绿豆大的小事麻烦人家，会不会很失礼啊？

“啊，你不用这么客气。”

或许是察觉到我的心情，今日子小姐伸手在面前挥了挥。

“不管过去我处理、解决过什么样的案子，对于今天的我来说，你都是第一个委托人，这也是第一件工作。能不能搞定另当别论，但我是不会挑工作的。我会忘却记忆，却也因此不会忘记初衷。”

除非你觉得我不可靠，否则请不要取消委托——她深深行了一礼。

经历过切身之痛，我比谁都清楚失去既有的工作有多么痛苦，而且“不会忘记初衷”这句话也令我为之动容……仔细回想，我就是因为忘了初衷，才无法阻止那个老人的暴行不是吗？

好不容易找到梦寐以求的工作，曾几何时却把一切都视为理所当然，还以为自己原本就应该站在那里。正因为如此，才无法应付突发状况。

永远都把今天当成第一天——同时也是最后一天去面对的态度，才是最应该奉为圭皋的工作心态不是吗？

“不用那么抬举我啦，这样我会很伤脑筋的。因为从无法累积经验的角度来看，我只是个没有学习能力的人……但或许我比任何人都适合处理例行工作吧。像是对于同一幅作品，每次都能感动莫名之类的。”

“啊……是这么一回事啊。”

原来她每次来美术馆的时候，都能花上一个小时，不厌其烦地欣赏那幅画，是因为忘了上次已经看过了。之所以屡次前往美术馆，也不是因为特别感兴趣，而是因为以前去过的“经历”已经消失了。

如果一切都是“初次经历”，难怪感动永远不会褪色……永远都能以新鲜的感觉欣赏艺术，也未尝不是一件好事。

任谁都曾经有过看完一部好看的电影，会希望感动可以从脑海中消失殆尽，再从头、从零开始品味一遍的欲望吧。今日子小姐只是可以实际地——不管她愿不愿意——办到这一点而已。

我第二次向她搭讪的时候，以及今天这第三次的对话，今日子小姐面对我的态度之所以都像初次见面，绝不是因为我给人的印象太浅，而是她的记忆已经重置了。而当时她一副不记得自己说过什么两亿元的态度，其实也只是真的忘了。

不过，若是经验无法累积才会一直重复，那么她曾经声称值两亿元的画，过了几天又改口说只剩两百万这事就更加说不通。

今日子小姐一度鉴定为“两亿元”的画，另一天——另一个“今天”再要她鉴价的话，应该还是会值“两亿元”才对。

不对……也不见得？

就算今日子小姐的内心世界不会随着韶光改变，但环境及状况、对象也每天都有不同——光是天气，也没有哪一天的天空是一模一样的。看到那天的天空，有时会想去美术馆，有时也会想“那今天就待在家里看书”吧。

正因为她连自己一度鉴定为“两亿元”的判断都忘了，才能以不带成见的眼光看出“当天的价格”——“时价”不是吗？

如此一来，必定是那幅画有什么不同，就连等于每天都一直看着那幅画的我也察觉不出异常细微的不同……

“就算真有不同，但就如刚才提到的，那幅画已经破坏得面目全非……想确认也没办法了。事到如今说这些也无济于事。回头想想，倘若那一天、那一刻就委托今日子小姐解谜，事情就不会……”

“别这么说，纯粹只是那一天、那一刻的我心胸太狭窄了。这不是亲切先生需要反省的事，反倒是那天的我该检讨。要怪就怪那天的我故弄玄虚、不肯把话说清楚。”

她一直说“那天的我”、“那天的我”，但是就我看来，那些全都是同一个今日子小姐……不愧是能用失忆切割过去的她，还真是敢说……

“更何况，还不算太迟哦！我不是说过了吗？看样子能帮上你的忙，真让我松了一口气。”

“欸？”

啊，对了。她的确说过——这件事在她的专业领域之中。

既然如此，想必今日子小姐认为这件事能在一天内解决——真的可能吗？虽说是“今天”，但现在已经是傍晚了，实在没剩下多少时间。即便现在马上去美术馆，也赶不上闭馆时间。既无法进入现场调查，也无法向相关人员问话……

“不，根本不用离开这里，因为我已经解开谜团了。”

“什么？”

“怎么？你连这个也不知道吗？你还真敢上门来委托我呀！还是那个故弄玄虚的我跑业务跑出成果了呢？呵呵，看来也不能太小看那一天的我呢！事实上，也有人称我为最快的侦探……”

今日子小姐云淡风清地说……最、最快？

这倒也是，如果已经解开谜团，还真是再也没人比她速度还快了吧！等于我才出题给她，她立刻用心算解出了答案。或许是基于忘却侦探的特性，不能做笔记或记录才用心算吧……不，这一点都不重要。

“那、那么……今日子小姐已经知道答案了吗？”

“说不上答案。眼下只是推理。接下来才要求证，但大概不会错吧！”

“好……好厉害啊！”

以赞美而言，这句话实在太没创意。面对只能讲出这种平庸感想的我，今日子小姐谦逊地耸耸肩。

“哪里哪里。多亏亲切先生提供详尽的情报，连细节都栩栩如生，光从你说的话就能想象出现场状况。只是这么一来，可能会让人以为我这个负责解谜的人偷懒。像安乐椅侦探的手法其实不合乎我的主义，我比较想当个勤跑现场，把鞋底都磨平的侦探……不过这次我已经去过好几次案发现场的美术馆，所以就当作是特例吧！”

听到她说是因为我讲得够详细才能解开谜团，即使掺杂了一些场面话，仍然令我心头为之一热。和久井老翁虽然挖苦我是眼睛长在屁股上的艺术外行人，但至少身为保安人员的我，眼睛并没有真的长在屁股上。

不过，既然我本人参不透谜底，还是撕不掉眼睛长在屁股上的标签……

“可、可是，这样的话，今日子小姐……”

“怎么啦？”

“那天你不肯免费告诉我的推理，今天是要免费告诉我吗？”

如果是那样就太过意不去了——我正打算接着这么说时……

“怎么可能？！”

今日子小姐似乎大吃一惊，咄咄逼人地把手往桌上一撑，结果反倒是我被她的气势汹汹给吓坏了。

“我还以为你要说什么呢！我不是这个意思。那天不肯免费告诉你的推理，怎么可能到了今天就免费告诉你呢？”

“是、是哦……”

“该给我的钱一毛都不能少，一切照规定来。”

我没有要抓住对方的话柄，趁机杀价的意思，是她主动责难起过去的自己，让我以为有这个可能性。但是看样子，她似乎不打算反省那个“心胸狭窄的自己”——仿佛就要这么心胸狭窄地过一辈子。

从她鉴定那幅画的时候，我就心里有数了，但是今日子小姐对金钱的看法似乎比我所想象的更加斤斤计较……看来也不会因为她轻易又迅速地推理出结果就降价。

我当然没有意见。

仔细想想，如果报酬和工作的速度成反比，反而是一件很奇怪的事。没涨价就不错了……这时，点的浓缩咖啡和冰红茶也送来了。这还是我第一次看到有人喝意式浓缩的黑咖啡……想必很苦，但今日子小姐连眉头也不皱一下，反而像是在喝拿铁，姿态十分优雅。

与不知人间疾苦的我不同，尝遍世间酸甜苦辣的侦探就是不一样吗……不，就算能分辨酸甜苦辣，今日子小姐也会忘了那个味道。

“接下来就要开始解谜了，你准备好了吗？”

“准、准备……需要做什么准备吗？”

“不用，倒也没什么需要特别准备的。”

忘却侦探的回答让绷紧神经的我跌破眼镜。

“顶多是心理准备吧！”

8

“作为假设，我最先想要揭示的前提是‘事物的价值是会变动的’，永恒不变的‘定价’在经济学上并不存在，货币的价值也不是绝对的。两亿元听起来好像很多，但如果日本的国力再增强一百倍，则会相对使得原本在外汇市场上价值两亿元的物品，只要用两百万元就能换到。”

“是、是吗……原来如此。”

同意归同意，但话题突然变得专业起来，我其实听不太懂。也就是说，假设换算成美元的话，在汇率为一美金兑一百元的时代，两亿元相当于两百万美元，但是当一美元等于一日元时，两百万元也相当于两百万美金，所以相对来说，两亿元和两百万元是等值的吗？

“理论上是这样没错。”

“所、所以你的意思是说……当你对于那幅画有了不同评价的那天，汇率产生了巨大的变动吗？”

“不，我完全不是这个意思。”

我极为慎重地提问，话题却又被她岔开了——我还以为终于要进入严肃的正题，但看来只是暖场用的玩笑话。

真是个难以捉摸的人。

“若是真有汇率变动，我所说的两亿元和两百万的确是同样意思——但如果汇率有那么大的变动，身为日本国民，不可能不知道吧。”

“嗯，是呀……说得也是。”

“如果你无论如何都想研究这个可能性，可以去查那一天的汇率……有需要吗？”

今日子小姐贴心建议。

我只是想附和她说的话而已……不，其实我倒是也认真思考起会不会真的因为这种全球化的理由造成的……可能只是我没有幽默感而已……

“不用了。所以呢？真正的理由到底是什么？”

“不要这么急嘛。一旦我想要开始说明，不管是什么样的谜团，不管再怎么不可思议，都可以用一句话讲完。但那才不是最快，而是在偷懒。因为不好好按部就班解释的话，很容易留下祸根呐……

还是对你来说，这个委托只要能知道答案就好了？”

“呃……这个嘛。”

“照你所说，这应该是你在考虑迎接下一份工作之前，避无可避的一个过程——若是如此，这过程或许多少流于形式，会让你觉得有些不耐烦，但请你就当是欣赏侦探的表演吧。”

倒也是。她说得没错。

我打电话给今日子小姐，并非仅是因为想知道谜团或谜题的解答……倘若只为了满足单纯的好奇心或纯粹的求知欲，应该还有其他的方法。

但我还是——

“……”

“可以了吗？那我就继续说下去喽。回到‘事物价值是相对的’这个话题，这点也不只局限于金钱的价值吧？就拿我的白发来说，走在路上肯定很引人注目……即使现在我也能感受到众人的视线。可是假如聚集了上百个和我一样满头白发的女性，这种稀少性就会烟消云散吧？因为聚集而烟消云散，说来也挺吊诡的……相反，倘若在那一百人里混进一个黑发的人，受到瞩目的反而会是那个人吧？”

“多数派与少数派……类似这个意思吗？”

似乎离主题还很远，但既然她说要按部就班来，我也不好左耳进、右耳出。如果不能投入感情，当一回事地专注倾听，只会重蹈覆辙。

并非现在满意就好了——人要放眼未来。

既然如此，我也不能只当一个听众，必须用我的脑子思考。我想，这才是今日子小姐的用意。

“也就是……因为周遭情况改变，价值……还有存在意义都变得不同。需要与供给、市场原理……虽然那是与我无缘的世界，但确实有人买画是用来投资的。”

“啊哈哈。要是投资的话，看到两亿元的画变成两百万，一定会大受打击吧！”

可不是大受打击就能收场。

不过，虽然今日子小姐在之后对那幅画视而不见，但要是有那么剧烈的价格变动，本身就会成为一个话题，如果我是来参观的人，或许反而会想见识一下。与其说是爱凑热闹，毋宁说人类的劣根性，就是会想看看那幅不幸的画……难怪我会马上受到天谴。

“别这么说，那是很正常的反应，无须如此自责……因为价格大跌而受到瞩目，反而借此让价格再度三级跳，这种起死回生大反弹的例子，在市场上也屡见不鲜。”

今日子小姐温柔地帮我打圆场……真是感激不尽，但现在可不是陶醉其中的时候。

“只不过，亲切先生。其实不太可能发生这种事吧。实际上，美术馆的参观人数也没有从哪一天起突然暴增对吧？逆推回来，也就是并不存在沸沸扬扬的新闻，足以让那幅画的市场价格产生变化。”

“是的……是没有。”

刚才提及汇率涨跌的例子固然是太过夸张，但说来那天和今日子小姐说话时，也曾提到过那幅画的“背景”。

倘若当时真发生了会让画的价值暴跌的事，风波可能会大到让美术馆都得休馆吧——我们那时应该已经得出这样的结论。

把这点也考虑进去的话，似乎就可舍弃“画作价格是因为外在条件改变而变得不同”的假设了。严密地说，当然也可能是被没有公诸于世、只有某些内部人士才知道的内幕所影响。只是，我不认为那天的今日子小姐会知道这种内幕。

她是因为记不住内幕才受重用的忘却侦探——所以，今日子小姐那天鉴定出“两百万元”的价格并非基于相对的判断，而是绝对的判断。

只看了画本身，就做出这样的判断。

“也不尽然哦！亲切先生。”

“咦？”

“因为——请容我再强调一次，单就画本身要做出绝对判断是很困难的。即使想用清如明镜的心、不带偏见的眼光去看，但‘客观审视’也不是想要就办得到的，就连不会受到昨天以前的记忆牵绊的我也不例外。”

所谓的观察，就连对专业的侦探也不容易呢——今日子小姐说。

“更何况还牵涉到专业鉴定，这可不是从单一角度就能下判断。”

“这样吗……可是今日子小姐实际上不就手起刀落地做出鉴定了？不管是两亿元的时候，还是两百万的时候。”

“看样子，亲切先生把我估的价钱当成基准了呢……这似乎会让你产生偏见，请忘了这件事。就你所见，画本身并没有变化对吧？”

被忘却侦探要求“请忘了这件事”还真是有点莫名其妙——但这又是要做什么呢？

“那么，接下来就从相对的角度来思考我估的价钱正不正确吧！既然画作背景和画作本身都没有改变，这样价钱真的会有所不同吗？会不会只是我搞错了呢？”

“可是这么一来，大前提不就不成立了吗……”

难不成根本就没有什么谜团，整件事只是个可笑的怪谈。

“这也是一种思想实验。你就当是暖身吧，把所有可能性都列出来。”

“暖身吗……”

如果这是为了接受事情真相而作的事前准备，的确不该得过且过——只不过我实在无法放下“怀疑眼前的人很失礼”这种常识。但是仔细想想，为了让大前提成立，还是应该要先好好检视这一点。

话说回来，倘若今日子小姐不是忘却侦探，根本就不用这么麻烦了。对于“今天的今日子小姐”来说，之前不管是哪天的自己都跟别人没两样，所作所为也与她无关，只是个第三人。

“我只是单纯地认为……今日子小姐没必要骗我。”

“人就算没必要也会撒谎骗人哦！”

“可是，有人会对只是刚好在美术馆萍水相逢的保安人员，撒那种没意义的谎吗？”

“也不是没有因为心仪的男性前来搭讪，想开个小玩笑的可能性吧？想引起对方的好奇心，才故意说出两亿元那种意味深长的话。”

“原、原来如此。”

她说“心仪的男性”也说得太自然，害我心里一阵小鹿乱撞，但这正是“巧言捉弄”的最佳范例吧。或许是为了回敬我那句“因为你的背影太有魅力了，我忍不住向你搭讪”的说词。

“或者是正在专心欣赏艺术的时候被人搭讪，为了掩饰自己的难为情，故意扯到钱的话题上……之类的，想扯个理由，不管什么都能扯就是了。”

“可、可是，就算这样，也没有理由要在这天说那幅画值两亿元，隔几天又说只值两百万啊？”

“如果反正都是骗人的，那就只是单纯的说多说少而已。因为你一开始听到的是两亿元，所以才会觉得少，但两百万其实也是一大笔钱哦！”

这倒也是。虽然我的存款余额因为收到比预期还高的离职金而大增，但要不是遇上这次意外，也不容易存下那么多的钱。而一般人为了赚到这笔钱，可得不眠不休地工作好几个月才行。

“没错。要是能得到两百万，我什么都愿意做哦！”

“什、什么都愿意做吗？”

这价值观也太可怕。

不过，如果是玩笑话，这也的确是能让人这么说的金额……相反，假如自己背了两百万的债务，光想想就快要上吊自杀了。

“啊哈哈。是呀。万一我不是忘却侦探，而是个高明的骗子，这就很有可能了。先说这幅画值两亿元，第二次再说只要两百万，借此煽动亲切先生的购买欲——现在买很划算哦！这样。”

这么说来，两百万倒是恰到好处的定价……金额虽高，但只要善用分期付款，像我这样的年轻人也不是付不出来。

“如果要贯彻怀疑一切的态度，我认为针对这个可能性追根究底也不坏……要追根究底一下吗？”

“啊，呃，不用了……”

看着那满面的淘气笑容，让我差点觉得如果对象是今日子小姐，就这么被她欺骗也无所谓。但是撇开她的笑容不说，这是诈骗的可能性也微乎其微吧——毕竟我上班的地点是美术馆，不是画廊。纵使勾起我的购买欲，就算再怎么划算，美术馆也不可能把画卖给我吧。

相较之下，两亿元和两百万都算“感觉是一笔大钱”的金额，要说是今日子小姐依当天的心情随口扯谎的可能性还高一点。不过，这样就必须再找理由来解释为何她原本一直在那幅画前伫立良久，后来又视而不见……

“很有道理呢。鉴定为两亿元的那天，可能是进美术馆以前看到年薪两亿元的棒球选手的报道；而鉴定为两百万的那天，则是在新闻节目里看到房租要两百万的豪宅也说不定。或许只是受周遭影响，每次对于‘巨款’的价值观才会都不同，并以其为基准估价——我这么说，你能接受吗？”

“你这么说……”

我虽然不能接受，但也觉得理论上是说得通的——只要假设今日子小姐有理由说谎，这个谜团就轻易迎刃而解了。就当心仪男性那部分是个过火的玩笑话，但若说是当她享受逛美术馆之乐时，受到保安人员干扰，为了快点赶走这不识相的家伙，所以信口开河……

纵然我不希望事实是如此，但是这倒也不无可能。

不过，就算这样，也只解决了我内心疑问的前半部分——我委托今日子小姐的解谜还有后半段。

若将两者放到天平上，后半段才是重点。就算今日子小姐的两次鉴定都只是胡说八道，我也完全无法解释和久井老翁的疯狂举动。

当然，今日子小姐的鉴定与和久井老翁的破坏行为可能完全无关……可是要毫无根据就如此认定，又觉得两者都聚焦在同一幅画上也太巧合了。

说无关，大概只有本人太奇特的剥井弟弟才能说跟这件事无关吧……

“那么，暂时把作品值多少的事情放一边，先来讨论之后发生的事，也就是害亲切先生丢掉工作的直接原因吧？当我想象如果自己也跟亲切先生站在同样的立场，就不由得一阵心痛，不过此刻就先让我们站在和久井先生的立场来想想吧！”

“和久井先生的立场……是吗？噢……”

话是这么说，但该说提不起劲吗？光是要找出那个性格刚烈的暴躁老人跟自己的共通点就已经够困难了，老实说，我实在无法想象他的心情。

毕竟这并不是单纯在看故事书——但就算今日子小姐是推理小说里描写的名侦探，她也还是必须去推敲那些登场人物虚无缥缈的内心世界。

尽管可能帮不上什么忙，但我也试着设身处地思考。究竟是什么样的动机，才会让人想要用手杖敲破美术馆里展示的画作？那个老人究竟想做什么？

“没错，所以请试着思考这件事。这也是种思想实验……亲切先生，有什么事会让你想要破坏挂在美术馆里的作品呢？”

真是个荒唐的问题。

虽说我已经被开除了，但保安才不会想做这种事……如果硬要我想个动机的话，嗯……倒是有个毫无根据的突发奇想。

“那个老人其实是那幅画的作者……因为不满意自己的作品，不能忍受那幅画展示在世人面前，所以才会一时冲动地敲破它……之类的。”

虽然没有证据，但如果硬要我举出一个根据——事情闹得那么大，却只开除了一名展区保安就能了事，显示犯人和被害人很有可能是同一个人。

就像不满意做出来的陶器，就把成品往地上狠狠一砸的陶艺家那样——假设那个老人是有名的画家，认识馆长也就合情合理了。

只是，用不着拿金钱来鉴定衡量价值，原本就比任何人都清楚绘画这种艺术文化价值的画家，会把画作破坏成那样吗……这固然令我满心疑惑，但或许也正因为是看得出价值的画家，才有破坏画作的资格——要这么说也还算合理吧。

不过，无论说法再怎么合理，即便是创作出那幅画的本人，也没资格破坏展示在美术馆里的艺术品。

“说得也是。或许可以求证一下和久井先生是不是画家……而且就算不是他的作品，像是可能想要给不肖徒弟一个教训，又或者展示画作是他视为眼中钉的竞争对手所画，因为嫉妒而做出疯狂行径。”

因为嫉妒竞争对手而做出疯狂行径，再怎么说也太幼稚了吧……然而，单以可能性来说的话，倒也不是全无可能。姑且不论一般人是怎样，但和久井老翁的确不像是个会因为年纪大就磨平棱角变圆滑的人物。

“可是亲切先生，从你拾起那位可爱的天才少年的牙慧，说那幅画是‘地球的风景画’之后老人就稍微冷静下来的反应来看，如果说他是因为看那幅画不顺眼才加以破坏，似乎又有点怪怪的。”

“嗯……是有点怪怪的。”

如果他不满意那幅画，无论我怎么评价、无论我认为那幅画在画什么，对他都没有任何影响吧。相反，要是我对那幅画还表示认同，反而可能更是火上加油。

虽然实际上只是现学现卖，但原本以为我的眼睛长在屁股上的老人，就这样认定我没他想象中的那么无知，因此停止继续抓狂的话……

“何况就算这个假设成立，和久井先生就是作者的话，亲切先生应该会知道吧……毕竟贴在画作旁边的牌子上就写着作者的名字，而你应该已经看过那牌子无数次了吧。”

有道理。如果写在牌子上的名字是“和久井”，我不可能没注意到……虽说我根本不记得作者的名字，但如果是相同名字，我一定会察觉的。

“话虽如此，也不能完全否定这个可能性。所以假设和久井先生就是画家，有什么天大的理由会让他想破坏那幅画呢……这么想的话，破坏的时机还真的蛮奇怪呢！”

“时机……很奇怪吗？”

“是呀。为什么他要选在那一天去破坏那幅画呢？听你的叙述，那幅画已经展示很久了，不是吗？既然如此，为什么他不在刚揭幕展示之时——而是要挑那一天去搞破坏呢？”

“……”

说来，这个假设的确有个很大的破绽。无论理由为何，倘若是不满那幅画被展示，的确该在刚揭幕展示时就立刻来破坏才是。如果是作者本人，原本就不会答应展出不想展示的作品吧……当然，这社会的结构盘根错节，纵使不满意成果也得拿出去见人的状况，不管从事哪个行业都会遇到吧。

但是那幅画从我担任那家美术馆的保安以前就一直展示在那里，所以若这假设为真，的确是有种“为何事到如今才来多此一举”的感觉。

“如果是因为来日无多，或许会想弥补一些心中的缺憾，但是和久井先生似乎还很硬朗对吧？”

看她笑意盈然所以容易忽略，今日子小姐可是轻描淡写地说出一句蛮难笑的话——来日无多。

打从第一次和她交谈的时候，我就已经隐隐约约地感觉到了，像这样面对面坐着谈话，又让我更加明白，这个人只是用平静安稳的笑容营造温和气氛，但她说的话一字一句都很现实，完全不会感情用事。

或许就是因为这样，她才能揣度出别人心里在想什么——但我不禁有些好奇，这种人为何要当侦探呢？她也有像我这样“想要守护什么”的动机吗……算了，现在可不是鉴定今日子小姐的时候。

“那么，再暂时保留‘和久井先生是否为画家’这个假设，先来探讨他为何要在那个时机前来破坏那幅画吧——可以吗？亲切先生。”

“就先这样吧……”

那天并非什么特别的日子，美术馆也没举行什么特别的大型活动。

“回到最初的疑问，应该还是因为展示的画作有什么不同吧？换言之，一开始，他对那幅画在那里展示一事并无不满，但随着时间过去，由于画作产生了变化，使得他再也无法压抑破坏的冲动……”

合情合理。

可是，若采用这个说是理所当然也不为过的假设，又会和刚才“其实并未发生从两亿元跌价到两百万的变化（因为是今日子小姐的谎言）”的假设有所冲突。

结果还是推得“画作产生了变化”——不仅如此，说是“画作产生了让价格从两亿元暴跌到两百万的变化”应该会更符合推论，至少更说得通。

“也可能是展示时出了问题。事实上，抽象画不就经常出这种纰漏吗？像是美术馆没做功课，把画挂颠倒而激怒作者之类的。”

“嗯……可是就我所知，那幅画并没有换过方向。万一有这样的变化，我一定会注意到的。”

“呵呵呵。我们又回到原点了呢！这就是所谓的原地打转吧。”

今日子小姐似乎有些乐在其中……也对，毕竟她已经知道答案，或许是看我这样团团转，觉得很有趣吧。她这心态着实有些恶劣，但我早就亲身验证过，今日子小姐原本就不是什么好心人。

“就像……今日子小姐也说过的那样。”

“我说过吗？”

“说过。”

鸡同鸭讲。

“你说过管理维护也需要相对应的成本。绘画与数字档案不同，作品状态难免会随着时间而劣化。这也是绘画的优点，但在保存和管理上就得煞费苦心，而那家美术馆……”

“哪家美术馆？”

“咦？都聊到这里了，你不可能不知道吧……比如说那家美术馆在展示作品的管理上出了问题，呃，像是颜料龟裂或剥落之类……或是来参观的人在上面涂鸦，害那幅画失去价值，身为作者的和久井先生知道了这件事，怒不可遏地闯入美术馆……这么一来，时间顺序不就完全对上了吗？”

“可是，请容我再重复一次，就你所见，画作不是没什么不同吗？”

“是没有……”

但那只是眼睛长在屁股上的一介外行人的意见。我并没有注意到展示的画作上是否有细微的伤痕——我的眼睛还没有锐利到能看出只有专家才会知道的细微差异。

“我其实也不是什么绘画的专家。当然，观察是侦探的工作，但是就算我能留意到从两亿元跌价到两百万的变化，也无法察觉出必须用放大镜或 X 光分析才能知道的细微变化。”

“嗯……”

“更何况，你一直在那幅画的展区监视着，不是吗？就算没能察觉到画的变化，总会知道有没有人在那幅画上涂鸦吧？”

这倒是。

实际上，我就没放过拿铅笔站在那幅画前的剥井弟弟——直到和久井老翁把画砸烂以前，都没有人对那幅画出手。

如果要我以保安人员的角度作证，我也会说那幅画的管理状态并没有特别糟……就算那幅画的管理做得不够好，展示在同一个展区里的其他作品也处于同样的条件，但我可没听说其他画也被砸了。脾气那么暴躁的老人再多几个谁受得了……但也或许真的出过事，只是同样被馆方压下来而已……

“的确，天知道呢。不过，若是真的有好几幅展示作品遭到破坏，这家美术馆也该关门大吉了吧！”

“就是说啊……这可不是开除展区里的一名保安人员就能够圆满收场的丑闻。”

话说回来，美术馆之所以把事情压下来私下处理，应该不是为了粉饰美术馆的丑闻，而是为了包庇动手破坏的和久井老翁。身为现场的负责人，虽然不想说自己只是不幸被无端牵连，但这次的事，确实是和久井老翁他个人引起的。

“总觉得提出愈多假设，假设之间愈是自相矛盾……到底是该想得简单一点？还是干脆一不做、二不休，把所有的可能性都列出来思考呢？”

“不用这么麻烦，主要的假设都已经到齐了——这样就足够了。辛苦你了，亲切先生。”

今日子小姐随口慰劳伤透脑筋的我。一时之间我还以为她在挖苦我，但好像不是那样。也就是说，我是真的已经按部就班完成了今日子小姐所谓‘为了推理的准备’——忘却侦探身为侦探的仪式，似乎至此告一段落。但感觉上，只像是又重新确认这不可思议事件的不可思议之处。

别说是没有任何成就感，经历这种反复拖拉的重重思考，反而更让我觉得谜上加谜。

“也、也就是说……刚才提出的假设之中有真相吗？‘到齐’指的是所有选项都已经齐全了吗？”

“真相不在其中。如同我们先前讨论过的，全部都不能当真，也没有重新检讨的必要。就像所有侦探都应崇拜的那位名侦探中的名侦探曾说过的那句‘将所有理论上不合理的可能性排除之后，剩下来的答案无论再怎么不合理，都是事实’——当然也有例外，但这次先不管那些例外。”

“是、是吗……”

我也听过那句格言。我直到刚才一直以为今日子小姐是在听完我说明来龙去脉之后，间不容发地当场得到答案……但这样说来，她是在那么短的时间之内，就完成如此复杂的思考吗……

看样子，最快的侦探不只是解决事情的速度很快，就连思考速度也是最快的。在刚才的“仪式”中，她应该是刻意放慢步调来配合我吧。

“可是……即使截至目前的讨论是用来进行排除法，但我也想不出接下来还会剩下什么。”

“与其说是排除法，这个情况应该说是反证法吧！两者都是推理小说里基本的技巧——那么，就让我简单说明一下。”

今日子小姐说完，突然起身移动至桌子一旁，站在平时服务生点餐的位置再后退约一步的地方。

然后她把双脚打开到与肩同宽，将双手举到头上……这是什么姿势啊？虽然我还没被分派到那种地方值勤过，但要说的话，很像是在进入戒备森严的设施之际，接受随身行李检查时会被要求摆出的姿势——不管怎么说，都不是日常生活中会摆出的姿势。

“怎、怎么了？这是什……什么雕像的姿势吗？”

我执勤的美术馆是以展示绘画作品为主，雕像大概只有入口处有……而且也没摆出这么奇怪的姿势。

虽然不是高峰时段，但是我们也没有为了要密谈而包下整间咖啡厅，所以店里的视线全都集中在突然摆出奇怪姿势的今日子小姐身上——然而她却一点也不在乎的样子。

这个人完全不在乎别人的眼光吗？

身为保安人员，虽说站岗时散发适度存在感也是工作一环，但是受到瞩目还是会让我浑身不自在……只是如果有“反正到了明天就会忘记”作为前提，说不定我的羞耻心就会麻痹吧。

“不是雕像。我只是想如果看全身会比较容易理解。”

“全身吗？嗯，的确全身上下都看得很清楚……”

今日子小姐把手高举到头上，所以除了背部以外，全都一览无遗——确实如同展示在美术馆的雕像，今日子小姐（看来很滑稽）的姿势，从头顶到脚尖全都映入眼帘。

她的服装很正式，也不算特别暴露，但是不知道为什么，那个站姿看起来很性感。也是，如果只是单纯站着，应该不会受到这么多瞩目……

“但看清楚又怎样呢？呃，今日子小姐，能的话请先坐下来吧……”

“你没发现吗？”

“什么？”

完全不管我的好心提醒，今日子小姐一脸若无其事地回问我。大概是看我完全摸不着头绪，她又问得更具体些。

“你没发现吗？在美术馆见到的我，和现在正和你说话的我，有一个很大的不同吗？”

“哪里不同……”

记忆会每天重置的今日子小姐，应该不会随着时间的流逝而产生不同不是吗？当然，还是会有头发留长、指甲变长这种细微的差异……但是，那些都称不上是很大的不同吧。

“看不出来吗？请你仔细地看哦！”

“仔……仔细看吗？还是看不出来啊！但是……真的有什么不同吗？呃……啊！”

不快些回答，今日子小姐就会持续扮演店里的笑柄。在这种状况下，心里愈急，愈是什么都想不出来。可是一旦想到，答案就再简单也不过了。不只简单，那也是我看到今日子小姐走进咖啡厅时，想到的第一件事。

“服装……吗？”

“没错。你答对了。”

我终于赶在店员就快来阻止她的时候提出这个答案，这个毫无意外性的回答似乎即为解答，只见今日子小姐干脆地放下双手，坐回椅子上。

我松了一口气。

话说，如果答案是服装，根本不用特地站起来，直接坐在椅子上问我，说不定我还能更快想到答案……纵使不论“到了明天就会忘记”的特性，今日子小姐也太没有戒心了。

真是太危险了，光是看着都替她捏一把冷汗。

言归正传，服装——不仅限今天，今日子小姐穿衣打扮的确很有品位，在那家美术馆里的时候也是，从未看她穿着同样的衣裳前来。我还曾经想过她家的衣柜到底有多大啊……但这又如何？

“又如何呀……那，我问你。亲切先生，你如何能判断穿着不同衣服的我是同一个人呢？”

“什么？”

“我全身上下可供指认的地方，几乎有九成都跟你上次见到我的时候完全不一样呢！但你还是可以认出我是同一个人，你究竟是以什么为根据作判断的呢？”

可供指认的地方几乎有九成都不一样……这么说的确也没错。虽然像今日子小姐这样，每次都以不同打扮现身的人也很极端。

“毕竟你又没有遮住脸，从体形……还有如果是今日子小姐的话，还可以从头发颜色来判断。”

“脸、体形、头发颜色——也就是从我本身，而不是那些能拆卸下来的配件来判断。就算换衣服，我还是我。”

“是的。”

我没打算讲些什么富含人生哲学的大道理，不过大概是这样没错。要是换套衣服就能变成别人的话，那人生可就轻松了。

“可是亲切先生，你在我们刚见面时是这么说的吧？‘因为没穿制服，所以认不出来’……制服难道就例外吗？”

“啊……嗯，因为保安人员就是靠制服让别人能一眼辨识啊！或者说保安制服就像是个记号，让任何人只要穿上它就会看起来像保安……但不止是保安，制服这种服装的效果不就是这样吗？”

“没错，正是如此。穿在身上的衣服有时候会规范一个人——不管穿什么，我就是我，但也可能会因为今天要工作，所以就穿得很正式，要是放假可能就会大着胆子穿上短裤也未可知。”

“短……短裤吗？”

好难想象。

可是，话题怎么扯到这里来？她不是要给我解决问题的提示吗？观察今日子小姐的穿着确实是很有趣，但好像不适合在工作场合讨论这个……

“还不懂吗？我的意思是说，就算我没有变化，但随着我的穿着打扮不同，也能呈现出各式各样的我呢——这就是所谓‘改变造型换心情’吧？相反，如果永远都做同样的打扮，虽然让人觉得一成不变，却能保持不变的价值。这点不只是人类，绘画也是同样的道理。”

“同样的……道理？”

我懂她的意思了。

不过这个假设不是已经讨论过，也被否定掉了吗？

即使画作本身没有变化，价值也会因为作者去世或作者其实另有其人等诸如此类的时空背景不同，而产生相对的变动——从这里再延伸出去，就连“同一个时代有哪些画家？”“彼此之间如何切磋琢磨？”“又是在什么样的情况下描绘出那幅画？”这些背景故事，都会影响市场价格。

只是，倘若真的发生了那么具有戏剧性的改变，我就在美术馆里工作，不可能完全不知道——刚才我们应该已经达成这个共识了才是。

“即便如此，今日子小姐还是要说是背景不同吗？”

“不是背景。不在其后，而是在上下左右……吧？”

“什么？”

今日子小姐东拉西扯，终于让我的脑筋打结了。上下？左右？她是指展示在同一展区里的其他作品吗？因此产生相对的价格变动吗？不，左右也就算了，哪来展示在上下的画啊……而且在我负责的展区里，也没听说过更换作品的事。

“今日子小姐，请你别再卖关子了，就告诉我答案吧。求求你。”

虽然很丢脸，但我也只能举双手投降。

“为什么那幅画的价钱会从两亿元变成两百万呢——明明就是

同一幅画，金额为什么会有这么大的不同呢？”

“‘额’之所以不同，是因为‘额’不同了呀。”

“我是说——”

“‘额’之所以不同，是因为‘额’不同了呀。”

今日子小姐像是要岔开话题般，跳针似的重复同一句话，让我快压抑不住自己对她的质疑。而她依旧对我重复说着同一句话——只是仔细听来，似乎有点小小不同。

因为“额”不同——“额”？

她完全没有要岔开话题的意思。

而是丝毫不拐弯抹角、非常直截了当地解开谜团——这就是答案吗？

“说得再正确一点——‘金额’之所以不同，是因为‘额框’不同了。从上下左右将那幅画框起来的额框，被换掉了。”

9

要说是盲点，这盲点未免也太巨大了吧——而且这也不是点，虽说还不到面，总之是个框。不过在欣赏画作的时候，平常的确不会意识到这幅画“装在什么样的框里”。就像看电视时我们也不是真的看着电视机本身，而是在看屏幕里的风景。

“名画要装在什么框里，其实是相当重要的呢！画本身虽然毫无变化，但随着画框不同，看起来也有天壤之别——就像人会因为穿着什么样的衣服而得到什么样的定位般，说得极端一点，画框可能也会影响画作的评价。我这忘却侦探虽然健忘，也还记得王尔德说的‘只有蠢蛋才不会用外表来判断别人’这句话。只是要说外表决定一切，倒也不能一概而论。”

到底什么算外表？到哪里才算内在？价值判断的标准又在哪里？这的确是个很困难的问题。就像明明穿着保安的制服，却又要人别用外表判断，显然是强人所难。可是也不会只换件衣服，就给人判若两人的感觉。

展示中的画作即使换了画框——我想远远地也看不出变化。

事实上，我就没发现，也没想到这一点。

“但还请你不要误会，这不只是画框值多少钱的问题——虽说有人会用‘画框还比较有价值’之类的话来抨击质量不怎么样的作品，但我们现在讨论的主题还是画作本身。问题并不是在两亿元的画框被换成两百万的画框，而是在画框与绘画本身的契合度！服装也是如此，每个人都有适合自己和不适合自己的衣服。没有人穿什么衣服都合适吧？”

“是……”

你不就是这样的人吗？虽然我心里是这么想，但是觉得说出来又会把话题扯远，所以就把话吞回去了。纵使是今日子小姐，穿上不合身的衣服也不会好看吧……我硬是给自己一个解释。

“相反，倘若由专业的造型师来搭配衣服，即使本人没有任何改变，外表可能也会产生令人意想不到的变化。所以说，买衣服的时候请店员帮忙拿主意也是种好办法。”

对于很怕店员强迫推销的我来说，很难赞同这种想法，但经她这么一说，我也认同的确有很多事情，不是看镜子里左右颠倒的虚像就能发现的。

“听说，实际上也有些画家会自己制作画框……当然也有专门制作画框的专家，他们可以说是绘画的造型师。”

“专、专门制作画框的专家？有人从事这样的工作吗？”

“一切看似理所当然的存在，都是由某个人制作出来的哦！不管是这张桌子、这张椅子、这个杯子、我们穿的衣服、用来裱画的画框……都是某个人尽职敬业制造出来的。”

“……”

这也是——盲点吗？

无论科技再怎么发达、利用机器作业再怎么普遍，要是没有人制造螺丝，连齿轮也无法运转……当然，就像在美术馆担任保安人员这样，并不是每个在工作的人都想成为镁光灯焦点，但是不被人当作一回事也能甘之如饴的，想必也是稀有人种。如果觉得用“自尊”

形容太过矫饰夸张——那也该称之为对自身专业最起码的坚持。

“没错。所以才会大失所望呐。要是专门为那幅画精心制作的画框被换成别的画框，或许真的会气急攻心，一时失去理智地敲破那幅画。”

“这么说……和久井先生不是那幅画的作者……而是画框制作者吗？！”

难道当时他想砸烂的不是画，而是画框？画作只是受了无妄之灾……回想起来，当时被砸得支离破碎的确不只画布，连画框也陪着粉身碎骨。

当我提及画作内容时，和久井老翁才会恢复理智。被我问“你跟地球到底有什么过节”才想起他跟地球……他跟那幅画，的确没有任何过节。

所以才会恢复理智。

说不定后来他出题考我，也只是为了掩饰自己无端破坏一幅画的心虚。

“从事和久井先生那一行的人称为‘裱框师’，制作能够将名画价值提升到极致的画框，就是他们的工作。”

“裱框师……”

“称为‘绘画设计师’或许比较符合时下流行，但这么叫又有些入侵画家的地盘，所以他们大多还是沿用‘裱框师’来自称，显得比较不嚣张。”

以小说为例，大概就是像装帧那样的工作吧。即使内容都相同，只是在外观或书本尺寸稍做改变，就能带给读者截然不同的印象。同样的道理，那个和久井老翁是用画框来赋予绘画新生命吗?

“至此只是我的推理。当然，现在还没有足以确定和久井先生就是裱框师的证据。不过，对于展示绘画作品的美术馆来说，裱框师是非常重要的合作伙伴，所以就算认识馆长也不足为奇……甚至要把他被当成贵宾侍候、协助掩饰他的暴行。”

“……”

“看在因此成为牺牲品的亲切先生眼中，或许非常不可理喻，但这也不表示和久井先生受到了于理不合的礼遇。馆方也多少是为了赎罪……恐怕是因为他们没有经过和久井先生许可，就擅自换了那幅画的画框吧。”

即便如此，就把自己做的画框，还连同画作整个破坏掉也太冲动——今日子小姐说。乍听之下似乎在注意措辞，但仔细想似乎也没有要替美术馆或和久井老翁说话的意思。

果然是很苛刻的人。

不过，今日子小姐说的也有道理。一想到由于和久井老翁感情用事而破坏掉的画作和画框都有其作者，不管有什么必要性，不管再怎么生气，都没有同情的余地……

“我想稍后由亲切先生再去求证会比较合适，但是请你先听听我这个侦探兼局外人所进行的推理——这件事的前因后果究竟是如何。”

“好……请说。”

“我认为画作价值两亿元的时候，那幅画的画框应该还是和久井先生的作品。至于是什么时候被换掉的……我记得你说过美术馆进了一幅馆长费尽心思弄来的最新作品，还引起一阵骚动对吧？恐怕就是在那个时候吧。站在馆方的立场，当然希望把最新作品打扮得漂漂亮亮地见人，所以呢，就把馆内最好的画框拿来用了。”

像是换一件大礼服那样呢——今日子小姐说。

用衣服来比喻的确很浅显易懂……只不过，那件衣服应该是专为那幅画量身打造的，不见得适合新的作品吧？

“再怎么说也是专家做的‘衣服’，某种程度上搭配任何画作应该都合适。说得直接点，只要别穿错尺码，毕竟人要衣装……当然，那幅被拿掉外框的画也一样，虽说换上了别的画框，可是画的内容并没有改变。”

“……但如果像今日子小姐这种懂门道的人看了，就会看出差别。”

从两亿元到两百万元——暴跌到只剩下百分之一。

这么说来，今日子小姐当时一直是在陈述“作品”的价钱……不只是指“画作”本身，而是鉴定那幅“作品”值两亿元和两百万。

原来是包含画框的价钱。

“……请容我再次强调，这只是我个人的估价哦。要是你照单全收，我会很困扰的。因为我可不知道世人会怎样给它估价呢！”

今日子小姐特地强调。

“当然也应该尊重‘画作的价值不受画框左右’的意见。从馆方这边或许只是想暂时借用，或说作为短期间内的应急处理吧……他们不可能不知道和久井先生的脾气。”

之所以从两亿元暴跌为两百万，或许是因为那幅画和替换的画框非常不搭配吧。而原先的画框也不见得能和那幅最新作品相得益彰……

“馆方是认为……这样能混过去吗？”

“一定是认为混得过去吧！事实上也真的混过来了。只是馆方应该没料到和久井先生会来，否则应该会先跟负责那个展区的亲切先生说一声。”

会不会是有人去告密了呢——今日子小姐说。

——告密者。

虽说今日子小姐应该是在暗示美术馆里比较有良心的职员，但是直觉告诉我，把馆方做的“坏事”告诉和久井老翁的，可能是那个素描本少年。

这才是什么证据也没有的推理……但是长时间看那幅画到能看出画框不同的人，大概就只有今日子小姐和剥井弟弟了。

假设他在临摹那幅画的时候，画框已经被偷天换日——假设，他也察觉到不对劲。

正确地说，记忆会随时间经过一并消失的今日子小姐就算注意到画框的价值，也无从察觉画框的不同。如此一来，在来过美术馆参观的人之中，就只剩剥井弟弟会去打小报告了。

不过，究竟是如何已不得而知，而且不管是谁去告的密，都不会影响和久井老翁知道真相的事实——也因此他才会来到美术馆大闹一场。

当和久井老翁看到理应用来衬托那幅画的画框——自己的作品竟然不在原位，便犯下众人皆始料未及的暴行。从这个推理虽无法推测出他是否一开始就打定主意要搞破坏才带手杖来，但是从他连跟画框相连一体的画本身都一起砸烂的结果往回推，或许真的只是一时冲动的破坏。

所以当他恢复理智时，才会老实地“束手就擒”……另一方面，馆方也应该知道整件事是自己起的头，所以也不敢表现得太过强势，只好私下为事情画上休止符。

“……”

听完她的推理，我沉默不语。

身为曾在现场值勤的当事人，虽然不认为今日子小姐推理的每个细节都绝对命中红心、分毫不差，可是至少消除了我心里的疑问和猜疑。

消是消除了……

“所以呢？接下来你打算怎么办？”

“……啊？”

突然被她这么一问，我一下子整个人都愣住了……今日子小姐的推理告一段落，工作应该已经大功告成，却一脸“接下来才是重头戏”的表情，眼睛眨也不眨地凝视着我。

那是仿佛要将我看穿的视线。

“什、什么怎么办？”

“我是在问你，当我已经抽丝剥茧地为你厘清遭到解雇的原因，而你知道原因以后，接下来有什么打算？你似乎认为没能保护好那幅画的自己也有责任，所以打算坦然接受处分，但事实上呢？追根究底，是美术馆偷换画框，才引来和久井先生的破坏行为，最后却要你接受处分，这般处置说来也是有些许不当。”

“……”

“如果你想对抗组织对你不公不义的处置，我也能够继续为你效劳。因为届时要对抗的并非保安公司，而是美术馆，所以不需要在乎你刚才所提到的顾虑吧！我可以介绍战绩辉煌的律师给你，只要办妥简单的手续，我就能替你出面。为了厘清事实，接下来我也可以陪你一起去美术馆。”

“呃……”

看来当推理告一段落，今日子小姐又从解谜的侦探变成营销业务了……我觉得她这点实在很厉害，自己开公司的人果然跟我这种打工族想的完全不一样。

虽然我已经没有工作了……

我之所以委托今日子小姐调查这件事，是为了展开接下来的求职活动，而且做梦也没想到居然还能看见重回职场的一线曙光，可是……

“不了……我已经不打算回原来的公司了。”

“哦，这样呀……可以告诉我原因吗？”

“原因……”

说我毫无留恋，绝对是骗人的。虽然我曾经完全死心，但是如今情况不同，或许应该奋战到底才对——被不当解雇的我若能勇于迎战，或许就能避免以后再发生同样的不幸。为了避免接替我的人跟我有同样的遭遇，也为了自己的权利，或许我应该采取积极的作为。被害人若忍气吞声，最后只会助长犯罪的风气。

“可是……我认为这次最大的受害者并不是我。”

“哦？那是谁呢？”

今日子小姐颇感兴趣地问。

“我认为是装在那个画框里的画。”我回答，“我确实没有保护好那幅画……就算情况有所不同，就算内幕公诸于世，也改变不了我没能保护好那幅画的事实。既然如此，我就应该坦然接受报应……只是这并不表示我接受组织对我的处分，这是我对自己的惩罚。”

遭到破坏的画框如果会思考，大概也会这么想吧……面对不合理的对待，这样一人承担固然过于沉重，但我也无法认同遇事就规避承担的工作态度。

虽说，结果什么也没变。

即使委托她解开谜团——依旧也没什么不同，而且我也不打算让什么变得不同。我会就这样无职无业却也迎向明天——但，这样就好了。

已经发生的事虽然不会有改变，但解释不同了。

价值和意义——都不同了。

我认为这样就好——真的很好。

“我想成为能守护某些事物的人。老实说，我曾经一度失去了信心，但多亏今日子小姐，让我能再次立定目标，让我能再把失去的自信找回来——对我来说，真的这样就够了。”

“非常好。”

今日子小姐真诚无伪地说。

或许佯装潇洒有点过了头，听她这样讲真让我不好意思……我突然觉得好丢脸，只好硬生生地把话题拉回来。

“因此……我委托今日子小姐的工作，就到此为止吧……费用是要用现金当天付清吧？”

我把来咖啡厅之前先去便利商店提取的现金交给她。因为我觉得直接拿着钞票面交不太好看，还特地装进信封……但是今日子小姐却很干脆地把整沓钞票从信封里拿出来，以不输银行柜员的利落手势确认张数。

“金额无误，谢谢你。我会确实保密，还请放心……只是，亲切先生，接下来你打算怎么办？”

“咦？”

这个问题不是刚刚才问过吗……怎么又再问一次？才傍晚六点，她的记忆这么早就已经重置了吗？

“我不是这个意思。我是想问你今天晚上有什么计划吗？没能争取到你后续的委托着实遗憾，但我也因此接下来都没事了。可以请你负起责任，请我吃晚饭吗？”

今天还长得很呢——今日子小姐这么说。

真巧，我也因为不打算再委托今日子小姐办事，接下来也都没事了。

第二章

今日子小姐的推定

1

“犯人就在这里面。”

今日子小姐如此断言。

这句宣告宛如自远古流传至今的咒语，对名侦探而言更是近似传统仪式，但是我——亲切守——对这句话却没有半点共鸣，而且也觉得要在此时此刻称赞白发女子的推理能力也还太早。

因为今日子小姐这时伸手所指的，并非是齐聚一堂的登场人物，而是一栋三十二层楼高的现代化大厦。讲一句“这里面”到底包括了多少嫌犯，我实在猜不出来。

但这显然不是为了缓和现场气氛才说的俏皮话，因为今日子小姐的表情实在认真得不得了。

“问题是——”在说完刚才那句经典中的经典，但现在讲也没什么实质意义的台词之后，她又接着这么说，“这里头真的有艺术家吗？”

这的确——是个问题。

不管是对今日子小姐而言，还是对我来说。

2

在骂小孩挑食的时候，大人总会用“有人想吃都吃不到，不要挑三拣四的”这句话来教训小孩，但是仔细想想，这其实是一种诡辩。的确，应该让小孩从小对于区域性的粮食问题、全球性的饥荒问题有所警惕，但是用这种说法来纠正小孩挑食之前，应该要先把“想吃都吃不到”的人所居住的环境，发展到让他们也“可以挑三拣四”不是吗？而不该这样要大家一起承担“喜欢的东西不能说喜欢、不喜欢的东西不能说讨厌”这种悲痛的沉默，应该教导小孩要共同打造出“至少在吃这件事上可以畅所欲言”的世界，才是对孩子的教育吧——当然，这纯粹只是理论。

与其说是理论，不如说是理想。

离题了。

讲现实的，这世界并不能用如此进取向善的道德思维来解释……然而更现实的，大人教训小孩“不准挑食”的真正理由，是为了让小孩摄取均衡的营养，或者是避免摄取过度的营养，健健康康长大成人，绝非担心社会上的粮食问题。所以一开始就离题的不是小孩，而是大人。大人为了让小孩乖乖听话，故意引用让人难以反驳的说词来进行道德劝说，纵使不说是伪善，倒也尽显大人的卑劣。

无论如何，吃不吃姑且不论，至少希望能自由地表达好恶——或许我从那时就很认真地担忧着自己的将来，才会有那样的想法。

从上一家公司——大型安保公司拿到的离职金，在支付了给置手纸侦探事务所的费用后虽然减少了点，所幸还没少到让我流落街头的地步，但是依旧无法消除我对将来的不安。是受到最近经济不景气的影响吗？还是我自己的能力不足呢？我迟迟找不到下一份工作。

我甚至觉得，早知道除了离职金，应该再向主管要一封推荐信的。

看样子，如今的我已经没有资格再挑三拣四地说“想从事守护什么事物的工作”这种奢侈的话了——终于轮到我站在听别人说“只要别再挑三拣四，工作要多少有多少”这种忠言逆耳的立场了吗？

放弃选择职业的自由，不仅会让自己的人生变得憋屈，也会让整个社会变得憋屈，所以我不该认输才是。但再这样下去，别说不能选择喜欢的职业，眼看就要沦落到连喜欢的食物都无法选择的地步了。

虽说已经长大成人的我和小孩子不同，并不会再继续成长，但不管从事什么工作，身体都是最重要的资本，还是必须考虑到营养均衡才行。另一方面，人要是一直处于待业的状态，可能会连要怎么工作都忘了……

因此，除了打探之前那家保安公司的竞争同业是否有合适的岗位，我终于也考虑起其他的工作机会。尽管如此，我的首选还是警察或消防员这类性质相近的工作，即便骂我不到黄河心不死，我也无话可说。就在这个时候——

我的手机响了。

“……喂。”

液晶屏幕上显示的是没有储存在通讯簿里的陌生号码，我有点犹豫，不知道该不该接电话。可是，我身为找工作……身为又再找工作的人，在这种时候也顾不得防人之心了。

一想到可能是通知我笔试或面试结果的电话，就不能放过任何一通——就连陌生号码或未知来电，也不能掉以轻心。

虽然这么想非常不符合安全防护的概念——但是我对这通电话没存太多戒心倒也是事实。

原因非常简单，因为我似乎曾看过液晶屏幕里显示的这个号码——严格说来，只是“似乎曾看过”的程度，其实是非常靠不住的感觉。

如果是手机的通讯簿，就能清楚区分有存入和没记录的号码，但人类的记忆就是这么不可思议，即使不记得号码本身，也会记得“曾经记得”的事实。

不过，也有像今日子小姐那样，会把一切忘得一干二净的人，但那是少之又少的特例——但我是认得的。

我是真的认得这个号码。

这个号码凭着若有似无的记忆轻触我的心弦——但也就是“轻触”就能贴切形容的那样，细小而微弱的记忆。

到底是在哪里看过呢……如果我真的看过，到底是在哪里看过呢？不是 090 或 080 开头，所以应该是家用电话，这个区域号码是哪里的啊？

我边想着边接起电话。

“哦，你是当时的小鬼吗？”

一听见电话那头的声音，我立刻知道对方是谁了。

这也是人类记忆的不可思议之处。

反过来说，因为这么一点微不足道的契机，记忆便能鲜明地串连起来。我也才明白，昨天以前的记忆会完全消失得一干二净的忘却侦探今日子小姐为何会如此受到重视了……我带着确认的意味回答：

“您是……是和久井先生吗？”

“没错，我是和久井和久。”

果不其然，电话那头的对方如此报上名来。

是的，他就是那个在美术馆大闹一场，把我逼到辞职的老人——他那与其说是硬朗，更像是蛮横不讲理的姿态，历历在目地浮现我眼前。

话说回来，当时他只说了和久井这个姓。他的全名是我在听完今日子小姐的推理之后，回头去求证时才得知的。

看来只是我孤陋寡闻，“裱框师”这一行本身似乎是历史悠久的传统职业——而在搜集这行业的信息时，不需要刻意去找，自然就会见到和久井老翁的名字。

业界称之为“仙人”，可以说是泰斗中的泰斗。

他被誉为业界最顶级的“裱框师”，可以为画作量身定做出最为合适的画框，来求他制作画框的画家多如过江之鲫……这也可说明区区一家美术馆当然不敢招惹他，只得东奔西走地为他收拾烂摊子。

和久井和久不只是艺术界的泰斗，同时也是工艺界的泰斗——不，甚至说他制作的画框已臻艺术之境的说法也不少。

换言之，我当时架住的可是一个了不起的大人物——虽说“若对于保护对象将造成危害，不管对方是何方神圣都要阻止”乃是保安的本质，也是基本原则——但我也还真是冒犯。

……问题是，那个大名鼎鼎的和久井老翁为何会直接打电话给我？我可不记得我们交换过电话号码。

“阿守。”

而且还无视于我的混乱，和久井老翁用充满威严的语气直呼我的名字，这么问我。

“你最近在干吗？一切都好吗？”

“咦？呃……”

他问的内容简直像是年轻人问候朋友……从外表看来，他已经是年过七旬的老人，要说意想不到可能有点失礼，但他的性格或许还很年轻。

至少脾气就跟年轻人一样冲动……

“问我在干吗的话，倒是没在干吗……”

“哦。不行啊！你这样不行。年纪也不小的年轻人，怎么可以大白天不工作，游手好闲呢？真是不像话。”

我又没说我游手好闲……我还真想顶他一句，究竟又是谁害我沦落到今天这种不像话的田地？

至于若要针对“一切都好吗”来回答，则因为距离我失去一切的时间实在不够久，至今还没办法笑谈这一切。

想到那天，就让我难过得甚至感到呼吸困难——像是被恶魔呼出的灾厄之气缠绕，久久挥之不去。

为了惩罚自己没能阻止那幅画遭到破坏，我并不奢望能复职，但我的脾气也没好到能任由罪魁祸首对我说这种话……我不否认当时在今日子小姐面前把话讲得仿佛一切都已释怀，其实是有故作潇洒的念头。正当我差点要粗声粗气地骂回去时，和久井老翁及时出声制止我发飙。

“我明白，我明白。”

老人笑着说道。

“小子,因为我的关系,好像害你被保安公司开除了。不好意思。”

“……”

我没想到他会这么干脆地道歉，害我一时反应不过来，但总之，老人根本是火上加油——他怎么好意思跟我说“不好意思”！

“不过，我已经狠狠教训过敷原那个笨蛋，你就原谅他吧！无论哪个时代、哪个世代都有不懂艺术的笨蛋——可是正因为有那样的笨蛋存在,艺术才会增值。抢着喝粥的和尚愈少,当然是愈好啦！”

“呃，是这样啊……”

还以为他终于要认错负责，结果还是把错推到美术馆的馆长——敷原先生头上。这种推诿卸责的方式不仅令我傻眼，甚至觉得为此生气真够愚蠢。不过话说回来，擅自换掉画框的美术馆也的确有问题。

这时，我突然想通了。

并非像今日子小姐那样经过一一分析所有可能性的推理，而是没有经过大脑思考的灵光，就只是直觉地想到。

“是敷原馆长把这电话号码告诉您的吗？”

也可能是保安公司……但是对公司而言，美术馆不过是众多客户之一，和久井老翁的影响力（或者是压力）不见得能直接影响到公司，他们也不可能泄露前员工的个人资料。另一方面，为了避免临时有事的时候联络不到人，馆方应该有份保安人员联络方式的记录，对于和久井老翁来说，要问出来想必不是难事吧。

“嗯，没错。那又怎么样？”

老人一点也不觉得自己有错，厚颜无耻地回答。脸皮能这么厚的人生肯定很轻松吧……但是想到要维持这么厚的脸皮，到底要无时无刻与多少人发生冲突，就羡慕不起来了。

“不怎么样……”我转移话题，“请问找我有何贵干？”

他为了打电话给我，还特地向馆方问号码，正常情况下应该要推测他是在冷静下来之后，回想自己干的好事，深自反省，决定向我道歉才对。但是从我们刚才的对话看来，这件事（唯独这件事）显然是不可能的。

这个人绝对不会反省吧。

甚至能感到几近于某种信念的固执——与其说是身为泰斗的成就助长他固执的性格，应该说是因为有那种固执，才让他爬上泰斗的地位吧。

“哦，当然有啊！没事我才不会打电话给你这种毛头小子啊！我可是很忙的。”

“哦……”

“阿守，你要不要来我这边工作？”

这句话让对老人的目中无人感到不耐烦的我一口气清醒过来——什么？

“别想拒绝哦！你很闲吧？”

“是、是很闲……”

虽然反射性地这么回，但其实我也没那么闲。

找工作的行程如今已不是以天为单位，而是以小时为单位了。就连今天，我等一下也要出去面试——听我说完这些，和久井老翁得意洋洋地说：“既然如此，不是正好吗？我都说要雇用你了。”

那态度仿佛是在夸耀自己有先见之明，但明明就是他害我失业的，根本没什么好得意的。他该不是为了赎罪才要雇用我吧……话说回来，他说要雇用我，是要雇我做什么？

如果是因为我看出那幅画描绘的是“地球”，对此给予高度评价，想要延揽我进美术界的话，也太看得起我了……因为那完全只是现学现卖。

“哈！非也非也。你在臭美什么？谁要收你这种人当徒弟啊？”

老人朗声大笑。我才想说谁要拜你这种师傅呢。那，究竟要我做什么？

“这还用问？你不是个保安吗？除了警卫以外，还会叫你来做什么工作？”

这话实在太鼓舞人心了。对开始考虑找其他工作的我来说，听起来甚至感到心虚——不过在此我也不便因为已经辞职，就主张自己不是个保安。

“警卫……是吗？”

“嗯。没错。你愿意来吧？”

虽然急性子的和久井老翁就是要我赶快点头，可是再怎么说，他给的信息都太少了，少到让我无法单凭“警卫”这个关键词就情不自禁地点头。

“如果是正式的工作，还是好好委托公司比较好……”

“哼。我才不相信组织这种东西。”

老人不屑地说。

虽说是充满强烈偏见的一句话，但从刚遭到美术馆这个组织背叛的和久井老翁口中说出来，我一下子也无法反驳……毕竟，我也是被雇用我的组织抛弃的人，虽然还不致完全赞同他的说法，但也多少有些共鸣。

“我这个人凡事都要亲眼判断。能被我看上，是你三生有幸。”

“啊，是……”

果然是因为我看出那幅画在画地球，让他留下好印象吗？还是对我在之后说那幅画不值一毛有好感？后者虽非现学现卖，但不能否认有些狗急跳墙之感，纵使因此被他赏识，感觉也只是瞎猫碰上死耗子，高兴不起来。

“所以……是要我保护哪幅画吗？”

不管是否要接下这份工作，至少这点要先问清楚——不问清也无从判断。不过老实说，我是因为想拒绝才这么问。

老人对组织虽然多所批判，但是个人能保住的事物其实非常有限。

到头来能对抗暴力的，依旧是能够集合众人的组织能力，而非孤掌难鸣的英雄。

就算我现在不是赋闲在家，一听到是警卫的工作，也会本能地扑上去。但是办不到的事就明白说办不到，也是工作的一环。

“谁说是保护画的工作？”和久井老翁说。“我又不是画家——你不知道吗？”

“呃，不……这我当然知道。那个……您是裱框师，对吧？”

虽然我也是最近才知道……不过的确，一下就认定要保护的对象是“画”还操之过急。

这么说来，要保护的是——框？

“没错，就是这么回事。只不过，那个画框还不存在……我现在才要开始做。”

“现在才要开始做的……画框吗？”

我摸不着头脑地重复对方说的话。

“我想，差不多是时候该着手制作生涯集大成的作品了。在作品完成以前，我希望你能保护好我的工作室，别让任何人来打扰我。”

“……”

从老人口中听到“生涯集大成”这种词汇，年轻人也不好回话。因为这个词汇和“人生的最后工作”几乎是同义吧——对我这种二十出头的人来说，是很沉重的一句话。原来如此，和久井老翁之所以对他害我被开除一事半点也不放在心上，或许是因为在他眼中，我还处于不管跌倒多少次都还可以重新站起来的年纪。

对于已经走过漫长道路的老人来说，“工作”所代表的意义，或许比我想的还要深长许多吧……

无论是保护画、保护画框，还是保护工作室，只靠个人之力就想搞定的难度应该是没什么不同……可是他都这么说了，这时才要拒绝他的邀请，似乎有点困难。

至少在电话里拒绝有点困难……

而且老实说，我也有点兴趣。

制作的画框在名侦探的鉴定之下，能使两百万的画作增值为两亿元的裱框师——他的生涯集大成之作，究竟会是什么样？

虽然我对绘画的世界不甚了解，毕竟也曾在美术馆工作过一段时间，要对这不抱有好奇心是不可能的。

眼下还无法判断是否接下这份工作，但我仍然尽可能委婉地向老人表达自己还想要多知道一些细节——之所以委婉，是考虑到最后应该还是会拒绝，所以不想表现得让对方有太多期待，这是我的一点用心。

“哦哦！这样啊，真好真好！”

老人毫不存疑地表达喜悦。

说是老人，但他的言行举止简直像个孩子。

“那么接下来就见面再说吧！也是，总得先让你亲眼看看需要保护的工作室，我们才好谈下去。不过嘛，你也不用想得太严重，这个工作并不会左右你的人生……你就当成是暂时打工好了。”

“打工？”

“没错。当然，我不会亏待你的。我给你在那家美术馆工作时加倍的薪水吧。雇用期间顶多只有几个月，再长也只有半年左右——对你这样的年轻小伙子而言，这点时间根本算不上什么吧！”

和久井老翁顿了一下。

“但是对我这种老家伙来说，那段时间可是要来拼上性命的。”

所以你必须尽全力保护，绝对不容许有任何闪失——和久井老翁强调。

“……那我该去哪里找您呢？”

我终于问了——今天的行程势必得调整了。

薪水加倍对劳动者来说的确很有吸引力，但工作内容既然是要保护老人的“时间”，倒也算是相当合理……只是我仍然无法轻易答应。

虽然老人说他讨厌组织，但如果见面之后还是要拒绝他的话，我打算把以前上班的保安公司介绍给他——尽管是开除我的“组织”，不过里头还是有几个信得过的主管和能商量的同事。

“工房庄。你到工房庄来。”

“工房庄？”

“嗯，没错。那里是我的工作室——”

和久井老翁始终声如宏钟，说话语气都像是在骂人，唯独在提到工房庄的时候，却是静静地，而且听来似乎感慨良深。

“——也是我咽下最后一口气的地方。”

3

工房庄。

取这种有点老土的名字，让我不禁先入为主地以为是两层的木造老旧公寓之类的，可是当我找到老人说的地址，眼前的建筑——矗立在我面前的，居然是一栋必须抬头看的摩天大楼。

拜托，这哪是什么“庄”啊。

盖这么高至少应该取个什么“大厦”或“国际中心”之类的才

像样吧。叫什么“工房庄”想图个反差感，反而只会让人觉得品味不佳。

“哦，你来啦！阿守，你在发什么呆呀？来这边来这边。”

当我抬头仰望着这高塔似的建筑，愣在原地不知所措之时，配备门禁系统的自动门突然开启，和久井老翁从门内走出……看样子我没有找错地方。

从不折不扣的现代化西式高层建筑里走出来的老人身穿日式工作服，整个人与背景格格不入。他头上绑着头巾……不，绑着日式手巾布，那副模样完全就是传统工匠的风貌。

他去美术馆时穿的和服，看来是他的礼服——但是这身平时……或是老人工作时穿的作业服，感觉更适合他。

如果将画框比喻为画作的衣服，这身打扮应该就是最适合和久井老翁的画框了——比起在美术馆见到的他，这身打扮给人印象好多了。不过考虑到前因后果，我会这么想或许也是理所当然的。

再加上当时的和久井老翁可能真的是气坏了，如今他那欢迎我来访的真诚笑脸倒像是个好好先生，让我差点忘了自己是因为他才被迫辞职的。

我可得小心不要被气氛和感情所惑，免得一个不小心就答应接下这份工作……我屏气凝息地问：

“这里就是您的工作室吗？”

“没错，很棒吧！”

“是……真是壮观。可是和久井先生，您要我保护这么高的楼，凭我一个人再怎么样也是办不到的……”

“没问题没问题。我又不是要你做这整栋大楼的警卫。”

“是、是哦。我想也是，可是……”

“别担心别担心。细节我们进去再谈。总之你先进来，我倒茶给你喝。”

老人用感应式卡片打开自动门，不由分说地将我往大楼门厅里推。

定睛一看，天花板的角落安装有半圆球形监视摄影机，以监视人员的进出。这样看来，这栋大楼的安保系统还算挺严密的……我一边职业病发作般地检查这些小地方，一边来到电梯前。

和久井老翁才摁下按钮，电梯就来了。我发现，他摁的是往下的按钮。

“我的工作室在地下。”

或许他察觉我正疑惑——和久井老翁说完便走进电梯，我也随后跟上。

电梯里十分宽敞，几乎让人以为是业务用的电梯——如果挤一挤，大概可以挤进二十人以上。

和久井老翁摁下“B1”的按钮。

从外头看这摩天大楼，楼层看似多到数不清，但是进到电梯里，只要看排成一列的按钮，有几层楼便一目了然……三十二楼加地下一楼。

我不禁再次在心里嘀咕，这栋建筑跟“工房庄”这名字还真是不相称。不，以现状来说，不相称的只有“庄”这个字而已，至于“工房”二字，目前还不能妄加判断。

实际上，走出到了地下一楼的电梯，打开就在正前方的门，映入眼帘的恰恰就是个“工房”。

和从外面看到的大楼外观宛如两个不同世界的空间，展开在我眼前……宽广的偌大工作室的一侧，摆满了琳琅满目的工具及材料。

紧靠墙面的整排铁架上陈列着各式各样的资料、档案夹，房间的正中央有两张大工作桌，桌上有制图用的画具、各种文具、铁撬和老虎钳，还有形状我从未见过的锉刀和铣床……感觉很像学生时代的工艺教室，但是工具的数量多了好几十倍，水平也更高。

最令人印象深刻的，是设置在进房间右手边的巨大线锯机——大概是用来裁切木材的工具吧，有种奇特的压迫感，仿佛连金属也能切成两半。

的确是“工房”。好吧，至少这两个字还挺名符其实的……话虽如此，若是在不知道和久井老翁从事什么工作的情况下看到这个房间，一定完全猜不到这是干什么用的房间吧，即使看到堆放在房间各处的成堆画框，大概也是一样茫然。

“……这里就是您工作的地方吗？”

“没错，很棒吧！本来像你这种外行人是不可以进来的。”

和久井老翁心情大好地说。

即使被他称为外行人，我也不觉得生气……因为我的确是个外行人，就连我自己也不确定像我这般外行人，是否能如此踏进大师工作的地方。说是圣地可能过于夸张，但我仍认为此处并非是对他的工作毫无理解的人受邀就能大摇大摆跑来的地方。而虽然颇受震撼，却又在内心深处有着“这屋子也太乱了，应该可以整理得更有效率吧”的想法——我觉得自己实在不解风情，甚至亵渎了这个地方。

简而言之，我还欠缺放开心胸接受这间工作室的度量。

然而，老人似乎完全不管我的内心小剧场。

“坐下吧！”

他指着椅子……不，这不是椅子，而是个用途不明、上了年纪的木头箱子。考虑我的体格和体重，心想这该不会在坐下瞬间就分崩离析了吧……但似乎是杞人忧天了，这箱子比外观看来坚固得多。毕竟和久井老翁本人就坐在大同小异的箱子上，我也不该抱怨什么。

说要倒茶给我喝似乎不只是说说而已，和久井老翁真的从后方应该是作为起居室的房间拿来两只茶杯，放在工作桌上。

只不过，里头的液体黑漆漆的——看来是咖啡。想起爱喝咖啡的今日子小姐，我出声向和久井老翁道谢，然后喝了一口。

要说这间工作室是梦幻王国又显然精简有致，但却也有种自外于尘世的氛围。在如此环境下，我感觉有些轻飘飘，真的很想摄取咖啡因，好让意识清醒一点。

喝下刚泡好的热咖啡，稍微冷静下来之后，开始在意起很现实的问题。

“……您把大楼的地下室改建成这样，屋主不会生气吗？您事先取得屋主的同意了吗？”

“我就是屋主。”

老人答得干脆。

“也就是所谓的房东。”

“……”

他的回答让我说不出话，但是这么一说，就完全明白电梯为何空间大到像业务用的电梯。的确要有那么大的容积，才能搬运大型作品运进出吧。若只是一名住户，改改房间里的装潢还可以，不可能连电梯这种公共空间都加以改造的。除非在设计时就参与……

即便如此，区区一个老人有本事坐拥这么豪华的摩天大楼吗？一般来说，规模这么大的小区大楼应该是由房产公司负责管理的吧……

不过据我所知，听说一流裱框师的收入可能是天文数字——就算不能将每幅画的价值都提升百倍，但是只要有这种堪比点石成金的手艺，或许真有能力盖出这种规模的大楼吧……

这么说，“工房庄”该不会是这个老人命名的吧——幸好我没多嘴多舌乱说话。

面对与自己所知完全不同的世界，我实在不知道该怎么回话才好。

“不过，虽说是房东，我没有收租啦！”和久井老翁接着说。

“没有收租？什么意思？”

纵然与“裱框师”给人的印象相距甚远，但我还以为老人是想避税，才会跨足房地产管理这样切合实际的事业作为副业……

“因为有点像我的兴趣……这些我等一下再好好跟你说明。”

和久井老翁一句四两拨千斤，然后切入主题。

“我要你负责警卫的是这个地下室。”

没错，我并非来参观制作画框的现场……虽然没穿上西装，但我还是来面试的。

“如同我在电话里所说的，接下来我要着手进行裱框师生涯中最大的工作……这段时间里我不想受到任何打扰。”

“打扰……您的意思是？”

“嗯？”

“呃，我是说，具体说来有什么让您觉得可能有危险的事吗？例如，觉得会在工作的时候遭偷窃之类？”

之所以会这么问，是因为从走进大楼到进入这个房间，就我的观察，在安保上该有的防盗设施已经一应俱全，如果他希望得到更严密的保护，感觉或许是有其他具体的理由。

“或是您认为会有人来破坏您生涯集大成的作品吗？像是收到恐吓信之类的？”

“恐吓信？哈哈哈，那是什么玩意儿！你的想象力可真丰富。或许你意外地适合当个画家呢！”

和久井老翁调侃似的说。扯到恐吓信，或许真是我的想象力太丰富了，不过像和久井老翁这样的大师——不是佛教的那种大师——要进行人生最大（也是人生最后）的工作时，像我这种门外汉可能觉得没什么，但是在业界内肯定是惊天动地的大新闻。想必会有人因此得利，也有人因此蒙受损失吧！既然如此，难说不会惹出风波……

“我只是凡事小心……以防万一而已，并不是真的要防范谁。”

和久井老翁这么说。

我听不出他真正的用意。

他说的是真的？还是假的——我无从判断。

我并非怀疑和久井老翁，他看起来固然不是什么认真、诚实的老人，但“委托人会说谎”这话也并非侦探业才适用的铁则。

需要警卫的人，肯定有需要警卫的原因……不过，单是“以防万一”这个理由，要说足够也是足够了。

“关于薪水与雇用时间，如同我之前说的……我会付你在那家美术馆工作时的两倍酬劳。这以打工来说可是破天荒的好待遇，没意见吧！”

“请、请等一下。”

“怎么了？薪水加倍还不满意吗？”

我先阻止急于促成此事的老人——这种事哪能由得他赶鸭子上架。

“你是要三倍吗？真是个贪心的家伙啊！年纪轻轻就对金钱这样斤斤计较的话，长大不会有出息哦！小鬼。”

“不，我不是对金额有意见……”

明明仗着有钱欺负我，还好意思对我说教。

不过，居然加码到三倍……

但是既然名下有这么豪华的大楼，或许还是有一定的房租收入。

“我不是说过我没在收租吗？这栋工房庄是我的兴趣……不对，一半是为兴趣，另一半是做公益。”

“做公益？”

什么意思？

这词汇真的非常不适合这个老人，难不成他是拿这栋大楼来做义工？

“您的意思是……把房子免费借给没地方住的人之类的吗？”

若是作为紧急避难的收容或安置场所，这栋摩天大楼也太豪奢了——当然，我不是说豪奢不好，只是以照顾弱势来说有些没效率。要是降低一下设施的等级，省下的钱应该可以帮助更多人……不过，若“要人当义工的时候还得顾及效率也太不讲理”，那么我也得承认是有些道理。

然而，我似乎打从一开始就有所误会，老人“哈哈哈”地对我的无知捧腹大笑。

“我看起来像是那么正派的人吗？”

“是不太……姑且先别说像不像，‘做公益’究竟是？”

“裱框师这行，没有画家是不成立的。”

和久井老翁毫无脉络地来了句极为正派的话，使我不禁也正色以待——虽说这完全没有回答我的问题，但他威严的语调实在不容我插嘴。

“今时今日，我也算是混出名堂来了，但是刚入行的时候也吃了不少苦……你们年轻人大概不会有兴趣听老人家的当年勇吧。”

和久井老翁悄悄观察我的反应——与其说是悄悄观察，感觉比较像是被露骨地打探。

我不知道该怎么附和他，只能呐呐地说："不会，请务必让我听听。"

我觉得好像陷入了泥沼……或说是流沙地狱的感觉。

"正因为有画家的存在，我才能像这样随心所欲地从事我的工作。所以我从大约十年前，感觉人生开始进入倒计时的时候起，就想回馈他们——不过，是回馈给未来的画家。"

"未来的……"

"因为画家也是要费尽千辛万苦才能独当一面的职业。我看过无数空有才华却没有积蓄，在梦想路上半途而废的年轻人……无法开花结果的才华固然是悲剧，但空有才华却不去发挥，更是必须谴责的犯罪行为。"

"……"

这句话很有力量——也很严厉。

然而若要顺应现今时代潮流，毋宁是不要把才华看得太重，我想日子才会比较好过。

说到才华，我好像也在哪里听过很严厉的意见……是在哪里听到的呢？

我试图回想，思绪却被老人打断。

"因此，我决定无偿提供那些还未能独当一面、无法以绘画谋生的新锐画家住家兼工作室的空间——所以才盖了这栋工房庄。"

“欸……也就是说……”

我抬头看着正上方。不是在看天花板，而是望向头上这栋建筑——这三十二层楼的摩天大楼。

那……难道住在这栋大楼里的住户全都是……

“没错，所有的住户都是画家，准确地说，全都是未来的画家。”

“未来的——画家。”

原来如此。这样的话，豪奢的确不是必需，但一定程度的宽敞面积还是不可或缺的吧。毕竟不只是住家，还需要工作室的空间。

这跟收徒弟……可能又有点不一样。

当然，以制作画框维生的和久井老翁和一般人比起来，对绘画肯定更有见识，但毕竟他本人没在画画……所以是类似赞助人的身份吗？

虽然以赞助人来说，也太慷慨了……

“也还好吧！就算与本业无关，大企业不也会赞助运动选手吗？就跟那样差不多啦。”

和久井老翁的话，反倒证明了自己是能与大企业匹敌的个体。想到此，惊觉我现在面对的可是了不起的大人物，不由得坐正了姿势——不过，大企业也不是慈善事业，当然也不是基于乐善好施的精神才援助运动选手。

企业之所以援助运动选手，应该是为了培养明星选手，将来帮公司打广告，算是一种投资……和久井老翁经营这栋大楼也是这个用意吗?

“嗯。倒也不是完全没有投资的意思。从这栋工房庄出去的画家，目前也有活跃在第一线的。其中有些人就在用我亲手制作的画框。”

“这样啊……”

听起来是合情合理，但是以投资来说，投资回报率感觉有点低。要培养出一个画家可不是这么简单的事，恐怕只有特例中的特例，才能达到那么理想的结果。

不过，或许没有利润反而是件好事。身为裱框师，对前程似锦的画家进行如此无私奉献的投资，可以提升不少形象。

应该能为他吸引很多生意上门吧。

……之所以无法坦然接受老人毫无私心，大概还是因为目睹过他狂性大发破坏画作的场面的缘故……虽不认为他回馈画家的心意是假的，但总觉得事情没这么单纯。

即使这些都姑且不论，就算是兴趣，无偿出借这么大规模的大楼，就常识而言，还是太夸张了。

纵使这是他替跛扈又顽固的自己提升形象的战略，也未尝不是一件好事。认为帮助他人一定得基于纯粹善意的想法才是气量狭窄，无可救药。

“嗯？怎么啦？阿守，你想说什么？”

“没有……那么，要是我说我也想住在这里，想成为画家的话，您会让我住下来吗？”

我实在不敢当着他的面，问他是不是为了提升自己的形象才这么做的，只好借此转移话题。但似乎反而踩到老人的雷区，他虽然没有破口大骂，但是也以严肃的口吻说：

“如果你是认真的，也不是不能让你试一下……若是你真有跟这里的住户一较长短的气概。”

他的魄力让我连忙摇头。

不只是因为我不想挨骂，也深自反省这句话说得实在太轻佻——想到那些免费住在豪宅里的住户们背负的重大责任，就知道这并非单纯的援助。

而且果然还是要接受审查之类的啊……看来也不是任何人想住就能随便住的地方。如果才华不是只有光鲜亮丽的那一面，这栋工房庄应该也是如此吧。

“住在这里的人全都是画家吗？还是只要立志成为艺术家，不管是雕刻师还是陶艺师都有机会入住？”

“所有人都是画家。也有人为了提升画技会制作些雕像，但基本上还是以画图为主。”

与艺术大学相比，限制似乎严格得多。感觉很像是和久井老翁开设的私塾，但是既然他本人不作画，这么说也不太对。可是，能这样就认定和久井老翁不作画吗？这个地下室里好像也有各式各样的画具……

“那么，要我当这栋大楼的警卫，是要我保护住在这里的人，保护那些未来的画家吗？”

“嗯？哦不，我要你负责警卫的，只有这个地下室。”

仿佛是想起叫我来并不是为了向我介绍这栋工房庄，和久井老翁也把话题拉回雇用我的事上。

“上午九点到下午六点，一天九小时，只要站在这个房间里就好了——星期天可以休息。我的年纪也大了，长时间工作也吃不消。”

一天九小时，一个星期六天。

比在美术馆上班的时候，劳动的强度稍微……不，是高了许多，但也还不算离谱，既然薪水是当时的一倍，甚至该说是相当合理的条件。

“午餐费和交通费另外算……然后我想你也应该知道，你不能告诉别人我在这里进行的工作。我不想让世人知道我要打造生涯集大成之作，所以你必须遵守保密义务，就当薪水里包含封口费吧。”

“保密义务……”

这个字眼让我想起忘却侦探——今日子小姐。之所以不想让世人知道，或许不是为了在完成时给世人一个惊喜，而是只要像和久井老翁这种等级的裱框大师要退休的消息公诸于世，必定在业界会引起一阵轩然大波吧。

受到挽留，可能会影响到工作进度……为此就要雇用我，虽然也有点神经质，但是对于和久井老翁本人，或许仅是再自然不过的戒备方式。

“如何？我也不想勉强你，如果要看守这整栋大楼当然另当别论，但区区一间地下室，你一个人应该搞得定吧！”

“是……”

以警备范围来说，的确不成问题……但是，没能够（从和久井老翁的毒手中）保住美术馆里那幅画的我，实在不敢轻易断言没问题。

要是轻言答应，又没保护好的话，那我不如死了算了——这种事绝不能再发生第二次。

这时，我突然想到一件事。

不管是集生涯之大成，还是最后的工作，既然要制作画框，就不可能没有画作。但是在这间工作室里，似乎没有看到那幅画？

和久井老翁打算为哪幅画制作生涯集大成的画框呢？能让这么有名的裱框师倾尽全力的作品，当然不是等闲之作吧。

“您打算为哪幅画制作画框呢？虽然您说保护画不是我的工作，但是在画框完成以前，那幅画也是我必须保护的对象吧？”

“那幅画还没有完成。”

“还没完成？哦，这倒是，的确没看到搬进这里来的迹象——可是，当您开始制作画框时，应该就会送到这间地下室了吧？”

“不是你想的那样，我是说，那幅画还不存在于世上——现在还在画。不是在这间地下室，而是在楼上。”

“楼上？”

也就是说，在受他援助的新锐画家里，有人正在画这幅画喽？他刚才说过，在工房庄孵化成长之后展翅高飞的住户里，也有人作品的画框就是由他制作的……所以他的意思是，目前住在楼上的新锐画家里，有人已经表现出过人的才华，抢先一步脱颖而出了吗？

凭和久井老翁连在美术馆也很吃得开的地位，要为什么样的画制作画框，主导权想必握在他手上，但他却刻意指名现阶段还默默无名的画家，那个人肯定非常有才华吧。

“那么，您要等那幅画完成才开工吗？”

“那当然，但毕竟我也没剩多少时间了，也有些东西必须事先准备……算是前置作业吧。”

“所以……要同时进行吗？这样感觉好像是集体创作。听来颇有难度呢……”

“当作集体创作来看，反而会比较好懂吧。总之，这么一来我就可以亲眼看到描绘的过程，也能知道作者会把那幅画描绘成什么模样……对于制作画框，也是很重要的参考数据。”

有道理。

以为在作品尚未完成就无法制作外框，纯粹是外行人的想法，倘若能够观察到画作从尚未完成的青涩状态逐渐成熟的模样，制作出来的画框完成度想必更高。

“所以我想尽可能快点开始——我甚至想明天就来开工。材料都已经订好了，只差你的答案了。如果你对薪资条件有所不满，我也不是不能再做一点让步，所以你想说什么就说吧！”

“……”

被他这么一说，看来是来到非做决定不可的地步了，于是我认真考虑。

虽然他讲了一大堆，但这栋工房庄是什么设施，其实根本与他要我做的事毫无关联。我该思考的，是能否凭一己之力好好守护这间工作室。

一路听下来，我不认为有什么具体的威胁——就是老人家想谨慎小心，也是和久井老翁为了让自己专注在作业上的投资而已。在实务上，我的工作应该是整天在这里看他制作画框吧。

基于只有框也不成作品的理论，应该也没有人会只偷画框——但我就是不太放心。

原因当然是我曾经犯过一次大错，更重要的是，我从事保安工作的经验还不多……不，是根本还很少。即便工作内容只是“旁观”老人进行“最后的工作”，我还是没有信心能够愉快胜任——那么，拒绝他不就好了吗？但事情却没有这么简单。

果然不该来的。

当找上门来的是一份必须保密的工作时，就已经无法撇清关系了。就算我拒绝这份工作，但从馆方将我的联络方式告诉和久井老翁这点看来，和久井老翁在找我一事应该已经传遍整家美术馆了。

如此一来，我非但得不到和久井老翁的庇护，可能连以前担任保安的美术馆也会来向我打探消息——我真的不想连工作都还没找到，就又卷进这么麻烦的事情里。

既然如此，深入虎穴一探究竟……虽然我实在不觉得自己往后半年的生活可以这样一咬牙就轻易决定。

老人要我把这当成顶多半年的打工机会，但是反推回来，等于我半年后又要失业，也等于把刻不容缓的求职活动延到半年后——不只是半年后，现在这个要不要答应的选择题将左右我的人生。

人生的转折点。

结果我又要在这种地方栽个大跟头吗……不过，抛开这种机关算尽的内心纠葛，纯粹以好奇心来衡量的话，我的确非常感兴趣。

一个人为他的人生画下句点的工作会是什么模样呢——才找到工作没多久就莫名其妙被开除的我还没见证过这一刻，但不管将来从事什么工作，也不见得还有机会见证到这一刻。

这种想法或许过于轻佻……跟说出“想看人死掉的瞬间”这种话的小孩差不多，应该克制点儿。但终究无法压抑想亲眼见证，终其一生独行其道的求道者停下脚步的那一瞬间。

要放过这个天上掉下来的机会吗？我拿不定主意。

……天上掉下来的机会？

这么说来，我忘了问一件事。

“和久井先生，可以请您告诉我，为什么要找我吗？”

“嗯？就是想不到还能拜托谁啊！然后听说你丢了工作，心想这下子正好。”

“可是换个角度看，通常不会想把这么重要的工作交给一个被开除的保安吧？如果和久井先生是以我们的当时对话为基准……”

无论是我看穿那幅画是“地球”，还是把破掉的画鉴定为零元，都不能作为基准……因为前者是现学现卖，后者是瞎猫碰上死耗子。凭良心说，我不希望他对我的信任是来自这些言行。就算运气也是实力的一种，但这种类似“审美观”部分与我的专业能力一点关系也没有。

“嗯？对话？我们说了什么来着？”

“咦？”

“因为我当时实在是太生气了，根本不记得和你说过什么。”

“可、可是，既然如此，那又为何……”

“我不是说了吗？凡事我都要亲眼判断，就只是这样而已。”

和久井老翁有些不耐烦地回答。但是对我而言，这点是最重要的环节，所以紧咬着不放。

“要是您不告诉我为何会认为我值得信任，我就无法在这里工作。”

“你连自己有什么优点都不知道吗？真是个没出息的家伙。即使是住在这栋工房庄里还不成气候的画家，至少也都知道自己的长处！”

“呃……”

“因为是我害你被开除的啊。”

和久井老翁如是说。

结果还是为了赎罪吗？不，以他那妄自尊大的性格，绝对不可能……我默不作声地等老人继续说下去，只见他心不甘情不愿，一脸“何必要我说那么多”的样子，又稍微补充了一句。

“因为你明明是因为我才莫名其妙砸了饭碗，却不吵不闹地接受了。”

“……也就是说，是觉得我比较听话吗？”

从雇主的角度出发，被开除的时候还能毫无怨言、乖乖辞职的员工的确难能可贵——但我才不要因为这种“容易解雇”或“可以忍受不合理要求”的原因而受到雇用。

“不是的。”

然而，和久井老翁却否定我的质疑。

“我不知道你心里是怎么想的，但我认为你会接受自己被这样开除，是因为你‘能接受’被这样开除——因为自己没能保护好应该要保护的画。对你来说，遭到解雇并非欲加之罪，而是自己对自己的惩罚。我认为这种人是可以信任的。”

每个人都会失败，从如何面对失败，可以看出一个人真正的价值——和久井老翁说道。被这么严肃的分析，都分不清问题是在谁身上了。

“……”

我不知道该怎么回应才好。

自己好像被他看穿，好像被称赞了，但同时也觉得他是在说我还嫩得很。再说，那也不是我的功劳——我并不是一开始就坦然接受了自己被迫离职的事实。

在坦然接受以前，还是需要到贵人的帮助。

多亏有个名侦探把我从只能说是充满了谜团、莫名其妙又毫无道理、宛如无底深渊的地方拉了上来……我才能面对自己的失败。

只是，就算据实以告，在他听来也只是借口吧！让我再度感慨人生的奇妙际遇，看来我势必得做出选择了。

无论接下来会怎样后悔……反正所有的选择都会带来后悔，若是这样，人在做选择之际，或许只是在选择“将来想怎么后悔”罢了。

这个决定到底要让我怎么后悔，自己才会满意呢——

“……您说过，开给我的条件还有可以讨论的空间，对吧？”

“没错。你有什么要求？只要别太过分，我都可以答应你。”

“从现实层面来看，我一个人要在半年的时间里一直担任这个地下室的警卫，还是有点困难的，必定会有我注意不到的地方，我也不敢保证从头到尾都不会生病请假。所以我希望至少能再请一个人和我轮班。”

似乎没想到我会提出这种要求，老人沉默不语。我抓到机会，抢在他开口前接着说道：

“与其把我的薪水提高到三倍，我更希望您用这个预算来增加人手……只要您愿意接受这个条件，我会很乐意来这里工作。”

我打的如意算盘是——万一他不接受，我就拒绝他的邀请——这样子，就能圆满收场了。

过了好一会儿，老人才开口。

“你提出一个令我很为难的条件呢！”

他真的面有难色，不像是交涉的技巧。

“……为了谨慎起见，警卫的人手当然还是愈多愈好。”

“问题没那么简单——我说过要遵守保密义务吧？这件事不

能交给我信不过的人……我不是说了吗？除了你，我没有其他候补人选。”

“但是我有，我有想推荐给您的候补人选。”

“谁？你以前那家保安公司吗？我刚才应该也说过了，我可不相信组织。”

“您放心，我想介绍给您的不是企业组织，而是开一人公司的。”

“一人……是吗？”

和久井老翁疑神疑鬼地直盯着我看。

“当然，我保证那个人非常有能力。”

虽受制于被他那狐疑的视线，但我仍接着说：

“我认为那个人比我更可靠百倍。只要有其协助，我可以安心接下警卫的工作。”

“哼。既然如此，我也不是不能让步……只不过，比起能力好不好，我更想问的是……那家伙口风紧不紧啊？”

和久井老翁向我确认，仿佛这是个比什么都重要的大前提，而我则是信心十足地回答他：

“没问题，口风超紧的。”

严格说来，不是口风紧——是她根本记不住。

4

从工房庄回家的路上，我又与意想不到的人物重逢了。和久井老翁虽然在我来的时候出来迎接，但回去时并没有目送我离开。或许是对我开出的条件不合意，害他心情不爽了——如果是这样的话，我果然和这个老人不太合拍。总之，当时我是一个人。

虽说是再会，但我起先并未留意到对方，是对方开口叫住我。

“啊，大叔。”

那一瞬间，我还搞不清楚声音是从哪里发出来的，低头一看，才发现一名将素描本夹在腋下的少年。

“呃，你是……”

“是我啦！剥井陆……你不记得啦？也是，毕竟只见过一次嘛。”

“不，不是的，我记得你！”

那件事实在令我印象深刻，虽说确实只见过一次，而我也不太记得他的长相，所以就算擦身而过，大概也认不出来吧。

反而是剥井弟弟，居然会记得我这不起眼的保安——这也是画图的人优于常人的记忆力吗？

“大白天的，你在这里做什么？大叔不用上班吗？”

剥井弟弟毫不留情地问。他似乎还没成熟到能体察一个大人大白天的不去上班，应该是有什么难言之隐。

“嗯，我已经辞去那家美术馆的工作了。”

正确地说，是保安公司把我开除了，可是一想到解释起来又说来话长，所以我掐头去尾地随便说一下。

“我上班时出了点差错，所以目前正在找工作。倒是你，你在这里做什么？”

这条马路上并没有什么适合用来画图写生的主题，再往前走也只有那栋摩天大楼——工房庄。

“因为，我家就在前面啊！”

“是哦……莫非？！”

我回头看背后的工房庄——由名闻遐迩的裱框师资助、许多未来画家住在里头的摩天大楼。

“剥井弟弟！你家住在那里吗？”

“有必要吓成这样吗？”剥井弟弟一脸狐疑，随即便像发现什么似的反问，“咦？怎么，大叔，你知道那栋大楼？话说回来，这条路只通往工房庄……找工作？你该不会是去找老师面试吧？”

一问就接二连三，听得我头昏脑胀。

想要回答的话，没有哪个问题是我答不出来的，但是既然我已经答应要履行保密义务了，即使对方是小朋友，我也不能和盘托出。

假如剥井弟弟是那栋大楼的住户，那就更不能说了……还是身为住户的剥井弟弟根本心底清楚得很？而且显然他口中的“老师”，指的就是和久井老翁。这个看起来颇为狂妄的少年在美术馆里突兀提到的“老师”，看样子并不是指教他画画的老师。

事到如今，我终于恍然大悟，接到和久井老翁打来的电话时，为什么会觉得那个没储存在通讯簿里的号码很眼熟了——因为，那就是剥井弟弟在美术馆里写在我手上的联络电话。

只是没想到，就连这样的少年也住在那儿……让我再次认识到，和久井老翁说只是他的兴趣，但那栋工房庄真的不是玩票性质。

“呃……我不知道能跟你讲多少呢。”

“啊，我知道了，是老师害大叔丢掉饭碗吧？那还真不好意思……我也算有间接责任。”

少年有口无心地说。总觉得他那态度就像跟和久井老翁从一个模子里刻出来的。

“都是我去向老师打小报告，告诉他那幅画的画框被换掉了，才会让你这么惨。可是我都发现了，也不能不跟他讲。后来我听说老师一完成当时手边的工作，马上就杀进美术馆闹了个天翻地覆，那时候就很担心会牵连到你……所以呢，老师要介绍工作给你吗？”

虽然推理过程很粗糙，但大致上都说中了。

明明不是侦探，感觉却很敏锐的孩子。

不过，与其说他特别敏锐，不如说是小孩子特有的那种肆无忌惮的说话方式，让习惯看场面说话、模糊焦点的大人觉得尖锐。

“打小报告”这字眼固然不太好，但正如我当时的推测，把画框换掉一事告诉和久井老翁的人，果然是剥井弟弟。只是我没料到，他居然会和工房庄有关。

“虽然他并没提到自己也会指导作画……但，是和久井先生要你去临摹那幅画吗？”

“嗯，对外是说不教这些，不过毕竟是他让我免费住在那里的，恩人有令，我当然得遵命喽！这个世界可没这么好混吧？”

“嗯……”

我最近也深深地感受到这一点——这个世界复杂到令人生厌，一举一动会造成什么样的连锁反应根本无法预测。

“除此之外，住在工房庄里的画家，也都把作品受到老师青睐而裱框视为目标。所以从老师实际裱过框的画开始学起，就像必修科目一样。”

剥井弟弟边说边翻开素描本，让我看里面的作品，比我那天看到的时候又多了好几张。

“啊，那么这本素描本里的画全都是……”

“对的。所有公开展示的画我大概都已经临摹过一轮……可是完全找不到共通点就是了。”

虽然还是获益良多——剥井弟弟说。

人小鬼大又不去上学，这或许会让人觉得剥井弟弟很不认真，但他的态度其实很真诚、很严肃。原来拥有才华，而且也愿意认真面对才华的人这么耀眼——害我陷入莫名所以的自我厌恶里。

当然，我也深刻地体会到，那个跛扈的老人还是多多少少受到（未来的？）画家尊敬。

这么一来，我还是不要随便乱说话比较好，像是和久井老翁考虑到退休，正打算着手进行人生最后的作品之类的……不，等等，可是那幅画不是正由住在工房庄里的某个人绘制中吗？

既然这样，至少那个人应该知道这件事——那个人该不会就是剥井弟弟吧？直觉这么告诉我。毕竟“怎么可能给小孩画这么重要的图”这种层次的质疑，在老人让剥井弟弟住进工房庄时，显然就已经不适用了。

若说工房庄的理念在于培养未来的画家，那么像剥井弟弟这样的孩子才是最能实现这种理念的人选。

倘若他有这么耀眼的才华，而且又受到和久井老翁另眼相看，不就最有资格陪老人走完职业生涯的最后一程吗……我下意识地凝视着他。

或许是敏感地察觉到我的视线，剥井弟弟一脸无趣地说道：

“你的猜测大概是错的。”

“欸……你、你在说什么啊？”

“我是说，我大概知道老师找你……把失业的你找来的原因——包括你不想让我知道的理由。只不过，我连候补名单都挤不进去。”

“……”

我努力保持面无表情，不过这实在太难了……当然，剥井弟弟不见得已经看穿事情的全貌，但至少他似乎知道这件事，可是……

“你说连候补名单都挤不进去……是什么意思？”

看样子，我认为剥井弟弟有资格陪和久井老翁走完最后一程的直觉似乎错了，可是“候补名单”这个字眼令人费解。从和久井老翁的口气听来，我还以为他已经找好人选了……

“毕竟老师是很重隐私的。不过，他即将展开大工程这件事，怎么可能瞒得住，所以他干脆让很多住户都以为自己有机会成为那个被选中的人。再怎么保密的计划，也不可能保密到滴水不漏，所以老师一口气委托许多人作画，这样连中选的本人也不知道自己的画就是老师要的。”

“这也太……”

听说悬疑推理剧或电影有种手法，会事先拍摄好几种不同版本的结局，让演员不知道哪个版本才是真的结局，以避免在播出之前走漏风声，算是制作上的风险管理……

对画家也要来这一套吗？

说好听是候补名单，但是除了最后被选中的人，其他人等于是在白做工，这种做法已经不能用注重隐私来解释。

甚至不告知中选的本人，等于赞助人完全不愿意与接受援助的对象坦诚相对，这么一来，要认定那个老人是基于纯粹的善意或报恩的心态经营工房庄，果然还是要有些保留。

只是竟连剥井弟弟也挤不进那些作为烟雾弹的候补名单之中，实在令我惊讶到不寒而栗——住在那栋大楼里的“未来画家”水平到底有多高啊?

“嗯……我也觉得这么做有点过分。是啦，就算是艺术，也是和竞争分不开的。让大家同住一个地方，彼此切磋琢磨、朝顶尖之路迈进这件事本身是个好主意。就老师的性格，实在是正派到不像他会有的经营方针。但单看这次的做法，却让我觉得反而更不符合老师的作风……呵呵，虽然这种话从就连角逐资格都没有的我口中说出来，根本一点说服力都没有。”

“……”

“不管怎样，既然已经准备要用像你这种大叔，表示老师也终于要正式开工了——你今天是来面试的吧？被录取了吗？”

“嗯……嗯。”

录取是录取了，但当我听到这么可怕、几乎不把人当人看的作为时，不禁对自己的判断感到迷惘。

剥井弟弟又说了一串让我更加迷惘的话。

“劝你不要接受比较好啦。你也看到了，老师的性格那么刚烈、作风那么强硬，像你这种好好先生型的大叔，很容易就会被他带坏的。”

“带坏……吗？”

真要说的话，或许已经有点坏了。

明明没有什么了不起的经验，毋宁说只有失败的经验，却想凭一己之力执行保护重要人物的重大工作，一定是脑袋坏掉了。离开工房庄之后冷静下来想想，或许我真的是被这凭自己一个人就能影响整家美术馆的重要人物带坏，才会误以为我也能凭自己一个人成就什么事吧。

虽然成功地在最后的最后让老人接受我提出的条件——但是回想起来，除此之外，我可说是完全对那个桀骜不驯的老人言听计从。

当然在才华及画功这些方面不能跟他们比，但是作为弃子战术的一环，在老人为了谨慎起见、为了以防万一而布的局里，我和住在工房庄里的那群年轻画家，或许没什么太大的差别。

“不是只有看才华、梦想、将来什么的……工作这档事，或许并不如想象中的美好。”

从剥井弟弟的话听下来，或许和久井老翁集生涯之大成的最后一幅作品并非我想保护、想见证到最后一刻的那种。会对劳动工作怀抱美好想象，就足以证明我实在太天真了……

“哈哈，因为混入太多人的算计了。用我的感觉来看，的确不美也不好呢！甚至可说是又脏又恶，脏兮兮的，真想全都涂成一片黑。”

“……”

“先不管你要不要来上班，大叔，如果你以为聚集在工房庄的这群年轻人是对未来充满梦想、洋溢着创作精神的创作集团或是什么的话，那可就大错特错了。你可要搞清楚点，包括我在内，聚在工房庄的不是对未来充满梦想的年轻人，而是靠着吞食梦想活下去的怪物。像我们这种人，不知道会干出什么事来。你得先有这个偏见才行呐！”

那我先走了——剥井弟弟说完，便从我身边走过，看样子是要回工房庄。他虽然试图阻止，但也没打算强烈反对我去上班的样子……这点还蛮像现在的小孩，说不上冷淡但也没什么热情。

我只能目送他走远……话说回来，现阶段虽然只有口头约定，但我已经答应和久井老翁的约聘，事到如今也不能反悔了。要是有豁出去的觉悟，也不是不能毁约，但是一想到若要和那个脾气暴躁的老人对簿公堂，不知道会有多么累人，就不敢轻举妄动了。

要是能在与和久井老翁交涉前先遇到剥井弟弟，局面或许会有所不同，但事已至此，也无法再采纳他的建议了。不过，我心想如果只要在那儿待上半年，一定有机会再遇见住在里头的剥井弟弟，到时再跟他多谈谈吧。

事后回想起来，当时的想法真是太天真了，实在让我悔不当初。但是我既没有画家的感性，也没有侦探般的推理能力，不仅如此——身为警卫，我连这个信任我的老人交付的工作，都没能保护好。

如果我当时不要自作聪明，且把剥井弟弟的忠告听进去，未来或许就会不同了，只可惜，那不同的未来并未出现在我面前。

事情急转直下——真的是急转了一个大弯，然后笔直落下。

5

最后的结论是我根本不该接下这件委托，但是除此之外，我在很多小地方也都失算了。

因为我很快就知道，在与和久井老翁交涉的过程中，我唯一取得的胜利——可以招募人才和我一起担任警卫的权利——并无法按照我的计划进行。而且是第二天早上，我有些紧张地打电话到置手纸侦探事务所时才知道。

“很抱歉，本事务所无法接下这个委托。”

我只说了个梗概，所长今日子小姐就以客气到冷漠的口吻说。

不过，她会这么冷漠也是当然的。

今日子小姐只有今天——虽然我前几天才委托过她，但是就连我这个人，她也已经忘得一干二净了。

对她而言，所有的委托人都是陌生人，是初次见面的客人，纵使摆出老主顾的架子，也只是自取其辱。

当然，我早就知道会这样了，然而实际遇上，还是受到很大的冲击，感觉就像是兜头淋下一盆冷水。即使隔着电话，从她的语气和反应中，都能感觉到今日子小姐是真的已经忘了我。

话虽如此，也不能一直沉溺在打击里——今日子小姐应该并非因为我是“陌生人”才拒绝我的委托，毕竟如果是这个原因，忘却侦探将会拒绝所有的委托，根本不能做生意。

“为、为什么？我会照规定付钱的！付你报酬或是薪水，还有费用也……”

“……请不要满嘴都是钱钱钱的，听起来好下流。”

今日子小姐冷冰冰地说。

我原本是想配合她的性格才这么说的，但是“素未谋面”的委托人透过电话这么说，也似乎太有失分寸——这中间的距离好难拿捏。

她连“下流”二字都说出口，让我觉得很心虚。

“不是钱的问题，这是本事务所的规矩。基本上，我只接受能在一天以内解决的委托，时间需要超过一天的我都会拒绝。”

“啊……”

对哦，我没想到这个问题。

印在名片上的“一天内解决你的烦恼！”与其说是广告词，还不如说是警示标语。

一旦跨日，别说是事情的真相了，就连案件的内容也会忘记的今日子小姐，无论是什么样的案子，都只能在“今天以内”解决——如此一来，可能长达半年的工作，根本不需要问细节，都只能赏我吃闭门羹。

是我太冲动了。

本来想到在“我的人生转折点”这层意义上，重要性足以与和久井老翁匹敌的今日子小姐若能陪我一起当警卫，必定能让我什么都不怕，就满脑子只觉得自己真聪明，真能想到这种好主意——事实上真的太愚蠢了。

话说回来，光是想要独占像今日子小姐这么厉害的名侦探长达半年的想法，就已经够自以为是了。若对方觉得我才委托过她一次，就以为能够攀亲带故，认定我是个得寸进尺的家伙，我也无话可说。

“这样啊，不好意思……打扰你了。”

我大失所望，但更多的情绪是觉得丢脸，所以准备挂断电话。

“别这么说，也别这么急着挂电话嘛！您……呃，是亲切先生？”

今日子小姐竟然挽留我。

“虽然我无法接下这个委托，但也并非完全帮不上忙。我还是可以提供咨询，帮您出些主意。”

“咦？”

“明明看到有钱……不，是看到有人需要协助，却因为绑手绑脚的规矩就冷眼旁观，也会影响到侦探的声誉。我的目标是要成为一个活泼开朗、讨人喜欢的名侦探。”

当她说出“明明看到有钱”的时候，就已经离活泼开朗、讨人喜欢的名侦探形象千里远了……要我说的话，是还有很大的努力空间。

话说回来，名侦探好像很少给人“活泼开朗”的印象……今日子小姐到底想成为哪一种侦探呢？

“置手纸侦探事务所绝对是随叫随到，随时服务，是侦探业界的得来速*。只要是必须马上处理的事、可以马上处理的事，本事务所就会马上处理。”

这句话听起来很可靠，只是得来速应该没办法随叫随到吧……不过，现在可不是讲这些闲话的时候。

若她肯出手相助，当然是谢天谢地。毕竟我已经向和久井老翁

---

* 得来速：麦当劳汽车餐厅的别称，英文名为“Drive-Thru”，它通过消费者驾车在第一个窗口点餐、在二个窗口付钱，然后在第三个窗口取东西，最后开车离去的方式，节省顾客时间，让顾客快速享受美味和服务。

夸下海口，要是现在才说“我被想找来帮忙的人拒绝了”未免太没面子。

“那么，今日子小姐，具体而言你能提供什么咨询呢……”

“嗯，贴身护卫本来就不是侦探擅长的领域……我也不是功夫高手，对于要动粗的事并没有自信。”

我也对她没有这方面的期待。

“不过，我想我应该还是可以给您一些建议。亲切先生当过保安人员，是这方面的专家，由我来给您建议，似乎有些班门弄斧，我只是从侦探的角度出发，或许能帮您检视一下现场。”

从侦探角度出发的检视——没错，这才是我对今日子小姐的期待。

即使不能请她陪我担任工房庄的警卫长达半年，至少第一天——如果再贪心一点的话，若能定期帮我检查一下现场有没有漏洞、我的警卫有没有缺失也就够了。

“真是感激不尽，请你务必帮忙。”

“能帮上您的忙真是太好了……至于刚才提到的报酬，我可以只工作一天就领到半年份的吗？”

“呃，我想这点实在恕难从命，大概只能给你当天份的报酬。”

“这样啊……算了，我只是开个玩笑。”

真的是开玩笑吗？

根本没有人笑得出来……说她因为开的是个人事务所，又身兼会计，才会对钱锱铢必较，我倒觉得这个人只是外表看来恬淡无争，骨子里其实视财如命。

她没用那聪明过人的头脑行骗，而是决定当侦探，对社会来说或许真是万幸。

“那么，过几天等我要去现场的时候，再请你与我同行……”

“不用过几天，就在今天，接下来我们就出发吧！”

一旦要展开行动，今日子小姐还真是神速——咦？今天？接下来？

我本来是想先打电话跟她约时间，再去找她直接面对面讨论——像是和久井老翁提出的薪资条件等细节，所以才会在早上打电话给她，没想到她对于今天接下的委托，当天就要开始行动。

我还以为要请她处理跨日的案件固然很为难，但是若能灵活调整，处理跨日的预约应该没什么问题……不过一旦这样姑息以对，难保不会发生超收顾客的状况。

她可能认为万一我的预约和她改天答应其他人的预约撞期，又不记得是先答应谁的话，就会不知道该怎么安排优先级，所以不如打从一开始，就只处理自己记忆范围内的工作。

身为最快侦探的忘却侦探。

“可是，如果现在就要过去的话……得先联络和久井先生。”

“这方面的手续就麻烦您了。就算我不是忘却侦探，我也觉得尽早去了解那个工房庄的情况比较好。虽然没有确切的根据，但是从亲切先生说的话一路听下来，我总觉得有股不安的气氛……”

“不安的气氛？”

“是的……虽然我还说不上来是什么感觉。”

只不过，总觉得若是将和久井先生那个“因为要着手制作最后的作品才雇用警卫”的说法照单全收，会很危险——今日子小姐说道。

“委托人——是会说谎的。”

“……”

“或许和久井先生本人并没有说谎的自觉。可能只是他身为裱框师的感性察觉到不安的气氛，亦即所谓‘不祥的预感’——如果只是想在万全的准备下工作，平日就应该聘请警卫常驻，而不是像这次临时雇用。”

的确有些道理。

像和久井老翁这种等级的裱框师，不只是生涯集大成的作品，即使是平常的工作，也应该注重安全问题。这次才刻意强化保安措施，或许真是因为有什么危险的预感。

如果能让今日子小姐推理出老人不惜屈尊接受我提出的不合理条件也要紧急雇用我的原因，我想我的工作应该会得心应手许多。

“没错……只要我能跟和久井先生直接说上话，让我问他一些问题，我想这部分我应该能帮上忙——因为这可是侦探的拿手好戏。”

“……可是，他是个喜怒无常的老人，如果你硬要问个水落石出，他可能会大发雷霆哦！可能会对你破口大骂。”

“哦，我不在乎。不管他骂得再大声、话讲得再难听，反正到了明天，我就会忘光了。”

连这种事她都能说得这么轻描淡写，我也无话可说。但话说回来，忘却侦探的这个强项，在问话时的确具有很大的优势吧。

在沟通的时候不怕被对方讨厌这点，几乎可以说是天下无敌了——这种死皮赖脸的强韧和今日子小姐那种文静、稳重的态度感觉似乎正好相反，但是这两种相反的特质却又是一体两面，或许正因为如此，才会让今日子小姐散发出一股令人不解又难以琢磨的从容气息。

“再说，除了想听听和久井先生的说词，我也想尽快看一下工房庄。”

“啊，说得也是。如果能从侦探的角度检查一下整栋房子有没有安全上的漏洞……”

我附和着说，但今日子小姐想表达的似乎不是这个意思。

而是更根本的问题。

“我猜因子就在那里头。”

“因子？”

“没错，会出事的条件都到齐了……我觉得，那栋大楼不是太正常的地方。”

“……”

不是太正常的地方？这句话是什么意思？她只有语气直截了当，但是在担心什么却又讲得不清不楚……态度十分暧昧。

“不不不，我想亲切先生应该也隐约察觉到了才是，所以才会在面临那么好的条件时裹足不前，想要来委托我吧！”

听您的叙述，那栋建筑相当极端，似乎太偏了——今日子小姐说道。

这形容也同样暧昧，但这次我大概知道她在说什么了。只让未成气候的未来画家入住的高楼豪宅——不管谁来看，不管怎么看，都太极端。

太偏了。

“太偏……太偏会造成什么问题吗？我想那是和久井先生故意要搞得这么偏的……”

“太偏就很容易塌。”

很容易出事。

侦探说道——斩钉截铁地说道。

“我所谓的‘因子’，就是这个意思——让立志成为画家的年轻人获得资助，还有免费住处及工作室，看起来他们好像占尽好处，但其实有很大的风险。身在必须成为画家，找不到任何借口不成为画家的环境里，固然比较容易成为画家，但也很难成为画家以外的职业。”

“……这样不是很好吗？因为大家就是想成为画家才搬进去的。”

“但要是未来无法成为真正的画家，可就什么都当不成了啊？这是多么危险的事，您不觉得吗？人应该为自己留一点余地和退路才行。”

“是吗……”

我对今日子小姐的这番话实在没什么概念……完全听不出问题在哪里。无论和久井老翁是基于什么盘算兴建工房庄，对于立志成为画家的年轻人而言，那理念都是他们梦寐以求的。

“我的意思是，难道不能为还有大好前途的年轻人提供更多选择吗？就算有绘画的才华，但走上成为画家之外的路又何妨？这样您明白吗？”

不明白。

我反而觉得今日子小姐的说法才是在断送年轻人的未来——对和久井老翁的脾气，我想抱怨的问题多如繁星，实际上也真的受到他的摧残，但是像他那种终其一生专注于一项事业的生存之道，任谁看了都会心向往之吧？

“没错，因为那是和久井先生规划的设施，所以会反映出他的意图。但那其实是非常危险的思考模式呢！该说是视野太过于狭窄吗……”

无法和今日子小姐达成共识，使我觉得有些心神不宁——应该是因为她从事侦探这么特殊的工作，但工作态度却令我感到共鸣的缘故吧。我对年纪轻轻就清楚决定自己要走哪一条路的今日子小姐，也多少有些类似崇拜的心情。虽说是我自己的问题，但听到今日子小姐说出违背我心中形象的话，老实说有点难以接受。

“当然，在亲眼确认之前，我也不好再多说什么。我现在能说的，只有‘那状况很容易出事’这种一般结论而已——但也不是说一定会出事。对于侦探来说，防范于未然是比解决问题更值得称许的功劳，对警卫来说也是吧！再也没有比平安无事更好的事了。”

“是的，是这样没错……呃，今日子小姐。”

我低声开口。

或许并不该问，但是为了消除因为意见不一致所产生的焦虑不安，我还是问了。

“今日子小姐为什么想当侦探呢？”

对于这个问题，她的答案非常直截了当。

“我当侦探的原因——是因为我想知道自己当侦探的原因啊！”

6

说来，我好像在哪里听过“人的注意力是有限的”之类的话——虽不知跟今日子小姐提到的事有多少关联，但在与她的一问一答之中，让我想起了这句话。

人的时间是有限的，注意力也是有其极限的。

因此，不论有没有才华，只要将注意力集中在一处，总能创造出独一无二的结果——一流专业人士的共通之处，就是把时间都花在努力上。

这并非随便说说的漂亮话，只是如同剥井弟弟说的——就是和久井老翁告诉他的“所谓的天分，是拥有可以比别人更努力的资格”那样，不假粉饰、脚踏实地的主张。

当这些日积月累的努力走太偏，裂了、塌了的时候，任何人都无法想象会发生什么事。

莫非这就是今日子小姐想表达的吗？以这点来说，除了地下室以外，工房庄的确是一栋专为“绘画”而生的建筑，斩断了所有退路，只能背水一战。成功时固然能够扬名立万，失败的话就只剩下灭顶的命运——当然，想必所有住户都有背水一战的觉悟，但是这份觉悟是否真能承受如此风险呢？不到那一刻是不会知道的。

再仔细想想，即使是今日子小姐，也有工作以外的生活，像是在放假的时候去逛美术馆，工作结束的时候和我去吃饭……的确不能与就连学校也不去，只是一个劲儿把一切都投注在画图的剥井弟弟相提并论。

不，我也是一样的……

“这里就是工房庄吗？的确是从名称上难以想象的高楼大厦——总共有三十二层楼高啊！”

还没到中午，我和今日子小姐便已抵达工房庄。穿着单裙搭配粉红色衬衫，外面再套上一件薄毛衣的今日子小姐，从外观就一眼看出大楼有几层。让我一瞬觉得她的眼镜性能未免也太好……但这也是观察力的一环吧。听说“目视计算东西的数量”，其实并不是件简单的事。

从我打电话委托今日子小姐到现在只过了几小时，她就来到话题中的工房庄，真不愧是办案速度最快的侦探。而我也为了跟上她的速度——光是不要被甩掉就疲于奔命。

虽然我很想慎重处理……说得不好听些，面对和久井老翁想雇用我的提议，一直显得温吞推托。但是自从和今日子小姐商量以后，事情又发展得太快了——看来，侦探业界的得来速或许不是开玩笑的。

明明是我自己去找她商量的，现在却有点跟不上她的节奏……于是我慢半拍地向她报告。

“呃……今日子小姐。有件事我应该早点告诉你的……”

“嗯？什么事？”

“因为事出突然，我联络不上和久井先生。我打了好几通电话给他，可是都没人接……可能是出去了。”

他好像没有手机，总之我留了言……然后一厢情愿地认为他年事已高，应该不会那么频繁地出远门，所以还是来了。

“这样吗……联络不上啊……”

今日子小姐意味深长地说。接着一下向左一下向右地走来走去，试图掌握工房庄的全貌——身为侦探的她似乎已经开始工作了。

“如果他不在的话，也可以等他回来。”

不是改天再来，而是等他回来——从这点就可以感觉到今日子小姐身为侦探的坚韧心智。当然，最好是老人在家……我走在今日子小姐前面，走进工房庄。

为了请和久井老翁开门，我站在门厅的对讲机前。记得工作室后面似乎有个生活空间，所以那间地下室应该同时也是他的住处。

话说回来，不光是地下室，工房庄里所有的房间应该都是住家兼工作室吧……我没怎么深思，就是理所当然地这么觉得。但深入一想，起居生活空间也是工作室，工作受挫时根本无处可逃，这种构造或许会让人失去切换情绪的时机。

事实上，我听说大部分的创作者就算从事可以在家里做的工作，也会把工作室设在别的地方……

“怎么啦？亲切先生。”

在对讲机前陷入沉思时，被身后的今日子小姐开口催促我行动。这或许也是最快的侦探理所当然的反应，但还是觉得有些过分。

什么最快的侦探，根本是最严苛的侦探……我边想着这种无聊事，输入地下室的房间号码。

“……”

但是等了半天都没有反应。

再试一次，结果还是一样。我的担心成真——和久井老翁好像不在。

“也可能是正在专心工作，故意不应门吧！”

今日子小姐从旁指出这个出乎我意料的可能性。

“就算不是在工作，也可能是刚好有客人来访。”

“嗯……总之，我再打一次电话看看。”

我拿出手机，拨打和久井老翁的家用电话。可惜还是没人接，只能听到早已听腻的语音留言。

“啊……我们就等一下吧！这附近不知道有没有咖啡厅……”

“就我记忆所及，来这里的路上并没有看到咖啡厅。”

今日子小姐说道。她似乎记得来到这里之前的沿路景色。哪像我，都已经是第二次来了，却完全不记得有没有咖啡厅……虽说是忘却侦探，也只会忘记昨天以前的事，对于当天发生的事，她似乎拥有超乎常人的记忆力。

“不只是没有咖啡厅，沿路也几乎没有任何娱乐设施……从这点来看，这里的环境条件实在太严苛了。”

“太严苛……吗？”

“如果把工房庄想象成公司，就是一家员工福利做得很差的公司啊……住在这里的人，到底要去哪儿才能休息喘口气呢？”

今日子小姐一边喃喃自语，一边又突然开始走动，本以为她是要打道回府，原来是打算去绕工房庄一圈。而单单从她的语气听来，今日子小姐对工房庄本身似乎没什么好印象。

照她的说法，工房庄是活像集中营的设施，而不是立志成为艺术家的年轻人们齐聚一堂，充满梦想的场所——剥井弟弟也说过类似的话，但是把为了实现梦想而付出的努力视为强制劳动，实在有点说不过去。

总之，我连忙追着仿佛视线一移开就会消失的今日子小姐背影而去。她绕到大楼正后方，终于停下脚步。

好像是大楼附设的停车场。我没发现大楼后面还有这样的地方。这么一来，当然也必须进去检查一下防盗设施才行……

“亲切先生，可以请您站在那堵围墙前吗？”

“嗯？可以是可以……可是虽然我长这么高，也看不见里面哦！”

“无妨。请您站在那里，摆出打排球时接球的姿势。”

“像这样吗？”

今日子小姐采取行动的速度，比我发问还快得多。

只见她笔直地冲向我，右脚往地上一蹬，纵身一跃，踩在我交迭在肚子前方的双手上，继续往上跳，从我站直的头上跨过——当大吃一惊的我回头时，已经看不到她的身影。

不，严格说来并非看不到，而是只看到围墙上方的一只手臂。

“亲切先生，抓住我的手！我会把您拉过来的！”

从围墙内侧传来今日子小姐一派从容的声音，真是难以想象她刚刚才展现过翻墙绝技。这个人居然讲什么“拉过来的”的不知所云的话，我反倒想把她拉回这边来……但是，也总不能让今日子小姐一直挂在围墙上。

“快点快点！”

“好……好的！”

在她的催促下，我开始爬墙。我虽然抓住今日子小姐的手，但是挑明了说，今日子小姐那纤细的手臂根本无力把我拉上去，我几乎是靠自己的力量爬上围墙。然后我先着地，今日子小姐才跟着放手，从墙上跳下来。

总而言之，我们两人很顺利地“入侵”了停车场。但是我并未因为成功而欢天喜地，心里只有迫于无奈被逼上梁山的感觉。

“你知道自己在做什么吗？今日子小姐！这可是非法入侵啊！”

“这样的话，那亲切先生也是共犯喽！”

今日子小姐嫣然一笑，看不出丝毫罪恶感。

“这是安全检查啊！安检安检……虽然大门配备门禁系统，但只要不是完全密闭，就肯定会有漏洞呢！”

的确是我拜托她来做安全检查的，但她如果要这么做的话，至少也该先知会我一声……她突然朝我冲过来的时候，我还以为发生什么事了。

“因为如果事先告诉您，您一定会阻止我吧？”

这不是废话吗？而且她还把这种废话讲得如此理所当然，真令我无法接受。上次委托她的时候，事情在咖啡厅里就讨论完了，所以没看出她的真面目。看样子，这个人似乎是个意想不到的行动派。

翻墙时也是，一般人会想从身高像我这么高的男人头上跳过去吗？

而且还是穿裙子跳过去……

“好像是这边。”

今日子小姐并未在停车场多做逗留，大步流星地移动到建筑物里。最后我们就这么迂回地绕过大门，来到电梯前。

原来如此，只要这么走，就可以避开门禁系统……不过动作这么大，实在说不上低调。要是刚才有目击者看到，打电话报警也不足为奇。

“犯罪者也不见得随时都会保持低调。身为侦探，倒是比较欢迎那种鬼鬼祟祟、怕被发现的犯人。因为湮灭证据的行为，大多反而会留下证据。而且就大楼保安的角度，强行突破防盗系统的暴徒才是应该小心提防的。说得极端一点，区区的门禁系统自动门，丢一颗石头就可以打破了。”

的确是很极端的意见，不过也不无道理——像是展示在随时都有保安人员驻守之处的画作，还是照样被一个老人破坏那样。

世上根本没有滴水不漏的防盗设施，不要命的狂徒也很难对付……如果必须戒备到这个地步，果然光靠我一个人的力量是不够的。

“和久井先生是在地下室工作吗？”

今日子小姐已经要摁电梯了。虽然不是暴徒，但这个人也是不要命的侦探。纵使到了明天就会忘得一干二净，但事情也有分可以做和不可以做的……有些状况可不是讲“我不记得了”就能交代了事的。

“没错，在地下室，可是……”

“咦？”

在我回答的同时，今日子小姐就已经摁下下行的按钮，但按钮却没有亮起——毫无反应。

“咦？奇怪？”

今日子小姐一连摁了好几次，还是没反应。

电梯一动也不动。

“出故障了吗……电梯好像不会动呢。”

回想昨天搭乘这部容积大到好似业务用的电梯时，我并没感觉到有任何问题。

唯一一部电梯故障的话，想必非常不方便吧。我不禁同情起住户来，但是在另一方面，我也感到如释重负——在今日子小姐令人退避不及的行动力带领下，我成了非法入侵的帮凶，而就在此时遇上电梯罢工，想必是神明要我们见好就收。

我正打算向今日子小姐解释神明的旨意，而将视线转向她的时候——又不见她的人影了！只看到电梯间的一旁，竟有扇敞开的门。

那扇设计成与大理石墙壁融为一体、极不易发现的门扉通往逃生梯……观察力未免也太好了吧。看来她完全没有要听神明忠告的样子。

“亲切先生，这边这边。”

今日子小姐头也不回地呼唤我，同时自顾自地走下楼梯往地下室去，连阻止她的机会也不给我。

事后回想起来，今日子小姐当时大概已经有预感了……不，说到预感，大概从我委托她的时候，她就已经有某种预感了。或许该说是预知，早已预见隐藏在工房庄这栋建筑里的危机“因子”。

再加上完全联络不上和久井老翁，或许更让她觉得事情非同小可，才会强行突破安保系统——连神明的忠告也充耳不闻。

当然，若以可能性而言，她预知落空的机率其实更高。因为促使她采取这一连串行动的推断，应该只是基于模棱两可到不值一提的预感上。

我以为这只是那天她在咖啡厅里露一手的排除法……不，是反证法推理的一环——不管发生机率再小再低，总之先把所有可能性罗列出来、一一辩证再排除的过程。想到偏偏在这个时候……被她一次料中。

楼梯尽头的大门开着，今日子小姐以比起侦探更像怪盗的灵活身手，足不点地似的一路冲进地下室，只见和久井老翁倒卧在地——

肚子上插着一把调色刀。

7

面对眼前令人震惊的状况，我这才明白今日子小姐先前那一连串让我眼花缭乱的动作，她其实已经是放慢速度了。她接下来的动作，才真的是迅雷不及掩耳。

“亲切先生！电梯间里有一套 AED*，快去拿过来！”

今日子小姐大喊的同时，已经冲向老人身边，就连一瞬的怔忡迟疑也没有。反而是愣在原地不动的我，宛如机器人一般，只能听从她的命令行事—— AED？电梯间里真的有这玩意儿吗？

真的有。

我顺着下来的逃生梯往上爬，一进门就在电梯间对角处看到和灭火器摆在一起的 AED ——看来今日子小姐的安检可是连这种地方都没放过。

事先确认 AED 的位置或许是基本操作，但一般人总是在事发后才抱着后悔莫及的心情，怀着“早知道就应该先确认放在哪里了”之类的感慨回想起这件事。

总是将所有可能性都考虑进去的她，或许也早就事先防范不让这样的后悔情况发生……不过，现在可不是佩服她的时候。

我打开置放箱的箱门取出 AED，转身想回地下室，接着摁了电梯……才想起电梯不会动。虽然我自认冷静，却还是乱了方寸。

---

* AED：Automated External Defibrillator 的缩写，即“自动体外心脏电击去颤器”，是一种能够自动侦测病患心律脉搏并施以电击，使其心脏恢复正常运作的仪器，因为操作相当简单，开启机器时也会有语音指导其使用方式，并有图示辅助说明，业界通常称为“傻瓜电击器”。

我冷静下来思考。AED是让紊乱心跳恢复正常状态的装置，对心脏已经完全停止跳动的人应该是没用的。这么说，今日子小姐是认为和久井老翁还活着吗？我看到肚子上插了把刀倒在地上的他，直觉地认为“他被杀死了”……但说起来，刀子是插在小腹上。

不是致命伤……吗？

不，万一刺到内脏，还是会成为致命伤吧？

想了半天等于没想——我顶着一团乱麻的思绪回到地下室，今日子小姐已经完成适当的急救措施。

她把侧躺的和久井老翁翻成仰躺状态，将自己穿的毛衣作为枕头，垫高他的头部，再将作业服撕开，让老人的上半身裸露。

伤口周围也已经缠上一圈圈类似绷带的布，完成止血的处理——只不过，刀子还插在原处。

有人说这种时候不该把刀子拔出来，也有人说拔出来比较好……虽不知今日子小姐是基于哪个标准判断，总之她选择了让刀固定在原处的做法。

但她是从哪里弄来撕开作业服、固定用绷带的工具的啊……不过这里是制作画框的工作室，工具应该应有尽有吧。

换句话说，今日子小姐利用手边现有的工具做好紧急处理……不对，是紧急救护。可是，老人的脸上还是一丝生气也没有——

“还……还活着吗？”

“至少已经能自行呼吸了。”

今日子小姐简单扼要地说。

定睛一看，她脚边有个看似用宝特瓶做的简易人工呼吸器——这也是她临时做的吧。

“心脏虽然停止过，但经过按摩也已经恢复跳动了。接上AED，快点！只要按下开关，接下来机器就会教你该怎么做！”

今日子小姐边说边拿出手机……正觉得那只智能手机怎么这么眼熟，原来是我的手机。

看样子，似乎是她趁我冲进工作室时，从我口袋里摸走的……今日子小姐身为忘却侦探，并没有随身携带手机的习惯。时下的手机与其说是通讯设备，不如说是高性能记录媒体，或许还违反她不记录的原则。当然，比一般人更重视安全防护的我，手机自然是设定了密码，但拨打110或119等紧急电话时并不需要输入密码。

趁着今日子小姐打电话叫救护车的空当，我手忙脚乱地将AED的电击贴片贴在老人的身体上。从这时接触他身体而感受到的体温，才总算让我实际感受到和久井老翁还活着的事实。

只是，触感怪怪的……大概是今日子小姐在进行心脏按摩时，压断了他的肋骨吧。可见今日子小姐用她那纤细的手臂，使出多大的力气在抢救……

“肚、肚子上有个这么大的伤口，可以通电吗？”

我抬头问她，但人又不见了——只剩我的手机孤零零地躺在地上。

“没关系，这种机器会自行判断，要是不能通电就不会启动电击！”

声音是从反方向传来的。往那边一看，仅见今日子小姐不停地在地下室里走来走去。看起来像是在搜集木材，但却看不出她到底在做什么……只看那样子，会觉得像是思绪混乱的热锅上的蚂蚁，明明遇上火灾却惊慌失措到想抱着枕头逃生……

只是，对于刚才完成正确急救的今日子小姐说什么“请你冷静一点”可能才更白痴——而且该冷静的，显然应该是我才对。

我只好相信她必定有其用意，然后开始尝试生平第一次的AED急救。

对了，我还在保安公司上班的时候，曾经在训练时用过这个——记得这是种无须具备专业知识，无论是谁都能上手的急救装置。

“电击准备充电，请勿接触病人。”

AED发出语音指示，我连忙依照指示做，接着耳边传来仿佛用钝器敲打地面的声响——别说是肋骨了，那声音大到让我担心和久井老翁细瘦的身躯会不会就这样断成两截。

明知应该没问题，但还是很害怕我的使用方法可能有误。

“心跳恢复正常。”

听见从AED传来的语音，我如释重负。

当然，情况还是很危急，但至少心脏恢复正常跳动，算是度过了一个难关。

接下来只能仰赖和久井老翁的生命力了。

我松了一口气，但没两下又听到今日子小姐大声喊：

“这里！”

她的指示非常明确，没有听错的余地。她似乎很习惯面对这样的状况，可是无法累积经验的忘却侦探身上，会有“习惯”存在的余地吗？

我照她说的走过去，简直不敢相信自己的眼睛——有一个令人难以置信的东西在她身边。

那是个用工作室里的布和木材做成的担架。担架没有用到钉子，而是用绳子把各种零件牢牢绑住加以固定，但强度看起来是没问题的。

她居然能在离开我视线范围的短短几分钟内就制作出这样的东西？构造虽然简单，但也超出自制的水平太多了……然而在无法使用电梯的情况下，担架的确是现在绝对需要的东西。

在分秒必争的情况下，她似乎打算在救护车抵达以前，先把和久井老翁搬到一楼吧。

“喂，别在那里发呆！轻轻地把和久井先生放到这上面来！因为要上楼梯，请你抬到这边！”

今日子小姐用剩下的布条把和久井老翁的身体固定在担架上，以免搬运途中不小心掉下来。她的动作干净利落，速度快到我看得眼花缭乱。

快到说是粗鲁也不为过。

但遇到特别需要注意的部分，却又一定是不慌不忙且小心翼翼。

于是在发现和久井老翁之后还不到十分钟的时间里，今日子小姐顺利地把身受重伤的他搬到一楼——几乎在同一时间，救护车也抵达了。

“年龄七十二岁，血型是A型。似乎患有数种慢性病，常备药的种类请参考这本手册。”

今日子小姐将应该是和久井老翁的用药手册交给急救队员。她到底是在何时从何处找到那本册子的？

当真是心细如发、目光如炬。

就连专业的急救队员似乎也对她的应对处理大吃一惊。

“快点送去医院吧。和久井先生的昏迷指数非常低，处于非常紧急的状态。”

今日子小姐催促急救队员，于是载着和久井老翁的救护车伴随着震天响的鸣笛声，出发前往最近的医院。

“呼……”

至此，今日子小姐终于稍作喘息。

刚才全速运转的反作用力，似乎让她连站都快要站不稳了。

“肩膀借我一下。”

她冷不防地把满头白发往我肩上靠。

“哇……”

我怕没能撑住她的身体，连忙站稳脚步。但她的身体轻若羽毛，根本没这个必要。

这么娇小的身体，却展露出那么迅速的动作、那么高强的性能、那么精彩的表现……我虽自认出了一份力，但基本上也只是遵照今日子小姐的指示，如果只有我一个人，恐怕什么也办不到吧。肯定只会眼睁睁地看着倒在地上的和久井老翁，像只无头苍蝇似的惊慌失措。话说回来，如果只有我一个人，根本不会发现和久井老翁出事了。

“……和久井先生不要紧吧？”

我在充满无力感的同时，挤出这句话。

虽然他还没正式雇用我，但这一点也不重要——我又再一次没能保护好应该要保护的对象了。

对祖父虽然不太好意思，但我已经想丢掉“守”这个名字了。

“不知道。”

侦探不会毫无根据就随便安慰人。

虽然已经进行了最快也是最妥当的处理，但急救能做到的还是有限，再说和久井老翁的年纪又那么大了。

“可是……今日子小姐，我们不用一起去吗？”

我还以为今日子小姐会顺势跳上救护车，跟去医院……我们不用去医院向医生说明状况吗？

“我们又不是家属，跟去也没用。而且也没什么是我们能说明的。”

“是没错……”

“与其跟着去医院，我们更应该做好我们的工作。”

“我、我们的工作？”

“是的。我们的工作。”

今日子小姐说完便起身，看来不再需要我的支撑。最快的她，休息时间竟连三十秒都不到。

她踩着坚定的脚步往回走——往工房庄的方向走去。

尽管救护车尖声刺耳的鸣笛声来了又走，整栋楼却没有半个住户出来，都市的冷漠无情约莫就是这么回事吧。可是一想到群居在这栋高楼里的人和暗藏在其中的种种鬼胎，就觉得似乎又更加令人不寒而栗。

未破壳的雏鸟以身叠成高塔。

今日子小姐——忘却侦探指着那栋体现了累卵之危的工房庄，语气坚定地说道：

“——犯人就在这里面。”

第三章 今日子小姐的推荐

1

侦探走过的地方一定会出事。

这句话在推理小说的世界里经常被提起，几乎可以说是一种法则了。所以才不想和侦探一起去旅行——也有人会这样揶揄，但经历这次的事件，让我有了不同的想法。

既然从事侦探这个行业，在统计学上遇到案子的比例高出一般人许多应该是在所难免，但是因为这样就说“侦探具有吸引意外或命案这类悲剧的体质”，我想这绝非公道话。

不仅如此，我认为侦探甚至还能防止本来应该会发生的悲剧——应付已经发生的紧急状况。

是今日子小姐让我明白了这一点。

如果只有我一个人，肯定无法处理这次的状况吧！我打从心底觉得有她在身边真是太好了。

或许我压根儿不会想到要救和久井老翁的命，单从他的出血量就认定老人已经死了，可能只会不停在原地打转，惊慌失措又手忙脚乱。

经常遇见人出事，就代表有能耐出手管那么多事——至少，掟上今日子就是这样的侦探。

她成功地救了被害人。

此举说不定也同时救了犯人……虽然针对这点，我也打算好好反省、向她学习，但是“犯人就在这里面”会不会说得过分了些?

工房庄。

所有的住户都是未来的画家，是一栋极为特殊的摩天大楼。

纵使存在本身有许多可议之处，但若因此认定犯人就在这里面，未免也太急躁。

即便是速度最快的侦探，要这么说，也得有点像样的根据吧。然而，在我开口问她之前，忘却侦探早就又开始行动了……要继续实况转播她的速度固然不是一件容易的事，但我的视线不会再离开今日子小姐了。

犯人就在这里面。

她如此断言，并回到那栋建筑物里——我也跟了上去。

2

说是“回去”，但工房庄的大门装有门禁系统，必须重复入侵大楼时同样的程序才能进去，也就是要把刚才做过的事再做一遍——让今日子小姐踩在我身上，从停车场外翻墙进去。

只不过，跳着翻墙怎么说都太不淑女了，在我的说服之下，改成由我把手搭上围墙，让她踩着我的背当梯子爬上去。

“哎呀，我真羡慕你这种人高马大的人啊！哪像我，只能钻小洞。”

今日子小姐虽然这么说，但我倒是挺羡慕擅长钻小洞的她——因为无论再怎么体形壮硕，充满活力，如果探头就卡在洞口，一切都白搭。

于是我们又回到地下一楼的工作室——那个地板上还是血迹斑斑，令人怵目惊心的案发现场。

一想到自己认识的人在前一刻还倒在那里，就觉得一颗心仿佛被揪得很紧。纵使那个人嘴巴很坏，给人的印象也称不上好，还是导致我被开除的罪魁祸首……我刚才不止惊慌失措，脑海也一片混乱，如今稍微冷静下来，却发现我快招架不住这件事的严重性了。

无论是身为一个保安，还是身为一个人。

然而，似乎只有我还陷在这种感伤的情绪里，今日子小姐已经开始进入现场搜证的阶段了。

她肆无忌惮地在工作室的各个角落里翻箱倒柜，翻到让人觉得有必要这样做吗——那副模样实在不像侦探，还是比较像怪盗。

“那个……今日子小姐。”

“什么事？”

今日子小姐回应我时，依旧头也不回地继续她的搜索……她不仅迅速，似乎还能一心多用。的确，她在对和久井老翁进行急救时，也是同时进行两三项作业。

那么一面在现场搜证，一面搭理愣在一旁的巨人，对她而言或许易如反掌。我心里虽然希望她至少回过头来，但也不能太奢求。

“把屋子里翻得这么乱不要紧吗？那个……我听说发生命案的时候，让现场保持原状是很重要的。”

这不是身为保安的常识，而是从连续剧里得到的知识……呃，我想应该是属于一般常识。

今日子小姐将双手从设置在墙边的柜子抽屉里抽出来，并且特地高举过头让我看个清楚——不知何时，她的双手已经套上了手套。

不知道那是她自己带来的，还是擅自借用工房庄内的工作用手套（由于看起来像是园艺用的厚手套，以今日子小姐时髦的打扮来看，后者的可能性比较高），反正她似乎是想告诉我，不用担心沾上指纹。

“我记得是怎么弄乱的，所以等一下再恢复原状就好了，总之现在以速度为先。”

没有时间了——今日子小姐说道。虽然她一句“我记得是怎么弄乱的”说得轻松，但这句话其实很夸张。

既然这样，也只好相信今日子小姐了……可是问题根本不在这里。

问题不在于等一下要不要恢复原状，我想说的是——今日子小姐根本没有理由对这间地下室进行搜索。

刚刚救人是因为状况紧急，无论如何当然都要先救再说，但接下来可就不是这么一回事了。既然是案件，就应该让警方来调查这件事。

我虽然被今日子小姐的快手快脚牵扯，或说是顺其气势随波逐流到这里，但我们现在要做的，应该是尽可能将案发现场保持原状直到警方抵达，而不是把房间里的抽屉翻开来看吧……

“警察不会来哦。”今日子小姐说，“因为我根本没报警。”

“是哦，那就算了，既然这样就没关……啊？”

怎么可能没关系。根本没报警？为什么？

“你、你说没报警是什么意思？”

“还能有什么意思？就字面上的意思啊……字。面。上。的。”

今日子小姐并非故意一字一顿地回答，而是她当时的作业比想象中还要费神——不只是费神，而且还有点费力。

今日子小姐正打算撬开一个上了锁的抽屉。如果只是打开抽屉还好，可是一旦开始撬开上锁的抽屉，就已经是小偷的行为了。她正一步步踏入旁观者必须正色阻止的领域——我冲向她，但为时已晚。

今日子小姐已经成功撬开抽屉，从里头拿出看起来明显是重要文件的档案夹，捧在胸前看了起来。

“不、不行啦。今日子小姐……”虽然已经太迟了，但我还是试图阻止她，“再说，你为什么不报警？是不小心忘了吗？”

能实践那么完美的急救措施，很难想象今日子小姐会忘了报警……明明记得打电话叫救护车，却忘了打电话报警？世上不可能有这种选择性失忆，很明显，她是刻意不通知警方的——

“只是想争取时间而已。”

今日子小姐看完档案夹的内容，将手伸向下一沓文件，就算是速读，这速度未免也太快了——大概只抓重点跳着看吧。

可是想必“艺术”也不会是她的专业，拿到相关数据可以这样挑重点跳着看，怎么想都太不寻常了。

“因为肚子上的伤口明显是刺伤，就连调色刀都还插在上头……一旦结束治疗，医院必定会通知警方吧！可以争取到的时间，最多也只有半天。我想在这段时间内，尽可能展开调查。”

“……可是，今日子小姐，调查应该交给专家吧？”

“我也是专家啊！”

我可是侦探——今日子小姐说道。

侦探的确是调查的专家没错，但是再怎么说，她对这种刑事案件应该也没有调查权。

所以今日子小姐才故意不报警，借此争取时间吧……只是，她为什么要做到这种地步？

今日子小姐现在做的事，等一下肯定会挨骂的。说不定不仅挨骂，还会被追究刑事责任。

她身为第一发现者，也是受雇于和久井老翁的我请来的帮手，或许这么做还在合理范围之内……但是身为第一发现者，故意不报警实在有点说不过去，而且今日子小姐目前根本尚未受到和久井老翁的直接雇用。

换句话说，今日子小姐现在是在没有人委托她的情况下——明明没有接受委托，却擅自开始调查起这个案子。

这实在不是一件值得表扬的事……

而且也让人觉得怪怪的。在推理小说的世界里，的确是会出现那种一头栽进案子里而不小心逾越法律界线或者是只以解决谜团为目的而不肯与警方合作的侦探……但是这些行为只能见容于架空的世界里吧。

退一百步，假使现实生活中真有这种侦探，我也不觉得今日子小姐是那种侦探。我们虽然刚认识不久，但要我说的话，我认为她是个比一般人更有敬业精神的人，也具备着正当的道德观念。

因此，抢在警方前面进行调查，企图擅自破案、抢功这种事……我不认为今日子小姐会这么老奸巨猾。

话说回来，我实在看不出这个案子有什么吸引人的谜团。闯空门的强盗不巧与老人碰个正着，刺了老人一刀，因为害怕而逃走……

单纯只是一出社会的不幸悲剧，刚好发生在这里而已吧？乍看之下，这间地下室好像什么东西也没少，但如果强盗是因为害怕而逃走，那什么也来不及偷就落荒而逃，也不足为奇。

这绝非是会触动侦探本能、充满幻想的谜团——要说的话，老人莫名其妙用手杖砸烂美术馆里展示的画作一事，还比较匪夷所思。

那么，今日子小姐又是为何会不仅甘于救回老人一命，还刻意不通知警方，径自进行调查呢？就算犯人就住在这栋工房庄里——

“对了，今日子小姐。我可以请教你一个问题吗？”

“你从刚才就已经问我很多问题了……说吧，什么问题？”

“你为何会说‘犯人就在这里面’呢？”

因为她断定得太理所当然了，我一时被她震慑住，虽然觉得也还算有说服力，但是仔细想想，根本没有任何证据可以佐证。

单凭插在肚子上的凶器是调色刀就怀疑下手的是画家，别说这番说词不能当作证据，就连根据也算不上吧。毕竟到处都买得到调色刀，说得极端点，这个房间里应该就有调色刀。犯人只是随手抓起手边的调色刀，冲动地刺了老人一刀——这才是比较合理的判断吧。

就广义而言，由于这栋大楼算是个密室，如果认为手上有门锁感应卡，能够自由进出大楼的住户比较可疑也并非说不通，但是实际上，我和今日子小姐没有卡片也进来了，所以这栋大楼的安保系统绝称不上是滴水不漏。

……再说得极端点，比起工房庄里的住户，我和今日子小姐这两个不请自来的家伙才是嫌疑最大的人。即使是无知的我也知道，怀疑第一发现者可是推理小说的常识……

“别担心，亲切先生。我并非基于那么肤浅的推理，就随便夸下海口‘犯人就在这里面’的。”

“哦……”

她用“肤浅”两字来形容我的推理，让我不免有些丧气，但现在可不是受到打击的时候。

“请先去看看和久井先生倒下的地方吧。”

“倒下的地方？”

我照她的吩咐回头看——在日光灯的反射下，地上的鲜红血迹此刻依旧怵目惊心，使我下意识地想移开目光。正因为我无法直视那摊血迹，所以才忽略了什么吗？

“……如果你觉得不舒服，可以在那边休息一下也无妨。”

仿佛是察觉我心中所想，今日子小姐贴心地说。我虽然很感谢她的贴心，但在今日子小姐认真工作时，我却躺在一旁纳凉的话，做为一名专业安保人士，未免也太窝囊了。虽说现在我连续两次执行任务都失败，已经非常窝囊了——不能再继续丢人现眼。

“不要紧。”我逞强地说。

“不要勉强哦！跟平常人不太一样，我是无论面对什么惨状，都不会产生心灵创伤的人。因为我知道自己不管看到多么凄惨的案发现场，只要到了明天就会忘得一干二净，所以反而比较能平心静气。”

原来如此。这么说来，身为侦探，这或许是非常有利的特质……但是反过来说，这也表示无论经历多少次案发现场，都不可能习于那种悲惨场面。今日子小姐之所以这么坚强，显然不完全因为她是忘却侦探的原因——她看起来虽然漫不经心，其实是一位非常强韧的女性。

倒不是要争口气什么的，还是得向她学习才行——我不禁心生敬意。

“可是，我看不出和久井先生倒下的地方有什么不对劲……”

“你确定？”

“是……是的，我确定。”

因为她特地反问，害我有点缺乏自信，但是我看到的就只是一摊怵目惊心的血迹——光从现状来看，也像是不小心打翻颜料的现场。

“这样吗？我也是这么想的。”

今日子小姐的回答让我感觉这是个陷阱题，不禁回头准备向她抗议。只见今日子小姐的视线仍落在打开的档案夹上。本以为她已经拿起另外一个档案夹在看了，但好像还是原先那个。

“没有不对劲的地方——所以才不对劲呀！”

“什么意思……”

“没有留下 Dying message 对吧？”

今日子小姐说道。

“你是说……Dying message？”

我一头雾水地嘟囔。记得这是推理小说用语，翻译过来就是“临死前的留言”。意思是被害人为了指出杀害自己的凶手所留下的信息……吧？

“没错，就是死前留言。你很内行嘛！情况虽然还不容乐观，但和久井先生已经捡回一命，所以准确地说，有的话也应该不是‘临死前的留言’，而是‘濒死前的留言’……但和久井先生倒下后却没有留下任何信息。”

“啊，是……说得也是。”

她说得有理，所以我也只能点头同意，但那又怎样呢？发现倒在地上的和久井先生时，瞬间就能眼尖注意到这些细节，真是了不起的名侦探。只是倘若现场有死前留言也就罢了，刻意指出“没有留下死前留言”，又到底是什么用意呢？

“不，亲切先生，请你仔细想想，中刀的是腹部——就算伤到内脏，也与心脏或头部受到伤害不同，不会立即致命，在失去意识之前，应该还有时间。既然如此，却没有留下任何信息，你不觉得很奇怪吗？”

“这个……我倒不觉得奇怪。”

明知不是她要的答案，但我还是据实以告。

“因为就算想留下信息，手边又没有笔，想留言也没办法写……”

“的确没有体力走到笔筒前去拿笔……但根本没必要去拿笔啊？可以用来写留言的工具就近在手边，连站起来都不用。”

“用来写留言的工具？你的意思是说，因为和久井先生是个艺术家，所以平常就会随身携带笔记用具吗？”

就算同是艺术家，毕竟和久井老翁不是画家而是裱框师——就我实际和他接触的经验，也不敢断言他平常会不会随身携带笔记用具。

“这一点我也无法判断。出门在外时或许另当别论，但就算是画家，在家里是否也会随身携带画笔，的确很难说。”

“是啊，既然如此……”

“可是，大可不用想得那么复杂，如果只是要写几个字的话，不是很简单吗？用血和手指就好了。”

因为血正源源不绝地从伤口涌出来，手指也没有被砍断——今日子小姐说了很恐怖的话。

不过恐怖归恐怖，说到“死前留言”，最典型的莫过于在现场用鲜血留下文字。虽然我看到和久井老翁的血迹，曾觉得那很像不小心打翻的颜料，从没往“真的当成颜料使用”这方向想过——实在让我自愧无才。

只是，真要是有用血写下的血书，就算是外行人或许也能看出个端倪。但要从“没有血书”一事看出所以然，恐怕连侦探也办不到吧？

“明明有机会也有工具可以写，却没写下任何暗示犯人是谁的留言——亲切先生，你对这件事有什么看法？”

“你这样问我也……”

我感觉不出这有什么问题……就算有机会也有工具，也不是所有人都会留下信息吧。虽说伤势不足以致命，但那样才更痛吧……我觉得，只是和久井老翁当时没法想到这么多吧。

“嗯，这样的话就没什么好讨论的。但如果不是这样呢？请想想其他的可能性吧。”

“其他的可能性……”

感觉愈来愈像脑力激荡游戏了。

明明已经出事了，我们却在这边猜谜，似乎有点荒唐。别再卖关子了，赶快告诉我吧——我心有不平地看着今日子小姐，但她还是在看她的档案夹……咦？

她不仅还在看同一个档案夹，而且翻开的仍然是刚才我看到的那一页——从我的角度看不见上面写了什么（就算看见了，我想我也看不懂），但这份文件的内容困难到足以让今日子小姐放慢阅读的速度吗？

或许因此她才无法一心二用地同时处理我的问题……如果是这样，也不该勉强她现在就跟我说详细。

更何况，既然决定要向她学习，就不该老是依赖她，也要试着自己动脑筋——于是我开始思考。

既然有机会，也有工具，却不留下犯人的名字或具体的线索……或者是“不能留下”的理由会是什么？

“会不会是因为……他不知道是谁捅了他一刀？”

“没错，如果是这样的话，就算想写留言也无从写起呢。因为纵使想写，没看到犯人是谁也不知道该写些什么。”

今日子小姐这么说，目光还是停留在档案夹上，并始终盯着同一页……不，是反反复复地在同一页看了好几遍。既然她对短期内的记性很有自信，这个行为就非常不合理了。今日子小姐恐怕也心中有数，视线忙碌地在档案夹上游移，一边回答我的问题。

“但是，和久井先生并非从背后遇袭，而是腹部被捅了一刀，几乎可以确定是从正面遇刺——不太可能没看到犯人。”

“也是……啊，会不会是因为犯人蒙面呢？所以才认不出犯人是谁。”

若采用和久井老翁是不幸与强盗狭路相逢的假设，这就很有可能了。只是，会事先准备面罩的强盗，居然会不自备好一点的凶器就来闯空门吗？感觉也有点怪怪的。

“是啊，假设犯人是专业的强盗，也不确定和久井先生是死是活，还把调色刀留在现场就仓皇而逃，实在很不合逻辑吧。当然，不合逻辑归不合逻辑，但也不是不可能——只是要这么说的话，就没得讨论了。不过要那么说的话，又有种情况，会有很多事得讨论。”

“很多事得讨论……的情况？”

“和久井先生明明知道犯人是谁，却不肯留下任何线索的情况。”

啪的一声——今日子小姐合上档案夹。

可是她的表情却很忧郁。与其说是因为想出解答而合上档案夹，感觉更像是遇上阻碍而不得不暂时搁置的忧郁表情。似乎也正因为决心暂时搁置，才会终于要来和我验证其他解答——

“有机会、有工具，应该要留下什么信息也昭然若揭，却依旧不肯留下一字一句——就表示犯人是和久井先生认识的人，而且还是和久井先生有意包庇的人。”

“包……包庇犯人？和久井先生他吗？”

“是的，所以说……”

今日子小姐边走动边说明。正想问她要去哪里，就看到她走向地下室后面的门——亦即通往和久井老翁起居室的门。看样子，她又切换成一心二用的模式了。

工作室也就算了，还要把搜索的“魔手”伸向起居室，会不会太过分了……不，目前这样也已经够过分了，但今日子小姐却没有一丝歉意地接着说：

“所以……刺伤和久井先生的犯人，是和久井先生想要包庇的人。像是家人或很熟的朋友——或是才华洋溢、受他看重的未来画家之类的人。”

“难道这就是——”

这就是“犯人就在这里面”的意义吗？

犯人不只是熟人……还是自己对其未来寄予厚望的画家，所以才不想指认他（她）就是犯人。这当然是很牵强的想法，也是荒唐无稽的假设。

正常情况下，一般人才不会包庇刺伤自己的人——只不过，被人捅一刀也真的已经不是正常情况。或许人在腹部受到重创、思考陷入混乱的时候，情急之下也有可能会这么判断。

这么说来，死前留言只是今日子小姐举的一个浅显例子，绝非只靠留言的有无就做出这样的推理。像是和久井老翁遇袭后分明可能还有意识，却不主动打电话报警，也不叫救护车的行为，肯定也是促使她认定“和久井老翁包庇犯人”的依据。可是一般还是会认为老人是因为痛到动弹不得，才无法报警或叫救护车——以现状来说，事实如此的可能性也确实更高。

想太多了，推理过头了。

然而，明知这些事，今日子小姐仍刻意着眼于可能性较低的假设上。

“因为，这才是和久井先生留下的信息。他想包庇犯人，不想让警方知道犯人是谁，不愿犯人受到惩罚——这些才是和久井先生想留给我们的。”

“……”

“当然，这是不对的。不管有什么前因后果，至少，法治国家不允许刺伤人的人不用受到惩罚——但我们也必须尊重年纪那么大的老人，冒着可能会没命的危险也要留下来的信息。所以，至少……”

我们要在警方展开调查以前，先找出犯人是谁，然后劝他自首——掟上今日子表明心迹似的说道。

3

时间最多只有半天。

绝对称不上长——而且老实说，这还是较宽松的预估，如果抓紧一点，要是警方已经收到医院的报案，那么随时冲进来都不奇怪。

我虽然对今日子小姐说的话有部分同感，但是实在不觉得这样做行得通。

就算今日子小姐是速度最快的侦探，但是一般要调查这种案子，最少也需要好几天吧。一旦需要好几天，先不管速度是不是最快，对于身为忘却侦探的今日子小姐而言，就已经是不可能的任务了。

就算她想继承和久井老翁的死前……不，是濒死留言，想继承他的遗愿……不，是心愿，然而今日子小姐只是个没有组织撑腰的个人事务所所长，这简直是难如登天。但是，她本人却泰然自若地表示：

“没问题的，亲切先生，请你放心……虽然只是口头上的约定，但你与和久井先生之间的雇佣关系已经成立了。没能保护好和久井先生固然遗憾，不过接下来只要能揪出犯人，劝他自首，还是能向和久井先生敲诈工资……我猜他应该会很痛快地付这笔钱。”

我才不担心白做工的事。

而且她还一下讲出“敲诈”这种不当的字眼……这么一来，简直像是趁人之危强迫推销，整个格调都没了。

话虽如此，但我也无法因为“反正绝对来不及，只会白忙一场”的想法，就丢下今日子小姐径自离开工房庄。虽然不知道在检查完地下室之后，接下来她打算采取什么对策，但也只能尽全力协助今日子小姐了。

先把可不可能放一旁，至少我对今日子小姐的出发点是为了要承继和久井老翁的心愿这点是可以感同身受的。

虽然根本没什么我能做的……如果是靠体力的工作或许还好，但动脑筋实在不是我的强项。总之——虽不知时间到的提示音何时会响起，我和今日子小姐的限时搜查便就此展开。

当然，想必今日子小姐早已经马不停蹄地展开下一步的行动……

“那么，亲切先生，还请你稍等一下。在正式展开行动之前，我要先去冲个澡。”

她丢下这么一句悠哉到令人目瞪口呆的话，接着还真的走进工作室后方的浴室里。

女生进浴室，我总不能跟进去吧……刚才这样翻箱倒柜还不算“正式展开行动”已经令人跌破眼镜了，还要在这种情况下——冲澡？

嗯，想起她对和久井老翁进行急救时，那番猛烈的重体力劳动，或许是真让她流了一身汗。不过就连我这个门外汉，都知道在这种分秒必争的情况下，根本不是洗澡的时候。

而且万一警方在这个瞬间赶到，今日子小姐到底打算怎么自圆其说啊。身为侦探，我想她的口才想必非常好，但是在被害人的房间里洗澡这种事，我实在想不出有什么理由可以解释清楚。

话说回来，光是会想在“连话都还没说过的陌生人家里洗澡”就已经非常神经大条了，更何况还是和几乎是陌生人的我一起行动时提出这种要求，这个人到底在想什么？

这已经不是什么性格难以捉摸的问题了。

女性要怎么注重仪容卫生，的确也轮不到我来发表意见。再说，面对现状完全束手无策的我，也只能在和久井老翁的地下工作室里无所事事，像只无头苍蝇似的原地打转，假装自己在做事而已。

而且由于今日子小姐早就已经全搜过一遍了，我也没能找到任何新的线索或证据。说来把这个房间翻遍了的今日子小姐，也似乎没发现什么。

毕竟没有用工具进行科学调查、现场搜证，光靠肉眼搜集的情报当然有其极限——而目前，推理也可说是毫无进展。

唯一要说有什么线索，果然还是那个时候……当她向我解释为何会认定“犯人就在这里面”的理由时，翻开的那本档案夹。

她一直以快到令人眼花缭乱的动作进行现场搜证，只有在那时放慢了速度……到底是怎么回事？

关于这点，今日子小姐什么也没说。但是我猜想，那里头或许有很重要的线索吧——找出是谁刺伤了和久井老翁的线索。

犯人就是这栋工房庄里的住户，所以和久井老翁才会想包庇那个人……当这样冷静下来独自思考，会觉得今日子小姐的推理虽不是完全说不通，但还是很牵强。

就算同意和久井老翁是在包庇某个人，可是就像今日子小姐自己说的，那个对象也可能是家人或朋友……但是在同时，却又认定大多数人都与案情无关的工房庄住户里面有犯人，叫无辜住户情何以堪?

她应该还是有所根据吧……不，大概不是，毕竟今日子小姐是人不是神。也正因为不是神，才会坚决只做自己办得到的事。

尽全力——只做自己办得到的事。

如果犯人不是工房庄的住户，届时就真的超出今日子小姐能力所及的范围，只能交给警察处理了。只是倘若和久井老翁想保护的，真是工房庄的住户，那个时候——

好吧，假设一切都如同今日子小姐的推理，犯人真的是工房庄的住户，那么犯罪的动机又是什么呢?

为何在经济上受到和久井老翁的资助、立志成为艺术家的人，会用调色刀刺杀自己的恩人呢?如果是强盗以抢劫为目的，还可以理解，如果是工房庄的住户，动机就完全参不透了。

恩将仇报也不是这样的。

虽然不知道犯人到底是基于什么样的心态刺伤和久井老翁的，但如果今日子小姐没有发现，以他伤势的恶化趋势来看，就那样死掉也不奇怪……就连现在，也还处于不容乐观的状态。

从丢下身受重伤的老人跑掉的那一刻起，要说没有杀意，已经没人会相信了——究竟发生了什么事，会让人想要杀害对自己恩重如山的人呢？

……讲什么都是借口吧？

又不是推理小说，要一切都能推导又合理是不可能的——现实生活中，因为一时冲动就伤害自己恩人的例子，比比皆是。

而且对于住在这里的人来说，和久井老翁真的是他们的大恩人吗？仔细想想，这种看法其实非常一厢情愿——他可是脾气暴躁，一激动起来会破坏画作的人。明明在绘画的世界里以制作画框维生，居然会一时冲动就砸烂画作和画框。

那种性格我认为不太可能完全不招人怨恨。再说得极端一点，看样子搞不好还是和久井老翁先出手打人，才会遭到犯人的反击，犯人说不定也只是正当防卫。虽然现场并没有争吵的痕迹……但是从和久井老翁的性格来判断，我倒认为这是非常有可能的事。

如果这次也像那天在美术馆里一样，和久井老翁因为一时情绪激动，和某人起了口角而造成这样的结果，那么被害人会想包庇加害人一事，也就不难理解了。正当我逐渐摸索出属于自己的一套推理时——

“让你久等了。”

今日子小姐回到工作室。

我往声音传来的方向看，心想真是让我一番好等，却吓了一大跳……别误会，绝不是因为“看到今日子小姐出浴的模样于是脸红心跳”这等香艳旖旎之事。

而是我差点认不出眼前的人是谁。

因为今日子小姐那一头招牌白发居然被染成了咖啡色……而且服装打扮也和走进浴室前截然不同。

直到刚才，她都还穿着宽松的裙子，如今却换上窄脚长裤加外套，变得很正式——仔细一看，外套里的粉红色衬衫还是同一件，但是因为罩上一件外套，就像变魔术一样，给人截然不同的感觉。

难道是为了要开始工作才换衣服？但我不记得她带衣服了啊……而且，换衣服还说得过去，问题是头发。

为何要把那头白发染成咖啡色——给人的感觉固然不同，但这究竟是为什么？

该不会白发才是染的，她只是进浴室洗掉而已？

“哦，这个吗？”今日子小姐摸了摸头发，“这是染的。应该说，我借浴室就是为了染发。”

“为了染发——”

故意把白发染成别的颜色吗？原来如此，在这种情况下还要洗澡，再怎么想都太没有常识了，原来是基于这个目的。

可是，她还没有回答我最根本的问题，为什么要这么做？

再说，是从哪里弄来咖啡色染发剂的？

“再怎么样我也不会随身携带那种东西，所以借了那边的颜料一用。”

“你用颜……颜料染的吗？”

把那种东西抹在头发上不要紧吗？

原本就是白发，所以就像把颜料涂在画布上一样，可以染出很鲜艳的颜色，但是站在保护秀发健康的角度，这行为真是太疯狂了。

然而，这似乎只是外行人的杞人忧天。

“不要紧。”

今日子小姐斩钉截铁地说。

“‘颜’也有‘脸’的意思吧？所以颜料原本就是涂在脸上的装饰用油彩呢。涂在脸上都不要紧的东西，涂在头发上就更没问题吧？”

“是吗……”

这么说来，明明不是化妆品，却叫做“颜”料？这事确实蛮奇妙的，原来是因为这个由来啊。

但是颜料也有很多种类，不能一概而论，今日子小姐肯定是选择对头发无害的颜料吧。

“那你身上的衣服呢？这也是借的吗？还是你带了衣服来换？”

“要说是借的嘛，也算是借的……”

今日子小姐似乎有些难以启齿。

怎么了？我心想。但是在听完她接下来讲的话以后，我则完全明白她欲言又止的原因。

“呃，其实这是我把和久井先生挂在后面房间衣柜里的衣服剪开，然后又重新缝制的。正宗纯手工缝制的高级定做服饰哦！”

原来如此，的确难以启齿。

借用颜料还说得过去，但是擅自把人家的衣服剪破也实在太过分了……定睛一看，外套内里还颇有日式风味，看来是用作业服缝制的。

我还以为她是刚才流了满身汗，才会洗那么久，没想到居然缝制出了一件衣服……又是担架、又是衣服，这是在上家政课吗？

这个人的动手能力会不会太强了？

我甚至觉得比起侦探，应该还有更适合她的工作吧。

“好说好说，我只是把现有的材料临时拼凑成一套衣服罢了。乍看之下可能有模有样，但是几乎跟纸糊的一样，看不到的部分、内侧的缝合全都非常随便。动作太大的话，随时都可能会散开，所以我穿得战战兢兢的。”

“不过……你这么做的用意是什么？不仅染发，还换了衣服……简直像是变装秀啊？”

“就是变装啊！”

今日子小姐竖起大拇指。

“因为时间实在太紧迫了，没有时间慢慢从外侧包围中央。所以接下来，我打算去拜访工房庄里的所有住户。”

“去拜访……所有住户？”

“是的，直接进行交涉。”

要问此举妥当吗……也还真的没什么问题。

这个人只是速度很快，但所作所为并不算是异想天开——只是因为速度太快，让她的行为看起来有点怪异，但基本上还是个按部就班做事的侦探。既然将嫌犯锁定为住户，接下来的行动当然是要找他们问话。

“可是，不是还没确定嫌犯是谁吗？如果能锁定目标说‘你就是犯人’也就算了，如果要一个一个问‘你是犯人吗’，我可不认为有人会老实回答‘没错，我就是犯人’……”

要能这样，今日子小姐应该什么都不用做，犯人就会老实自首了。

“没错。所以我不打算让大家知道我是侦探，而是用别的身份去问话。这时候，这头白发就太招摇了。”

倒也是，万一住户里有人知道“忘却侦探”的事，或许从特征明显的白发就能认出今日子小姐。再说得极端一点，住在工房庄里的人也不无可能曾经是置手纸侦探事务所过去的委托人。届时反而是今日子小姐会处于状况外——因为早就忘了。

要是那样，不管再怎么伪装身份，也一下子就会被识破了，所以还是把白发藏起来比较好。

之所以临时变出一套较为正式的服装，也是为了冒充某种职业吗？要伪装成什么官方机构的问卷调查吗？

“一人花个五分钟应该就能问完了。最多只要有五个小时，就能清查所有住户——当然，如果能在那之前找出犯人就更好了。”

“话是这么说没错……但是，这样好吗？”

“嗯？什么东西好不好？”

她不解地反问我，我一时语塞，但又不能不问清楚。

“我是说……我以为对今日子小姐来说，那头白发应该是你身为侦探的自我象征……或像是身为侦探的注册商标之类的东西吧。这么轻易……而且还是用颜料当场染成别的颜色，没问题吗？”

我原先以为她顶着一头白发是为了好看，但事到如今，实在很难相信只是为了好看。大概是发生过什么事，才害她变成满头白发——但是她既不遮掩，也没戴帽子，就这么落落大方地呈现在世人面前——所以我一直以为其中必有她个人的主张在里头。

“亲切先生，你说了一句好奇怪的话。”

今日子小姐笑着说，好像我真的说了什么奇怪的话。

不管是自我象征，还是注册商标。

“对侦探而言，最大的愿望只有解决案件，别无其他。”

听到这句话——

我在心里静静地收回刚才的想法。

对这个人而言，没有比侦探更适合她的工作。

4

得救了——我是真心这么想。

而之所以这么想，是因为从工房庄的地下室走上一楼时，发现电梯已经可以动了。

毕竟这是栋三十二层楼的超高层塔式住宅，光是要拜访所有住户想必就相当费力了，再加上爬楼梯的话，谁受得了啊……就连因为工作关系，对体力还算有自信的我也觉得很吃力，即使今日子小姐的身体比外表还强壮，但是身形毕竟如此纤细，就不用说会多辛苦了——可是她却在当下一脸毫不在乎地说了句“那我们走吧”就往逃生梯走去，看她这么有行动力，我想自己当然也不能示弱。因此我也有所觉悟，跟了上去……但是就在从地下室走楼梯来到一楼时，今日子小姐突然跑去打开通往电梯间的门。

“不好意思。”

不管采取什么行动，今日子小姐都没问过我的意见，也不做任何解释，不仅动作快如闪电，而且还跳过所有的程序，几乎是一意孤行的她，这时却突然改变了原有的路线（后来她给我的理由是“因为听到声音”），还在爬楼梯的我根本什么也没听见，但她的注意力已经跑到两层楼以外了。今日子小姐的感应天线似乎永远都是全方位的，毫无死角。

有两个穿着作业服的男人就站在门的另一边——怀里抱着梯子还是什么大件的行李，正准备离开大楼。

“你好，我是这栋大楼的住户，不好意思，请问电梯可以用了吗？”

今日子小姐问他们。从第一句话就脸不红、气不喘地撒谎，就连躲在旁边听的我，也差点相信今日子小姐真的住在这栋大楼里。

而且为了不让对方察觉自己说的是谎话，询问方式也非常巧妙。不是问工人“你们在做什么”，而是更进一步地问“电梯可以用了吗”，真的只能说是胆大包天的妙招。既然已经谎称自己是住户，要是对大楼内的施工一无所知，反而很不自然，也会自相矛盾吧——在说谎时记得自己说过的谎，是比编造天衣无缝的谎言更不可或缺的能力。

今日子小姐虽然是忘却侦探，但是只要把时间局限在一天以内，似乎就能把记忆力发挥到淋漓尽致。

“是的，维修已经结束，可以使用了。”工人回答。

“这样啊，谢谢你们。”

“别这么说，这是我们的分内事。”

“对了，你们是从几点开始施工的？是否比预定时间还要早？”

“咦？没有哦？跟预定时间一样，从早上九点开始施工。”

“这样啊。不好意思，耽误你们了。”

今日子小姐低下染成咖啡色的头行礼。

“不会，没有的事。那我们告辞了。”

工人们爽朗地打过招呼便离去了。看样子，电梯不能用跟案情毫无关系，只是定期维修。

我住的公寓只有两层楼，没有电梯这种奢侈的装置。原来如此，电梯是一种无论如何都不容许意外发生的机械装置，所以每隔几个月，就必须像这样定期维修一次。

因为只有一部电梯，如果因为定期维修而不能使用，这段时间里住在高楼层的住户想必会很伤脑筋吧。不过也还好，只要忍耐几个小时。

无论如何，随着电梯恢复运作，拜访所有住户时应该就不用爬楼梯了，我真是松了一口气。

“太好了，今日子小姐。”我说。

“嗯……”

今日子小姐却一脸狐疑地歪着头，嘟着嘴看着工人离去的背影。

她那模样就像是原本打算一展身手的爬楼梯大会被取消，满怀的期待全部都成空而一脸落寞——但这绝对是不可能的。

可是如果不是那样，她在想什么？我完全追不上她的思考速度，只能老实问：“怎么啦？今日子小姐。”

“欸？啊，没什么，不好意思。我只是在衡量那些人是犯人的可能性有多少而已，没什么。”

“哦，是哦。是这样啊。”

虽说她用一句“没什么”轻松带过，看她请教对方时明明笑容可掬，既友善又不摆架子，但是心底却在怀疑对方，这可是很严重的行为。

要说她是忠实执行身为侦探的职责，的确也是这样没错。能不以为意地扯谎——这个人果然不像她的外表或言行举止那么天真无邪。一边怀疑嫌犯是这栋大楼的住户，对外面的人也丝毫没掉以轻心，这种无懈可击的谨慎，算是值得赞许的优点吗……

只是，身为与她一起行动的人，难免觉得不安……今日子小姐跟我说话时，虽然也是笑咪咪地十分亲切，但是在她的内心深处，会不会其实也在怀疑我？

实际上，我与和久井老翁才刚认识不久，也有可能因为薪资条件谈不拢而和他起口角——所以，理当是值得怀疑的可疑人物。

再进一步说，我是因为和久井老翁的关系才丢了上一份工作

——说是有充分动机也不为过。所幸请教过今日子小姐之后，我心里的乌云已经散去，若非如此，即使说不上心中怀有杀意，我为了向和久井老翁抗议而来到这栋工房庄的可能性，还是相当高的。

人们之所以说“不想和侦探一起旅行”，或许还有另一个原因——不只是因为会出事，而是因为自己也会被当成嫌犯来看待。

“不过，可能性应该很低。单纯讨论有没有可能的话，当然不是完全没有，但如果真的要伪装成工人行凶，应该会记得贴张‘维修中’的通知，装得像一些吧！”

而且和久井先生也没有包庇他们的理由——今日子小姐说着，将视线从玄关大门移开，走向刚维修完的电梯。

这么说来，既然在维修，照理说应该会有张“维修中”的通知才是……看来是工人疏忽忘了贴，但如果是有计划地伪装成工人行凶，反而不可能忘了这么重要的事。

要说粗略，如此推理确实很粗略，但我想这大概就是今日子小姐身为侦探的做法。把重点放在速度而非正确性上，先做出结论，再回头验证——或许不够缜密，但是却合理又有效率。再说回来，今日子小姐虽然以速度为前提，但依旧能合理又有效率，换成是我，就真的只是粗心的推理了。

同时我也松了一口气。

纵使今日子小姐真的怀疑我，应该也会基于同样的原因将我剔除在嫌犯名单之外——因为和久井老翁没有理由要包庇我。

“亲切先生？你再不进来，门就要关喽！”

在她的催促下，我连忙走进电梯里——因为今日子小姐可没有摁住“开启”的按钮等我，我再不进去，她可能会抛下我，独自上楼。

“嘿呀。”

今日子小姐微微踮起脚尖，摁下顶楼——“32层”的按钮。

咦？照她刚才所说，要去拜访所有住户，应该要从二楼依序往上走啊。莫非她改变主意了吗？

不过不管是由上往下，还是由下往上，只要最后能把所有的住户都拜访过一次，倒也是没差别……

“不，因为我有点想法……所以现在‘从楼上下去’和‘从楼下上去’可就不一样了呢！”

“咦？”

今日子小姐说了一句很玄妙的话。

不过，我已经大概能理解，当她说出这种莫名其妙的话，就是她正在脑中进行思考的时候。

像是刚才在地下室看着档案夹时也是如此……说来，那个档案夹里究竟有什么呢？我被今日子小姐的变装吓了一跳之后，就忘了问她——但是就算问了，她可能也不会告诉我。

只是，密闭的电梯是个令人喘不过气的空间，为了填满长达数十秒的空白，我还是开口了。

“那个档案夹里，究竟夹着什么文件啊？你似乎很在意的样子……”

“哦，你说那个啊。嗯……倒也没有很在意啦。”

不知何故，今日子小姐的回答有些吞吐含糊。只见她反复沉吟了许久之后，反问我：

“亲切先生，你又是怎么想的呢？”

“怎么想……你是指什么？”

“犯罪的动机啊！刚才在现场搜证的时候，比起寻找物证，我更着重这一点。”

动机。

被她这么一问，我愣了一下。因为我也在想同一件事，看起来今日子小姐似乎比我更早开始推敲动机。不过，她的速度现在已经吓不倒我了。

“毕竟实在没有时间，所以我在想，不知是否能从动机这方面来锁定犯人……最重要的关键，我想还是和久井先生接下来将要进行的工作。”

“是呀，说得也是。”

我表示同意，但是说实话，我完全忘了这件事。

话说回来，我就是因为和久井老翁为了完成他人生最后的工作，需要个警卫，才被叫来这栋工房庄的。

既然事情发生在这个节骨眼，要说我完全没有关系，才不自然吧……而如果真的被说有关系，又让我不沮丧也难。

我不仅没能保护好和久井老翁，就连亲眼见证他完成最后大作的机会，都没能守住。就算他大难不死，受了那么重的伤，也不见得还能像以前一样精力旺盛地工作。不仅要住院一段时间，搞不好还会留下什么后遗症……

一思及此，我的心情就低落到不行，却又同时产生至少要帮他完成心愿的情绪——想必今日子小姐早就已经达到这个境界了。

虽然是因为看准可以收到报酬，但是身为职业侦探，不会因为正义感或好奇心就采取行动的今日子小姐，光是在没有被正式委托的情况下展开行动，就已经很了不起了。

或许打从一开始，今日子小姐就从我的叙述里间接对于和久井老翁的为人产生共鸣——作风虽然不同，但这两个人都把一切赌在自己的工作上。

不惜染发、换衣服、乔装成他人也要展开调查，虽然让人觉得有些脱离常轨，但是这点和觉得自己的作品受到侮辱，在美术馆大闹一场的和久井老翁并无太大不同。

也不算是物以类聚，然而努力工作的人只会认同努力工作的人——一想到这里，我不禁再次觉得没能让今日子小姐与和久井老翁说上话，真的是件非常可惜的事。

将来要是有机会能在哪里实现这个愿望就好了……

“假设那份最后的工作是这件事的导火线，那么和工房庄的住户之间的关联便一目了然了。”

“咦……”

她居然说“一目了然”，让我很怕接错话，结果一时答不上来。不过，在重视速度胜于慎重的这个情况下，总之要先讲个答案，毕竟想太多不如脑放空。所以我也不再多想，想到什么就说什么。

“最后的工作、最后的画框……里面的那幅画对吧？住在工房庄的某个人……现在应该正在制作那幅画。”

“没错，就是这个意思。”

今日子小姐微微点头。

“所以有两个可能。第一，犯人就是正在制作那幅画的住户。第二，犯人是正在制作那幅画的住户以外的人。”

“什么？”

咦？等等，她兜了这么大一个圈子，就为了讲这句废话吗？只交代了不是A，就是A以外的全部，完全听不出来是在想什么可能性。

“不，这其实是极为关键的重点呢！和久井先生可能是和正在制作那幅画的人，因为作画的方向性起了口角……结果就发生悲剧

——假设这是可能性之一。对于自己没能获选参与和久井先生的最后大作，感到非常不服气的住户直接闯到地下室找他谈判，结果也发生悲剧——则是另一种可能性。这两种可能性南辕北辙，但究竟是前者还是后者，将会大大影响我之后试探住户的方式。”

“哦……这么说，也的确如此。”

的确，如果是前者，就可以把嫌犯缩小到只剩下一个人，但如果是后者的话，只是减少一个嫌犯，称不上有什么进展。

可是在我的印象里，后者的可能性高多了——因为和久井老翁为了对最后的工作保密，刻意不让人知道是谁在画那幅画，加上了一层保护色。

说是加上了一层保护色，听起来像是用了什么高超的工作技巧、进行多么精准的风险管理，但老人实际实行的方法，就只是让许多住户同时制作用来混淆视听的作品罢了。

奉命制作根本不会见天日的作品——虽然我只能用想象去推测这些艺术家的内心世界，但是要对这种事保持平常心应该是非常困难——会对和久井老翁产生愤怒、怨恨、不谅解的情绪，也是很正常的吧。

“当然，也有可能根本毫无关系。就算假定嫌犯即是工房庄的住户，动机也可能跟画作、和久井先生的工作完全无关——纵使如此，找出那个被选中的幸运儿还是有意义的。因为有些情报，应该只有他（她）才知道。”

“……那本档案夹的文件里写出那个人是谁了吗？”

我猜她是因为那样才僵住的。

“没有，什么也没写。”

今日子小姐摇摇头。

“很遗憾，根据我把那间工作室还有起居室匆匆翻过一遍的结果，暂时还无法判断谁才是和久井先生选中的人。”

“这样啊……我想也是。”

对最后的工作保密成那样的和久井老翁，想必不会把他指定的人选写下来……留下记录吧。

就算有记录，犯人逃走时很可能也一并带走了……或许是情急之下，赶紧把对自己不利的信息带走。如果是这样，犯人就是前者……也就是可以将目标锁定为被和久井老翁委以重任的人物。只是问题在于即便是被选中的本人，应该也不知道自己就是那个人。

“今日子小姐，既然如此，为什么你会一直盯着那本档案夹呢？”

“身为侦探，我实在不太想这么说——因为我有点搞糊涂了。”

“什么意思？”

“或许该说是不小心接收到目前需求以外的信息，陷入了混乱……不，这件事以后再说吧。”

今日子小姐的话告一段落，同时电梯也抵达顶楼，门打开——眼前是比想象中更为宽敞的走廊。

“当务之急是先打听消息，我们就尽可能多搜集一点情报吧！我会配合对方切换不同身份，所以亲切先生，请你随意地附和我说的话。”

“随意地……好，我知道了。”

我不是很精明的人，所以要我像今日子小姐那样扯谎，我一定应付不来，但如果只是附和她说的话，应该还能勉强胜任。基本上，我只要默默地站在口齿伶俐的今日子小姐身后，向对方施加无言的压力就好了吧……虽然并非我的本意，但我还挺擅长利用高大身材释放出压迫感的。

今日子小姐毫无惧色，大摇大摆一路走到走廊尽头，毫不迟疑地摁下对讲机。

“亲切先生，请你再往右边退一步。”

虽然我一时反应不过来她这句话是什么意思，但还是照做了。看来是为了让住户从猫眼往外看的时候，不会看到我巨大的身躯。

在有门禁系统的大楼里，居然有人挨家挨户敲门拜访，的确会让住户充满戒心吧。要是还没开门就给人压力，可能会让对方根本不应门。

相反，如果从猫眼看到的走廊上只有一个咖啡色头发、个头娇小、长相可爱的女生，于是掉以轻心打开房门的可能性就大多了——如此说来，她的乔装打扮也是为了这个吧。

过了一会儿。

“请问哪位？”

回答不是透过对讲机，而是直接从门里面传出来的——看样子，里头的住户已经从猫眼捕捉到今日子小姐的身影了。

或许意识到住户的视线，今日子小姐手持不知是何时冒出来的活页夹——大概是从地下室拿来作为小道具的吧——用看似无害的微笑打招呼。

“打扰了，我是市政府派来的。”

当然，她既不是市政府的职员，也不是市政府派来的人。

5

查访大楼里的所有住户。

光想象就觉得累，要讲出口也觉得厌烦——就是这般既无聊又无味还需要一步一脚印的工作。该说是感觉很单调吗……坦白讲在众多劳务之中，这实在是会让人觉得是为了工作而做的工作。

不同于推理小说，现实生活中的侦探大半都从事过这种需要很有耐心的调查活动吧。然而能够一脸神色自若——却也不是机械化的千篇一律，而是针对每个住户临机应变的今日子小姐，果然非等闲之辈。

从结论说来，针对工房庄住户的查访行动，在途中也没发生什么意外，不到四个小时就全部问完了。我原本以为会花上五个小时左右，所以感觉比预定时间提早很多。

当然，有人不在家，也有人（大概是）假装不在家——但我们还是见到了五十名以上住户里绝大部分的人。

见了面，也问了话。

这也可说是多亏今日子小姐人缘好——不过“途中也没发生什么意外”的结果除了带来欣慰，也伴随着“未能得到什么意外线索”的徒劳之感。

但光是过程中警方没有出现，或许就已经要谢天谢地了……能够这么有效率地完成查访，可能也是因为问话时除了要隐藏身份，也要隐瞒已发生的事，所以可以问的问题也很有限。

从大楼住户们口中问出的消息，不外乎就是每个人与和久井老翁的关系和最近的“工作”，再加上今日子小姐不着痕迹地打听出一些个人的生活习惯，可是几乎没有得到任何有用的线索。

顶多只知道住户们对和久井老翁的评价似乎非常糟……他们对和久井老翁本人此刻正在鬼门关前徘徊一事浑然未知，纷纷肆无忌惮地对着今天才第一次见面的今日子小姐大说和久井老翁的坏话。

该说是意外，还是不意外呢？明明是他们的赞助人兼恩人，和久井老翁却受到大楼住户的百般嫌弃——话虽如此，但是一路听下来，也不觉得有讨厌到想杀死他的地步。

不知道今日子小姐对这群住户讲的话有什么想法，可是我想他们之所以敢这样大放厥词，或许也是因为受到和久井老翁的照顾，又住在同一个屋檐下，已经混得太熟了也说不定。

就算想去推算动机，但终究是不可捉摸的人心——正是因为亲如家人、朋友、情侣，才更容易起争执吧。倘若感情坏到萌生杀意的地步，想要远离对方才是人之常情，根本不会生活在触手可及的距离里——真要说，人与人之间不管是怎样的关系都可能会出事，也可能怎样都不会有事。

只不过，这四个小时倒也不是白白浪费。

人的内心世界虽然充满了不确定性，不容易参透，但也有些不会因为单纯的损益、利害关系而摆荡的确定性。

从这角度看，很明显，包括不在家的人、假装不在家的人、即使在家也问不出个所以然来的人，工房庄里的住户没有人会因为杀死和久井老翁而得到好处。相反，他们多半还是不成气候的艺术家，老人要是出了什么事，基本上只有百害而无一利。

不只是会失去赞助人资助——虽然不管怎么看，这栋工房庄都是一栋摩天大楼，但好像没有提出作为小区大楼使用的申请。

这是其中一位住户告诉我们的。

在产权的登记上，这里还是和久井老翁的私有住宅。换句话说，住在这里的住户全都是没有使用权的住客。

如果登记为小区大楼，签订了租赁契约，就算大楼的所有权突然落入别人手中，即使会产生要不要支付租金的争议，他们至少还能再住一阵子。但照现状要是和久井老翁忽然去世，大楼的所有者一换人，这些住户说不定马上会被扫地出门——虽说经济不景气，这个国家基本上还算是丰衣足食，流落街头应该不至于，只是难免会陷入困境。

失去和久井老翁这个赞助人，不是一切归零，而是比归零更惨——真的有住户会不顾这样的利弊得失，也要谋害屋主吗？有什么理由会令人感情用事到这般地步，连利弊得失都无法判断呢？在拜访过所有住户之后，今日子小姐“犯人就在这里面”的说法，突然变得很站不住脚。

“不可以操之过急哦！亲切先生。换个角度想——假设和久井先生认为某个住户已经江郎才尽，打算停止援助。让他觉得反正迟早要被赶出去，最后孤注一掷地诉诸于武力的结果，引发了悲剧，也是有可能的吧？”

今日子小姐说道。这也的确很有可能。但与其说是孤注一掷，这更像是自暴自弃……如果还有想在最后出一口气的心情，可能更容易出状况吧。

要是果真如此的话，接下来的推理就很简单了。只要再查访一次住户，找出那些可能会被停止支援的人就好。而且从大楼住户的八卦中，这倒也不是太难推敲。

“只是这时又会产生一个新的疑问——和久井先生有必要包庇自己打算弃之不顾的住户吗？”

今日子小姐又出言翻转自己的推理。看样子，这样反复也是她最拿手的验证式推理——把所有可能性都列出来一一击破的一个过程。不过，为了检验查证所有想得到的可能性，我们已经花了四个小时。

“当然也有存在共犯的可能性吧？假设有两人或是三名以上的住户勾结，共谋杀害和久井先生的话……”

“是有可能。不过，就目前所有住户都是竞争对手，彼此处于竞争状态的情况下，实在很难想象他们能建立起互相勾结的共犯关系。”

“竞争……是吗？”

没错。既然住在同一栋大楼里，自然会有一定程度的交流，但彼此都是在同一条道上竞争的同行，感情也无法好到哪里去。另一方面，和久井老翁也打从一开始，就想方设法地不让住户之间的感情太好。

就像他为最后的工作加上的那层保护色一般——利用不知道谁才是被选上的幸运儿，谁又是烟雾弹的做法，在他们心里播下疑心生暗鬼的种子。

其中一位住户（忿忿不平地）告诉我们，和久井老翁似乎三不五时就会滔滔不绝地高谈艺术家结成朋党的坏处。说是艺术家之间的感情愈好，文化艺术反而会愈衰退……

老人这话虽然不好听，但也不是不能理解——甚至该说是有其见地吧。

把立志成为艺术家的人聚集在一起，若只是任其组成感情融洽的团体或互相吹捧的社团，呈现的风貌肯定不是和久井老翁心中工房庄该有的模样。

话虽如此，倒也用不着故意制造出一个让大家感情不睦的环境吧……附带一提，单就这次查访时所见，连我这种门外汉都觉得住户们的生活环境实在受到太多限制了。

住户里有不怕生的人，也有长袖善舞的人，还有很多人或许觉得今日子小姐很亲切（我想应该不是觉得我很亲切）而让我们进房里坐坐。每个房间里的设备虽然都很高级，但说穿了全都像是只能作为画室的空间。

简单地说，除了最基本的日常用品，那些房间里都只有美术用工具。和久井老翁对他们的“援助”，则似乎仅严格限定在与画图有关的东西。

如果是没有颜料、想买画笔这种需求，无论要多少，和久井老翁都会慷慨应允，但是对于衣服或食物等支出的援助，则几乎可以说是杯水车薪。

还有住户透露了令人不禁一掬同情之泪的事例——因为没钱吃饭，只好说是要画素描才得以买面包，说是要练习静物画才得以买水果用来果腹——实在难以想象，这会是发生在这种摩天大楼住户身上的现代故事。

除此之外，也不能养宠物、不能和家人同住、不能让朋友或恋人留宿，规定之严，简直跟学校宿舍没两样。

虽然可以免于挨饿受冻，只要别太贪心，生活倒也没什么问题，但是住在这里，想从事“画图”以外的活动可是比登天还难。得知工房庄是和久井老翁的私有住宅时，我一时也曾经有过像是“把艺术家齐聚一堂的沙龙”那样的想象，但是在听了众多当事人口述实际情况之后，感觉的确比较像是某种强制劳动的“血汗工厂”。

当然，这里既没有业绩压力，甚至也不抽佣金，卖画的收入全数进到画家的钱包里，所以用“强制劳动”形容是言过其实了。只不过，长时间待在这种生活环境下，想必会对心理造成极大的负担。

至少从福利的角度来看，完全没有福利可言——只有外表看起来气派，里头完全不适合生活。不，因为有厨房和浴室，说这样不适合生活，实在也太人在福中不知福……但是不管怎么说，仍然无法否认这里是个把艺术摆在生活之前的空间。

因此，也不能排除是在精神上被逼到极限，失去理智，无法分辨利弊得失的住户，分明没有动机却依旧行凶的可能性——也因此，访问过所有住户以后，唯一可以断言“事实摆在眼前”的，或许就只有工房庄的这群住户并不是生活在一个健全环境里的事实。

老实说，我已经搞不清楚了。

当今日子小姐推理出和久井老翁想要包庇犯人的时候，我还以为看到他身为屋主的宅心仁厚，但是在工房庄的经营管理上，却看不到一丝放纵，甚至还有些苛刻、残酷——太过于重视艺术性，反而牺牲了人性。

“你搞不清楚和久井先生究竟是好人还是坏人吗？”

仿佛看穿我的困惑，今日子小姐这么问，而我也只能点头。虽然感觉自己想把人分成“好人”和“坏人”的幼稚想法被识破，多少有些难为情，但那的确是我真心无伪的想法。

“该怎么说……只是觉得，你有必要这么尽心尽力完成他的心愿吗？如果一切都只是他自作自受的话……”

“你好善良啊！亲切先生。像你这样，才算是好人吧。”

感觉今日子小姐笑得很开心。

“那么，换个角度想如何？如果搞不清楚和久井先生是好人还是坏人，那就继续调查到搞清楚为止。万一他是坏人的话，到时候再停手就好了——因为万一他是好人，现在就抽手不管的话，到时可是会后悔莫及的。”

这的确也是一种思考方式。

亦即所谓的“与其后悔没做，不如做了再后悔”吗……我虽然不太喜欢这句话，但是对于像今日子小姐这样的忘却侦探而言，这种策略应该非常有效吧。

反正今日子小姐到了明天，就会忘记今天做过的事——不管做或不做，都不会后悔。

既然如此，就只能做该做的事。

纵使结果一切都是徒劳也无妨——就算一切都很顺利也还是会忘记，那跟一切都是徒劳也没有差别。因为不知后悔为何物，才能用最快的速度，不顾一切地面对挑战——正常情况下，从事侦探这一行，只能维持一天的记忆是非常大的缺点，但想来想去，我反而觉得在她身上是非常大的优势。

当然，正因为是她，才能把缺点转为优势——其他人不见得也能将危机变成转机。

但这也表示，由于她无论完成什么工作都不会后悔，同样也不会得到任何成就感……今日子小姐的心里，到底是如何取得两者之间的平衡呢？

“今日子小姐，呃……以现阶段来说，你觉得呢？”

“你的意思是想问和久井先生是好人还是坏人吗？”

“也有这个意思……但主要还是想知道你对这栋工房庄的环境有什么看法。我不太明白，这个环境到底是好是坏……”

“很难回答呢！我本身是觉得置身于这种环境好像会很痛苦，避之唯恐不及，可是具有绘画天分的人会怎么想，我就不确定了。你也看到大家纵然满腹牢骚，但也没有要搬出去的打算，或许对于立志成为画家的人，这里既是天堂，也是地狱吧！”

一旦投入这个环境，纵使想逃离或许也脱不了身——今日子小姐总结。

听她这个结论，又让我有更多的想法，但只要是立志成为画家的人，必定都会梦想能身处一个能够无止境地给予资助的环境中吧……虽然那个环境本身，同时也无疑是在毁灭他们。

“该说不管是好是坏、是善良是邪恶，终究取决于个人的感受……吧？就像鉴定画作值多少钱那样。”

今日子小姐早已忘了自己曾经鉴定过画作的事，之所以举这个例子，应该没有特别的用意。然而这句不经意的话，却让我想起那几天，同一幅画从两亿元变成两百万元的种种。

那项鉴定——为那幅画定的价钱确实是出自今日子小姐个人的判断。而当那幅画成了碎片之后，我的鉴定价格则是零元。

只是，当时被放在天平上鉴定的，其实是我也说不定。声称“凡事都要亲眼看过才判断”的和久井老翁会那样问我，或许就是在掂量我——亲切守这个人的价值。

掂量我是从何判断价值的人。

为了了解我的价值观——假如这就是他想要雇用我的原因，同样，也是今日子小姐会在这里的原因。

从结果而言，就是他的判断救了他的命……

该怎么看待和久井老翁？要怎么看待这栋工房庄？我不确定自己之后会做出什么样的判断，但是那个结论，或许反而会如实地呈现出我这个人的价值观，以及与我的价值。

“对了，亲切先生。”今日子小姐说，“你从刚才就一直说查访住户是徒劳一场、没有任何收获什么的话，但事实并非如此吧。明明有两个大收获，难道你忘了吗？”

“两大收获……”

在她的提醒下，我这才想起，的确不是什么收获都没有。

有两件值得记录的事。

只是，这称得上是丰硕的收获吗？我无法判断……而且我觉得其中一件甚至应该算是差点让查访中断的突发状况，而另一件要说也只是让事情变得更复杂难解，绝说不上是能促成破案的线索。

“也不尽然哦。请你再仔细回想，亲切先生。”

忘却侦探都要我仔细回想了，也只能照办。我依序回想当时的事。首先是刚开始没多久的时候，还记得是在三十楼发生的事——

6

“少骗人了。”

他这么说。

当今日子小姐依照标准程序，自称是市政府派来的人时，他马上对她这么说。

是的，在工房庄超过五十名的住户之中，只有一个人，识破了今日子小姐虚构的自我介绍。

事发地点在三十楼，也就是完全还在查访住户行动的第一局上半时段就发生状况了，所以当时我内心有多着急，实非笔墨所能形容……而后来直到我们走完所有楼层，整栋楼也只有他一个人识破揭发今日子小姐的谎言。

不过，嗯，要说是他厉害，其实有点牵强……因为这个人见过在今日子小姐背后扮演守护神，原本应该是要对他施压的我。

既然知道我的真实身份，当然也会怀疑跟我在一起的今日子小姐所说的一切——原本是美术馆的保安人员，即将以警卫身份受雇于和久井老翁的我，却陪同市政府的职员来拜访，怎么想都太不自然了。

总之，那个“他”——住在三十楼的这个人，就是剥井弟弟。

是呀，是我的疏忽。

我应该老实告诉今日子小姐，住户里有认识我的人……如果她心里有个底的话，必定会事先想好应对的方法吧。可惜再怎么厉害的侦探，也无法处理不知道的事。

“那头发是怎么回事？用颜料染的吗？”

剥井弟弟很没礼貌地指着今日子小姐的头说——真不愧是绘画方面的专家，一旦察觉不对劲，连应急的染发剂都也逃不过他的法眼。

“没错，就是用颜料染的呢！染得很好看吧？”

我还以为被识破变装会让今日子小姐不知所措，没想到她仍是一派悠闲地回答。

一点也看不出心生动摇。

对了——我这才意会过来。

就算被识破不是市政府派来的人，也不表示她是侦探的事、发生在地下室的事也被看穿——至少现阶段，今日子小姐的真实身份在剥井弟弟眼中，应该还是个谜，所以不需要惊慌失措地不打自招。

没必要自掘坟墓——今日子小姐一定能安然度过这个难关。

这样的话，我也只能尽可能提供情报。

“呃，好久不见了，剥井弟弟。”

我跟他打招呼，在姓名之外，也想一并传达自己曾经见过他的信息……想必不是很自然，但总得让今日子小姐知道这个孩子为什么能识破她的谎言。

“好久不见？我们不是昨天才见过吗？大叔——”

剥井弟弟一脸诧异地说。态度则是依然狂妄。

“怎么啦？你这么快就开始上班了吗？这人是你女朋友啊？”

“呵呵。差不多呐。”

今日子小姐阻止急着想否认的我，暧昧地肯定他的话顺着说。虽然不清楚她葫芦里卖的是什么药，但她都这么说了，我也不能自乱阵脚。

“哼……”

剥井弟弟盯着今日子小姐看了又看，然后又看着我。

“所以呢？你女朋友干吗要来骗我？想从我口中问出什么吗？”

我才刚从美术馆回来，也让我休息一下吧——剥井弟弟意在言外地说。

他说他去美术馆，应该是像我第一次见到他的时候那样，又去研究别人的画吧。他明明说有参考价值的画作大都已经临摹过一轮，才没过多久又去画，也太好学了……该不会是去画第二轮吧？

“嗯，老实说……”

今日子小姐笑着回答，完全没有因为对方是小孩子就改变态度——基本上，在查访剥井弟弟之前的住户时，她也都是同样的态度。

先把识破她说谎的事搁一边，光是能住在这栋工房庄里，今日子小姐大概就已经明白剥井弟弟并非寻常的少年。

“是和久井先生拜托我来调查工房庄住户的状况。我为说谎的事向你道歉，真是非常对不起。”

今日子小姐放软身段，把染成咖啡色的头压低。不过事实上，那句“我为说谎的事向你道歉”也是在说谎。

总觉得再继续和这个人一起行动，自己好像会开始不相信人……只是就连这个谎言也被剥井弟弟识破了。

“这也是骗人的吧！”

剥井弟弟斩钉截铁地说。

我已经尽可能消除自己的存在感了，所以他这次是真的凭实力看穿今日子小姐的谎言。尽管如此，她还是丝毫不为所动，干脆地抬起头来。

“哎呀？你怎么会这样想呢？”

今日子小姐问。而他也配合说明依据。

“因为老师才不在乎我们怎样呢！那个人只在乎我们的成果——如果是要监视我们有没有偷懒，倒还比较有可能。”

“是哦，早知道就这么说了。”

今日子小姐脸上毫无愧色。

是一个巧笑倩兮，却对孩子的教育只是个糟糕示范的大姐姐。

剥井弟弟似乎对她像是捉弄人的态度已经很不耐烦，厉声斥喝。

“你到底是什么人？”

虽说是“斥喝”，但是因为年纪小，还是少了点魄力……

“你认为呢？我才是最想知道自己是什么的人呢。”

今日子小姐顾左右而言他，感觉更为挑衅，但这或许也是她的真心话。

对于身为忘却侦探，只记得今天的她而言，再也没有比自己的真实身份——自己的过去更难解的谜团。

“话说，刚才我回家的时候，恰巧和救护车擦身而过——该不会是老师出了什么事吧？”

突然扔过来的高速直球，让我整个人都当场僵住了。或许今日子小姐顺利地闪过这个问题，但光看我的反应，剥井弟弟似乎已经得到他要的答案。

“呿……”

剥井弟弟咂了咂嘴，转身背对我们。

“原来是这么回事啊……虽然我早就知道会有这一天了。”

“呃，啊，你在说什么啊？剥井弟弟。和久井先生并没有……”

“少来了。”他背对着我们说，“如果你再不肯说出实情，我就召集这里的住户去地下室哦。”

唔——我被他堵着说不出话。

剥井弟弟要是这么做，今日子小姐的计划就全泡汤了。而且想必会引起轩然大波……就算不会，只要看到地下室的血迹，也会有人马上报警吧。

今日子小姐的盘算是要在案情曝光前先找出犯人来，所以无论如何也不能让剥井弟弟这么做。

我急得有如热锅上的蚂蚁，但是今日子小姐居然还继续进攻。

“我们没有要隐瞒的意思。要是你想知道，我愿意一五一十地告诉你。只不过，一直站在门口也不是办法，可以让我们进去吗？”

谎言被揭穿，整件事也几乎都露馅了，但她依旧不打算放弃调查。不仅如此，今日子小姐甚至还想利用这个机会，大胆地杀进少年的房间里——心脏未免太强大了。

“好。进来吧。”

剥井弟弟说完便直接往房内走。今日子小姐也接着进去，我则手足无措地跟在她身后。

在工房庄住户查访行动的途中，也有好几个人邀请我们进屋里坐坐。他们的房间就如同我之前所描述的，可是剥井弟弟的房间却又与众不同。

因为只有小孩子一个人住，房间乱七八糟也是情有可原，然而绝不是我夸张，除了画具之外，房里什么都没有。散落在地上的垃圾，也只有揉成一团的纸球、折断的铅笔、旧的美术杂志之类的东西……只看这房间，甚至会让人担心他有没有好好吃饭。

“自己找地方坐吧。”

剥井弟弟说完，径自坐在画架前的椅子上。虽然感谢他的好意，但是这个房间完全不会让人想要坐下来。乱成这样，不但找不到落脚之处，如果可以的话，我甚至还想穿着鞋子走进来。

今日子小姐在仔细观察了房间内部之后，把手伸向地板。我还以为她是要移开东西，清出一个可以坐下的空间，结果并非如此，她似乎只是在做垃圾分类——居然擅自打扫起别人的房间——她是他妈妈吗？

在地下室搜证时，她的身手也很利落，可能原本就很擅长整理吧……还是根本就是有洁癖呢？

就像那个年纪的少年会有的反应，剥井弟弟对于有人擅自整理起房间显然很不悦，但是自己刚刚又说了“自己找地方坐”，所以也无法阻止今日子小姐的行动，顶多只能说些不知所云的酸话。

“你好像《拾穗者》* 的真人版哦！”

今日子小姐弯腰打扫房间的样子，的确很像那幅连我都知道的

---

* 法国画家让·弗朗索瓦·米勒在 1857 年创作的油画作品。

名画。

“所以呢？到底发生什么事了？老师怎么了？病倒了吗？如果是病倒的话，犯不着不惜说谎也要调查吧？”

剥井弟弟以不输给侦探的洞察力说道。

虽说在美术馆里看到他的素描本时，我就觉得千万不能因为他是小孩就小看他，但所谓艺术家的感性，是这么敏锐的东西吗？

今日子小姐说她没有要隐瞒的意思，照这样看来，就算想隐瞒，或许也瞒不过他。

“这栋工房庄的所有权人——和久井和久先生，被人用刀刺伤了。”

今日子小姐或许也有同样的感觉，干脆来个直言不讳……不过仍旧没有停下打扫的动作。

即使已经有所预感，但剥井弟弟似乎还是受到冲击，沉默不语——今日子小姐说得未免也太直接了，难道没有比较委婉的说法吗？

“……死掉了吗？”

过了一会儿，剥井弟弟冷静地问。

“伤得很重，在昏迷不醒的情况下送往医院，应该还在动手术吧——”

今日子小姐似乎过于专注在打扫这个房间，答话口气相当冷淡……我总觉得她的用词不太对劲。

伤得很重。昏迷不醒。动手术。

全都是很强烈、非常有冲击性的字眼……虽然都是事实，但是明明还有其他的说法，像是“捡回一条命”“现在正在接受治疗”之类的话。

当然，说得再委婉也改变不了任何事。假使今日子小姐是故意用这么强烈的字眼来描述，那这个策略也实在太狠心了。

刻意赤裸裸地形容和久井老翁正处于不容乐观的状态，好将剥井弟弟逼到绝境，借此套出线索的盘算，看在第三者眼里，这企图真是再明显不过了——人一旦亢奋起来，精神状态处于异常，就很容易说漏嘴讲错话。

虽说对付个孩子实在不需要做到那么绝，但是反过来想，这也表示今日子小姐是认真的，完全没有把对方当成小孩子看。

到底今日子小姐有多少是算计呢？另一方面，就算她是故意的，也不知道这个策略能收到多大的效果。只见剥井弟弟沉默了好一会儿。

“大姐姐。”

他这么叫今日子小姐。这声“大姐姐”对才刚认识的今日子小姐未免也太亲昵了……我在心底嘀咕着。但是仔细想想，今日子小姐并未向剥井弟弟报上自己的名字。查访之前的住户时，她都是用假名（以防万一有人知道“掟上今日子”这个侦探的存在导致一切都穿帮），只是来到剥井弟弟这里，还没来得及自我介绍就先被他看穿。

虽然我不太明白他叫我“大叔”，却叫今日子小姐“大姐姐”这当中的界限在哪里。

“你刚才说你想知道自己是什么人，对吧？”

“是说过，有什么问题吗？”

“没什么……”

剥井弟弟拿起放在画架上的素描本，翻到新的一页，然后重新握好一直捏在手中的铅笔。

“如果你想知道的话，我可以帮你画出你是什么人……你愿意当我的模特吗？”

“你的……模特吗？”

今日子小姐抬起头——这个可以一心多用的人仍然没有停下打扫的手，但似乎对剥井弟弟的这句话非常感兴趣。

老实说，在这之前——在这之后也是——查访住户的时候，提出这种要求的工房庄住户多不胜数。不知道是容易激发艺术家的创作欲，还是单纯只因为今日子小姐长得可爱，又或许是立志成为艺术家的人示好时的客套话也说不定，总之想为今日子小姐画像的人，绝不只剥井弟弟一个。

不过，他的说法非常特别。

帮你画出你是什么人。

面对所有希望为她画像的邀约，今日子小姐一律和颜悦色但斩钉截铁地拒绝，却唯独对剥井弟弟的提议表现出兴趣，关键果然还是这句话吧。

“只是速写，很快的，不会占用你多少时间……给我一分钟。”

说着说着，剥井弟弟已经开始在素描本上运笔如飞。他的动作让我想起初次在美术馆见到他的那天——在我阻止他以前，就已经将展示画作临摹完成的那种飞快笔触。

不，他的速度比当时还快……一想到他正用最快速度描绘速度最快的侦探，就觉得这个画面还挺有意思的。

我无从揣测剥井弟弟为何会突然想画今日子小姐，或许对于精神受到今日子小姐言语攻击的剥井弟弟而言，画图是为了恢复冷静的一种仪式。

也或许只是因为今日子小姐很有魅力——让他感兴趣而已。

“如果大姐姐肯让我画，我可以说些你想知道的。”

“你不是已经在画了吗？你说我想知道什么？”

“别装傻了。你很想知道参与老师最后工作的住户是哪些人吧？”

剥井弟弟闭上一只眼，举起铅笔测量他与今日子小姐之间的距离。

“理由我是不知道啦！大姐姐和大叔正在找犯人吧……可是我只听见救护车的鸣笛声，没有听到警车的声音，所以你们根本还没报警……对吧？”

“这个嘛……”

“就叫你别装傻了……若说有什么刺杀老师的动机，想想也知道跟他最后的工作脱不了干系。”

顺便告诉你，我跟这件事没有任何关系——剥井弟弟说道。

这句话我昨天就听过了。

别说是要真的拿来裱框的画作，就连要作为混淆视听用的“烟雾弹”也没找他画……当时我还以为是因为工房庄整体水平太高。

“不用摆姿势吗？”

今日子小姐说。言下之意就是答应要当他的模特了。

“你想摆的话就摆吧！如果你想脱，我也无所谓。”剥井弟弟半开玩笑地说，“我很擅长裸体素描的。”

“哎呀。你这孩子说话很早熟呢！”

今日子小姐噗哧一笑。

“要我脱也不是不行，不过今天还是算了，时间不多，我也有一些原因而不能脱。”

有一些原因而不能脱？

还真是挺拐弯抹角的说法。

“麻烦你就直接画吧！反正这也不会是素描吧？如果你真的能——画出我是什么人的话。”

“哼。”

剥井弟弟嗤之以鼻，继续画他的素描——突然开始的“美术课”让我有种被排挤的感觉。该怎么说呢？就是感觉有两个天才在对话，像我这种凡人是插不进去的。

是因为拥有卓越才能的人彼此有共通之处——或其实是像磁铁的两极般异性相吸呢？两人之间孕育出一股令人难以靠近的气氛，让我只能地呆呆站在一旁，束手无策。

“你刚才说你早知道会有这一天……和久井先生和住户们以前也发生过同样的纠纷吗？”

“纠纷什么的根本是家常便饭，我和老师也从早吵到晚……老师本人就不用说了，住在工房庄里的家伙基本上都是一些怪人，常在吵架……只是，倒也还没到去拿刀捅人的地步。”

“原来如此。那么，你知道为什么偏偏这次会演变成这样吗？”

“大概是因为这次实在太过分了吧。”剥井弟弟边画边说，“如果只是偏爱其中一个住户，选他当代表那也就算了——但那老家伙为了搞神秘，让大家画一堆根本派不上用场的图，就实在太过分了。这样对待想成为艺术家的人，不出事才怪。大量生产是艺术家最痛恨的事，老师他怎么可能会不明白呢……”

剥井弟弟语带嘲讽——听起来颇有几分“和久井老翁根本不值得同情”的味道。虽说今日子小姐也认为犯罪动机应该与最后的工作有关，或许站在与老人熟识的立场，感受又更加深刻。

只是，解读剥井弟弟的想法，他似乎认为是负责画“烟雾弹”——或说是被指定画“烟雾弹”的住户下的手。照理讲也没错，但这样要找出是谁就很困难了——因为老人用来混淆视听的障眼法，同时也成了隐匿犯人的障眼法。

“不用搞那么复杂吧？等警察来查，一下就会知道犯人是谁了！然后就全部都结束了！”

“这么一来就没有意义了。就我个人而言，我希望犯人能自首呢。”

今日子单刀直入地说道。

“如果你就是犯人，我希望你现在就坦白承认。”

“……你在怀疑我啊？我不是说过了吗？很抱歉，我连画‘烟雾弹’的资格都没有！要是因为这样就怨恨老师，也太不自量力了。”

“原来如此。”

“不过，说到是谁参与了最后的工作……我会按照约定，把我知道的情况告诉你。但我也只知道其中几个，当然也不知道谁是那个被选中的家伙。”

剥井弟弟说着，又举出几个人名和他们的房间号码……这还是第一次得到这么具体的信息，我连忙想要抄下来，却被今日子小姐制止了。

我一时有些不解，但马上就恍然大悟，这是她身为忘却侦探的铁则——为了能在日后把一切全忘记，不管是手写还是电子文件，都不可以留下记录。

最多只能记在脑子里。

话虽如此，但我实在没办法只用听的就把名字和房间号码全都背下来，所以只能仰仗今日子小姐了。真没用……这下子我真的只是呆站在一旁了。

“原来如此，非常有参考价值。只不过……剥井弟弟。”

今日子小姐听完之后说道。我这才发现，她的身后已经变得十分整洁。因为没有出去倒垃圾，所以物品的量应该没有减少，但房间地板面积比我们刚进来的时候宽敞多了。我不禁怀疑，被她整理得这么干净，剥井弟弟会不会反而不知道东西被收到哪里去了？

“我想请教的其实是另一件事……可以请你也一并回答吗？”

“啥？”

剥井弟弟顿时停下作画的手。

“另一件事……干吗？要问我不在场证明吗？刚才我也说过了，我今天去美术馆，直到刚刚才回来。”

“啊哈哈。很可惜，我根本不知道事情是什么时候发生的。什么不在场证明，你推理小说看太多喽！”

被侦探这么说也挺尴尬。但是剥井弟弟只冷冷回了一句“我才没看过什么推理小说”，接着再度动手以飞快的速度画他的图。

“干吗啦！到底是哪件事啦？”

“也没什么，是在之前，因为我想知道谁的画才是和久井先生真正要用的画，所以浏览了他房间里的文件。”

什么浏览，根本就是擅自翻阅好吗？但是今日子小姐讲得一副好像按照正常程序取得同意才看的样子……看来她连撒谎的能力都高人一等。

少年恐怕也有所觉察，催她继续说下去。

“然后呢？”但看那样子，比起与今日子小姐的对话，他似乎更重视作画，“有什么发现吗？”

“没有，什么发现也没有。他似乎刻意不留下任何记录呢！再找得仔细一点，或许总能找出什么蛛丝马迹，但……”

“我想还是找不到的。因为老师在这种地方特别小心。该说是不相信任何人，还是太相信自己呢……从连被选上的人都不知道自己被选上，而且为了完成最后的作品，还打算雇用大叔等等举动就可以看得出来吧！”

的确，在看似豪气磊落的言行举止背后，他无疑也是个细心又慎重的人——之所以那么容易发脾气，或许也是因为太敏感。

“没错。只不过，我也注意到一个不太寻常的地方。”

“不太寻常的地方？”

“对。是夹在某个档案夹里的文件——那是一张订单的复印件。”

今日子小姐说道。档案夹的文件……我在电梯里也跟她提过，唯一让今日子小姐的动作停下的那份文件——原来是订单的复印件吗？

“该说是细心吗？和久井先生似乎是个一丝不苟的人，会把订单按照日期整理。引起我注意的，则是最新的订单。我猜上面写的材料就是他为了完成最后的工作——最后一幅画框而订的。虽然东西好像还没送来……”

“……那又怎样？既然要制作画框，当然会有订单啊！就算他是个能使得画作的价值提高无数倍的裱框师，也不会变魔术，不可能无中生有变出画框。当然会需要材料啊。”

“没错，当然需要材料，问题是——太多了。”

“啊？”

“我说他订购的材料太多了。和久井先生订购的材料数量之多，可不是用‘以备不时之需’就可以解释的。数量多到让人不觉得那会是他要完成裱框师人生最后的集大成作品——制作一个画框的分量。”

这点我怎么想都想不通——今日子小姐说着，抬起头来。她停下打扫的手，目不转睛地看着剥井弟弟，看来她又从一心多用的模式切换到全心全意的模式了。

跟她注视档案夹的时候一模一样。

当时在我看来，今日子小姐仿佛是在反复阅读同一份文件，原来她不只是在阅读，还在脑子里计算、比对订购的材料分量啊……

感觉总算是有个心中疑问得到解释，但今日子小姐刚才提的，也的确又是个疑问。

“……那也是‘保护色’、‘烟雾弹’吧？如果只订购需要的分量，不是会让人猜出他打算制作什么样的画框吗？所以故意订了没必要的分量、无意义的材料，好让供货商也猜不出他想做什么，不是吗？从他盖了一栋这么疯狂的工房庄给大家住，就可以看出老师有足够的财力这么做吧？”

“是的，你说得没错，我也是这样想的。当然，也有故布疑阵的用意在吧。可是就算是‘烟雾弹’，数量还是太多了。他订的材料之多，多到连那间地下室也放不下。”

那的确是蛮惊人的。

而且“订的材料多到连那间地下室也放不下”这句话，从刚才把剥井弟弟的房间整理得井井有条、腾出许多空间的今日子小姐口中说出来，可是相当有说服力。

和久井老翁的财力雄厚是事实，实际上他也跟工房庄的住户邀了一大堆可能只是用来模糊焦点的画，所以是可以先把“浪费”这种想法暂时搁到一边——不过订材料订到会妨碍在工作室做事，就超出故布疑阵的范围了。

另有目的吗——正常人甚至会以为，那才是他主要的目的。

就连起初认为今日子小姐的疑问只是“没什么大不了，老师平常就是这样”的剥井弟弟，听到这里似乎也觉得不太对劲，又提出另一个假设想要自圆其说。

“……那么，会不会是订错了？像是不小心多打一个零……”

虽然是很平凡的假设，但也是很实际的推理，就连我也想不出除此之外的可能性。可是在最后之作这么重要的舞台上，老人会犯这么蠢的错误吗？不过，人类这种生物，就是不知道会在什么样的情况下搞砸什么样的事。

推到年龄上可能不太好，但和久井老翁的年纪的确已经大到就算犯下这样的失误也不奇怪。或许就因为如此，他才决定要从裱框界退休吧。

“我倒不这么认为。因为订购的数量很精确，不太可能是多打一个零，他就连个位数都指定得好好的，所以那些数量肯定有他的用意。”

剥井弟弟默不作声，沉思了半晌，结果似乎还是想不到更好的说法，反而开口问今日子小姐：

“你又怎么想呢？大姐姐。”

“这只是我的假设……”

今日子小姐摆出姿势——刚刚不是说不用摆了吗？虽然打扫告一段落，但剥井弟弟也已经画到一半了，现在才摆姿势，剥井弟弟也不可能因此改变构图吧……再说那是什么姿势？外行人完全看不懂……但是我又觉得好像在哪里看过，是她上次在咖啡厅里摆的姿势吗？不，不是……再说今日子小姐早已丧失那天的记忆了。

今日子小姐维持着那个莫名其妙的姿势，接着说道：

“会不会是全部都要用上呢？”

“……全部都要用上？什么意思？你是说他打算把订来的材料全部都用上吗？所以你才会说材料太多吗？”

“我不是指画框的材料，而是指他向工房庄的住户邀稿的画作。和久井先生打算帮所有画作制作画框……”

“怎么可能！”

剥井弟弟下意识地——而且是情绪化地——放声怒吼。

那种情绪溃堤的模样，宛如在美术馆大闹时的和久井老翁……因此我一时之间还以为他会出手殴打今日子小姐，心想势必得挺身而出，所幸剥井弟弟马上就恢复冷静。

“啊，抱歉。”

他一脸尴尬地埋头于素描本，用着比刚才更迅速也更有力的笔劲作画——看样子“画图”这个行为对他来说，确实具有安定精神的效果。

“抱歉，对你那么大声……”剥井弟弟小声道歉。

虽然这道歉的态度并不佳，但是被吼的今日子小姐本人倒是一动也不动地保持着怪怪的姿势，从容不迫地回答：

“别这么说，我完全无所谓哦！”

从她脸上的笑容，丝毫揣度不出她心里在想什么。

“不过，方便的话，可以把你认为‘怎么可能’的根据告诉我吗？”

“……”

“我个人倒认为这是个合情合理的推理。嘴上说是要大家画‘烟雾弹’，其实全部都是要派上用场的。他不只是赏识工房庄里的某一个住户，而是对大部分的住户都很欣赏……你不觉得这很像是和久井先生会做的事吗？”

今日子小姐根本没见过和久井老翁，所以后半部分完全是信口开河，但前半倒的确是合情合理。

是呀，虽说是最后的工作，也不见得只能拘泥于一幅画来作，和久井先生打算制作大量的画框作为人生最后之作，也是很有可能的吧？障眼法本身只是障眼法，其实他是向工房庄住户邀了大量真的要使用的画作——

这种小小坏心眼，算是合乎和久井老翁的作风吗？还是一点都不像？

“一点都不像他。”

剥井弟弟说道。

“工房庄可是竞争之地。老师才不可能会有那种‘大家一起手牵着手走向终点’的想法。更何况……”

“更何况？”

“如果是选中其中一个人、其中一幅画也就罢了，如果他打算帮一堆画制作画框……”

怎么可能不选我。

剥井弟弟静静看着他的素描本，但又以不容反驳的口气如此主张……原来如此，所以他刚刚才会那么激动啊。

虽然还是个少年，还是初出茅芦的无名画家，仍旧有其不容侵犯的尊严与骄傲。要是认同今日子小姐的说法，自己就连“烟雾弹”的任务都没接到的事实，就显得更沉重了。

不，若只是没有名列“烟雾弹”画家名单之中，还可以用本来就不想为他人做嫁衣的态度来保有自尊——可是在当选比落选的人还要多的情况下落选，对艺术家来说是难以忍受的屈辱吧。

虽说艺术不是选举，不能用落选或当选来衡量……

“假如……”

今日子小姐持续追击——她还是维持着同样的姿势，所以也持续散发出一股荒谬气息，但她的语气却非常严肃。

“假如真的是那样，你会对于没选中自己的和久井先生萌生杀意吗？”

“会啊。”

剥井弟弟毫无顾忌地回答今日子小姐毫无顾忌的问题。

“我当然会想杀了他……任谁都会这么想吧？”

剥井弟弟用词粗鲁地断言，然后却很文雅地轻轻合上了素描本，将画到笔芯几乎磨平的铅笔放回画架上。

“哎呀。你画好啦？请给我看看吧——我究竟是什么人？”

“抱歉，还没好……大姐姐是什么人，只有一分钟是画不完的。之后我再一个人静下心来画完它，你晚点再来拿吧！”

剥井弟弟明白表示想请今日子小姐赶快离开。这也难怪。这些对话已经超出查访的范围了……就算对方不是小孩子，今日子小姐的问题都是需要出示公文才能问的了。

别说应该报警处理，就连今日子小姐本人被警察带走我都不意外。而今日子小姐给剥井弟弟画像的时间，也已经远超过原先说好的一分钟。

或许认为也是该撤退的时候，只见她终于结束了那个诡异姿势。

“那么我晚点再来拜访。很期待完成的作品。”

从她的语气听来似乎真的很期待，但今日子小姐太会说谎了，所以我无从揣测她真正的想法。

尽管剥井弟弟一脸已经受够今日子小姐的样子，但是身为未来的画家，在赶她出去以前还是忍不住问她……

“大姐姐，你那个姿势到底是什么意思？”还补上了一句，“总觉得好像在哪里见过……”

“哦，你说这个吗？”

今日子小姐又摆出那个姿势。就像形状记忆合金一样，从头到脚都跟刚才一模一样——这种高度的重现力，让人难以相信她是“忘却”侦探。

“如你所见，是米罗的维纳斯。”

“米罗的……啊！”

剥井弟弟大吃一惊，不禁喊出声来——我虽然没有喊出口，但听她这么一说，我也才恍然大悟。

因为有手臂反而不易联想，但从扭转身体的方式和脖子的角度来看，的确是米罗的维纳斯。那尊说是全世界最有名也不为过的雕像……

这次的谜底是雕像啊……仔细想想，居然将自己比作维纳斯，看起来恬淡无争的今日子小姐，实在是个脸皮比城墙还厚的人。

“……有手臂的话，就不是米罗的维纳斯了啦！”剥井弟弟说。

“就是说啊！”今日子小姐继续保持同样的姿势说道，“一般我们会说，米罗的维纳斯正是因为没有那两条手臂才美——但是你不觉得这种说法非常自私吗？可能是因为已经没有了，后人只好这么说。不过，站在创作者的立场，应该还是希望能以完整的状态接受评价吧。就拿你来说好了，如果是画到一半的画或弄破的画、失败的画受到好评，你也不会开心吧？”

这个问题——剥井弟弟并没有回答。

7

在查访工房庄住户的过程里，有两件事值得记录，其中之一就是遇到剥井弟弟，以及与他的一番攻防——因为我的关系，害今日子小姐的谎言被识破，但就结果而言，还是成功地打探到很多消息。纵使不得不提到老人遇袭的事，但也因此聊到与其他住户无法深谈的内容，所以虽多少留下祸根，整体可以说是功大于过。

只是，在此浮上水面的“档案夹文件之谜”还是没有答案——后来我们也问了工房庄的其他住户，依旧没有结论。

今日子小姐提出的假设“会不会全部都要用上”，在现阶段固然还是最有力的说法，但是从住户们对和久井老翁的评价——

对他的坏话听来，我实在不觉得他是个会去安排这种意外惊喜的淘气老人。

认为大量的订单别有目的还比较正常——不过既然今日子小姐并没有往这个方向思考，现在我也只能先把这个疑问束之高阁。

因此，我先来说说另一件值得记录的事吧……那是发生在工房庄住户查访行动接近尾声之时。

虽然早早就在剥井弟弟那里出了状况，后来也逐渐习惯依序走访素未谋面的未来画家……此时，我和今日子小姐发现了一件意想不到的东西。

说到这儿，虽然时间顺序有些颠倒，还是说明一下。即使今日子小姐并没有告诉我在查访工房庄时为何不从底层往上爬，而选择了从顶楼由上往下走访全户的理由，但我很快就自己想通了。而且一旦想通，就会觉得这根本理所当然，接着再次体会到自己的驽钝。

如果要一一造访住在这种高楼大厦里的住户，搭电梯是非常没效率的。

虽说原本见到有刚结束维修保养的电梯可搭，不用气喘如牛地上下楼梯而感到一阵庆幸……但如果只为了上下一层楼就要搭一次电梯的话，老实说是件非常浪费时间的事，更不用说这栋大楼根本只有一部电梯了，在这种分秒必争的情况下，哪有时间慢慢等电梯。

这样的话，如果问我是要由下往上、还是由上往下攻克这栋工房庄，等于是在问要一层一层地爬楼梯上楼，最后再搭电梯一口气回地下室——还是一开始就先搭电梯到顶楼，再一层一层地走楼梯下楼？考虑到体力的消耗，正常人当然会选走下楼而非爬上楼吧。

不过由于选择从顶楼依序往下问话，才会一下就出师不利地遇到住在高楼层的剥井弟弟……但迟早都是要遇到他，其实也没差别。只是即使在每层楼拨出时间休息片刻，要从下往上爬完三十二层楼的楼梯也还是太辛苦。

所以，今日子小姐会先搭电梯直达顶楼，可说是再正常不过的选择。虽说途中也可以搭乘刚好停在该层楼的电梯，但是今日子小姐就连每次都要确认电梯停在哪层楼的时间也不想浪费，所以才没这么做。

因此当我们充分利用逃生楼梯拜访完工房庄所有住户后，也等于把除了屋顶以外，整栋建筑物的内部全都看过了一遍。如果要问我的意见，就曾经身为保安业从业人员的观点，我觉得这栋大楼在防盗设计上有些奇怪的地方。

昨天应和久井老翁之邀来这栋大楼的时候，我看到安装在自动门附近的监视器，就以为该有的防盗措施似乎都有，可是当我实际进到大楼里，才发现天花板上完全没有设置这一类的监控设备。

以现代化小区大楼而言，我必须说这警觉性实在太低了——若先让我看到这个状况，才说在完成最后的工作时需要警卫，我也比较能理解吧。

不过，如其中一位住户所述，这栋摩天大楼并非合法的小区大楼，而是私人住宅，要不要在天花板设置广角监视器，完全取决于和久井老翁的一念之间。

既然如此，要如何解读没有监视器的事呢？

……像店面防盗也会有这种状况，要管理监视器画面，其实比想象中还要麻烦许多，成本也很高。基于小偷又不是三天两头就会上门的想法，为降低不必要的支出，减少监视器的数量也是无可厚非的。

明明是高达三十二层楼的超高层摩天大楼，竟然只有一部电梯，而就连那唯一的一部电梯也只有一排按钮，作为屋主的和久井老翁虽是年事已高，显然似乎欠缺无障碍设计精神。感觉这栋大楼在设计上并没有顾及到居住者的舒适及便利，所以才会没有监视器。

不过，也有别的解读——比如说就是为了要制造“黑箱”，所以才刻意不留下影像记录。像是店内有违反《劳动法》、职场霸凌之类的行为，留下记录只会成为自己犯罪的证据，所以店家才会不装监视器。

不请教专家的意见，也无法确定工房庄在法律上的定位……我只好怀疑或许这里真的是类似“劳动工厂”，老人才尽量不想留下影像。

当然也可以想得单纯些——因为这里住的都是立志成为艺术家的人，为保护创作者的“商业机密”，所以才不在大楼里设置监视器。

也罢，无论基于什么样的用意，或者单纯只是节省经费……至少有一点是确定的。那就是之后警方要介入调查时，将很难从监视器影像找出刺杀和久井老翁的犯人——拜访过所有住户之后，我根据自己的经验加以思考而得到的答案，就只有这么些了。

说到这儿，今日子小姐果然是调查的专家——接下来我要讲的另一件值得记录之事就是这个——在住户查访行动的途中，她发现了一条线索。

那是在查访行动进行到一半时发现的，这也是自从调查开始以来，好不容易发现到的——可以称得上是线索的事情。

当我们查访完住在十八楼的住户，接着要往十七楼移动时，由于行动的主导权在今日子小姐身上，大多时候都是由她走在前面，唯有在下楼时，才依照礼仪，由我这位男士先行。

就在此时，今日子小姐短促地喊道：

“别动！”

她突然说英文，害我吓了一大跳，但也因此整个人都僵在原地，完全停下脚步。

“怎、怎么了？今日子小姐。”

“抱歉，请你把跨出去的脚收回来——”

今日子小姐绕过我，自行率先冲向楼梯间……不，用“冲向楼梯间”这形容太温和了，她就像个初中男生，一跃直接跳过好几个阶梯。

未免太活泼了——我还没反应过来，她已经转过身来蹲下，将脸凑近我原本正要踩下去的那个台阶。

为了不让自己巨大的鞋子一个不小心踩上今日子小姐的脸，我小心翼翼地往上退了一阶……

“亲切先生，你快过来看。”

今日子小姐却反而叫我下去。

“就是这里。”

“……”

我站在原处弯下腰来，看着今日子小姐手指之处——于是我也发现了。

地上有个小小的红色“圆点”。

那是小到一不留神就会错过的红点，仿佛是在上下楼梯时不小心滴落的颜料痕迹……不，难不成……这不是颜料?

“这是……血吗？”

“目前还无法判断，不过，是有这个可能。”

今日子小姐边说边移动位置，试图从各种角度观察那滴“血迹”。

“从颜色看来似乎还很新……当然，假设这不是颜料而是血迹的话。”

“……”

“这里是工房庄，所以也不能排除只是有人在移动的时候，不小心打翻颜料的可能性。不过，假设这是血迹的话，就只能想到两种可能。第一种，这是和久井先生的血——而另一种，这是和本案毫无关系的血。”

今日子小姐意外地冷静。

哪像我，早已一心认定找到一个新线索了。想想也是，这里住了这么多人，我们又无法作血液鉴定，要确定这是谁的血，实质上是不可能的。

“有没有可能是犯人的血呢？与和久井先生争执的时候，犯人也受了伤……”

“也有可能，但是单看案发现场的状况，却不觉得争执有激烈到那种地步……如果犯人也流血了，我想现场的血迹应该会再更大片一些。”

今日子小姐边说边站起身来，看来是认为继续观察下去也不会有更多收获——她这方面的判断总是迅速。

“不过，这样‘犯人曾使用这部楼梯’的推测就充分成立了……犯人可能在行凶时沾到和久井先生的血，滴落在这里。”

“嗯……与其说成不成立，这应该是最自然的推测吧！”

我立刻将这滴血迹与和久井老翁的血作联想，可是腹部被刺了一刀的老人要从地下室爬到这里，留下血迹，再爬回地下室，怎么想都不太可能。如果学今日子小姐把所有可能性都列出来推理……说不定这里才是真正的案发现场，和久井老翁在此遇袭后又回地下室？但在肚子上还深深插着一把刀的状态下，即便只是下楼也办不到吧。

“电梯当时还在维修，所以犯人很有可能是爬楼梯回自己房间吗？”

我说着说着，灵光一闪——说灵光一闪是有点夸张，因为也只是注意到一件原本就该注意到的事而已——假设犯人在行凶之后，爬楼梯回自己的房间，而血迹既然在这里，不就表示犯人的房间一定是在十八楼以上吗？否则血迹没理由会落在十七楼通往十八楼的楼梯间……哦，这可是个大发现。

可疑的不再是多达三十二层楼的所有住户，而是住在十八楼到三十二楼之间的住户，单纯计算下来，可以将嫌犯数量缩减到一半以下。

“的确，要是这滴血迹是和久井先生的出血溅到犯人身上，或许也可以这么想。”

然而，相较于喜形于色的我，今日子小姐的态度依旧不急不徐。

“就算不是颜料，也很有可能是毫无关系的血迹，所以还不能太早下定论。”

“这、这样啊……”

凭良心说，我当时的确心存侥幸，想着如果能够把嫌犯锁定在这个范围内，就可以省下从十七楼拜访到二楼的工程了。但是今日子小姐虽然重视速度，却似乎也没像我这么想要偷懒。

“话说回来，截至目前的观察，配合我们问话的住户们都没有受伤的迹象……不过，衣服底下就不知道了。”

“……”

“还有一个可能性，那就是犯人意图要误导我们。”

“误导？你的意思是说，其实是住在十七楼以下的人故意爬到这里，留下血迹吗？为了让我们以为犯人是十八楼以上的住户？”

“是的，我就是这个意思。”

“……有这种事吗？”

连这种可能性都要考虑进去，岂不就永远没有结束推理的一天了……而且这么点血迹，因为是今日子小姐心细如发才会察觉，一般人在爬楼梯时应该不会发现，像我这样差点就一脚踩上去才是正常……就误导来说，这未免也太不起眼了。如果是意图误导调查的方向，也该留下明显一点的血迹不是吗？

“没错，我也是这么认为，所以这血迹用于误导的可能性并不高。但是，这或许才是犯人的目的——因为想成功误导的首要条件，就是让人认为那不可能是误导。”

说完，今日子小姐往旁边一站，似乎是为了把路空出来，好让我能像刚才那样走在她前面。

这动作也表示她打算贯彻截至目前的方针，继续向十七楼以下的住户问话……也罢，此举的目的除了揪出真凶，也有为了找出担任和久井老翁人生最后大作的作画者之意，所以无论如何都得继续查访……

然而，虽说是我想太多，但是瞬间以为不用再追查的想法让我失去了紧张感，结果只好抱着比刚才更强烈的徒劳感，继续拜访下一位住户——

8

——就这么到现在。

对工房庄住户进行的探查访问随着日落告终，我们又再次回到地下室。历经将近四个小时几乎马不停蹄地奔走，我实在是累坏了，也顾不得礼不礼貌，就在工作室的地坂上瘫成个“大”字形。

从那娇小身形难以想象其强壮的今日子小姐，这番折腾下来也难掩疲劳神色，但她当然不像我这么不顾形象，甚至没急着休息，一抵达地下室，便先在设置于工作室墙边的流理台洗头发。

大概是觉得既然已经拜访完所有的住户，没有必要继续保持变装造型，所以就想洗掉吧……像她这么重视效率的人，或许也不在乎就这样顶着咖啡色头发，但是平心而论，头发涂满颜料的感觉一定很不舒服。而且也很明显并没染均匀……再说利用休息的空当洗个头，应该也能转换心情吧。

之所以直接用流理台的冷水冲洗，我想也是基于“没时间再洗一次澡”的判断……是呀，虽然还没看到警察来，但从开始调查到现在，也已经过了五个小时以上。

据今日子小姐的估计，我们最多只有半天的时间——如今那个“最多”也即将来到尾声了。

再者，警方还没赶到工房庄也不完全是一件值得庆幸的事，因为这也意味着和久井老翁被送进的医院还没报警……说不定和久井老翁的紧急手术根本还没结束。

万一和久井老翁有个三长两短，今日子小姐的调查活动就真不知该何去何从……说得坦白些，对于身为职业侦探的今日子小姐而言，和久井老翁一旦去世，便等于委托人死亡，她连一毛钱的报酬都收不到……调查已经进行得不算顺利了，如今状况更是愈来愈糟。

“……不用换衣服吗？”

想想自己也不好一直休息，我撑起上半身，问今日子小姐。

“不用，就算想换，穿来的衣服也已经在做这件裤子的时候，被我拆来当材料用了。”

今日子小姐结束在流理台的冲洗，同时这么回答我。原来如此。该怎么说呢？吓这么多次我也麻痹了，但她还真是敢做这种难以收拾……或说是破釜沉舟之事。

话虽如此，临时拼凑出来的衣服也很适合今日子小姐，所以应该不会对她造成太大的压力……不过，这种话从一直把“克什米尔围巾”误以为是“沙西米牌围巾”的我口中讲出来，一点说服力也没有就是了。

“呼……让你久等了。”

今日子小姐顺利恢复了原本的发色，一边用毛巾擦头发一边走过来。

虽然她说白发无关其自我象征，也不是注册商标，但我不禁觉得，还是白发最适合今日子小姐——掟上今日子了。

“千万别这么说……反倒是我，一点忙也帮不上就算了，还净是扯你的后腿，真对不起……”

这不是过谦，是我打从心底深感反省，站起身来——虽然站起来也没事做，但是既然今日子小姐没有坐下，我也不能一直躺在地上休息。

“扯后腿？哦，如果你是指我说谎被剥井弟弟识破的事，大可不用放在心上。就结果而言，反倒得以从那孩子口中问出很多信息，比什么都问不出来好得多了。”

“这样吗……”

她能这么大方释怀，我当然很高兴，但也觉得她是在安慰我，感到有些歉疚。而且明明是我把今日子小姐带来这栋工房庄的，所以还是希望自己能以更像样的方式协助她，不像这样……

只是，垂头丧气也改变不了什么。如果放着不管，心情可能会一直往沮丧的深渊里沉溺，我硬是打起了精神。

“接下来该怎么做？”

我开口问今日子小姐。

“已经查访过所有住户了，但似乎没什么显著的进展……还是你已经明白什么了吗？像是在查访过程中，发现有谁特别可疑之类的……”

“很遗憾，目前还无法确定犯人是谁。就连是谁的画作将裱在那幅最后的画框里，我也毫无头绪，只不过……”

今日子小姐将毛巾放在一旁。

“总而言之，整合所有人的回答，虽然无法确定谁不是‘烟雾弹’，但已经可以归纳出受和久井先生之托作画的住户有哪些人。”

“真、真的吗？”

基本上，今日子小姐和住户们的对话我也都听到了，但光是要记住所有人在话语中透露的信息，就已经超出我的能力，若还要在脑海中进行比对，简直比登天还难。就连剥井弟弟好心告诉我们的名字，我也几乎全忘光了。

“……就是说，同时也可以归纳出哪些住户是像剥井弟弟那样，就连当‘烟雾弹’的资格都没有吗？”

“是的。只要用排除法就知道了。这有什么问题吗？”

“当、当然大有问题啊……”

我已经忘了细节，但在剥井弟弟说过的话里，有一句话是我怎么也忘不了的……就算那是受到今日子小姐的挑衅，在回答的时候带了点意气用事的赌气。

他承认——自己想杀了和久井老翁。

“哎呀！亲切先生真是的，你该不会把剥井弟弟说的话当真了吧？讨厌啦！那种话听听就算了，毕竟是小孩子的气话嘛。”

我超想反驳她“是谁那样挑衅一个小孩子的”……但还是忍了下来。也罢，既然今日子小姐并未因为那句话怀疑剥井弟弟，这样就好了。

虽然我们只见过三次面，既不是朋友，也没什么交情，但一想到若是年纪还那么小的孩子动手伤人，心里仍会觉得很不舒坦。不过他既是工房庄的住户，就暂时都还摆脱不了嫌疑……

“可是，会让剥井弟弟心生‘我想杀了他’的前提，是建立在和久井先生委托工房庄住户画的作品全部最后都会被裱框——也就是获得参与资格的人数相当多的情况之上。”

“是呀，确实如此。然而就现阶段而言，那个可能性也绝不低。”

今日子小姐边说边抓了抓头，拨弄着自己的白发——这原本是用来表示困惑的肢体语言，但她似乎只是在确认头发干了没有。

这种可以一心多用，同时思考两件事以上的人，很难从行为举止去窥探他们的内心世界。或许今日子小姐就是为了不让别人探究她的内心，才故意不集中精神只想一件事或只做一件事，而以一心多用为基本原则。

不过看起来这次真的只是在意头发干了没有……

“绝不……低吗？”

“假设和久井先生只是要制作一个画框，订购的材料显然太多了，这是事实……就连外行人也看得出来。”

虽然今日子小姐这么说，但我想外行人大概是看不出来的。因为我也看了同样的文件，却完全看不出个所以然……能够看出什么来，都是因为今日子小姐博学多闻。

“既然是最后的工作，身为裱框师，想必还是会希望制作出最完美的作品吧。但再怎么说，毕竟是属于艺术、文化的领域，讲一句‘最完美’，实际呈现方式也是千差万别。以绘画为例，最完美的风景画和最完美的抽象画肯定是完全不同的东西吧？”

“这个吗，呃，的确……”

更进一步说，即使都是风景画，仍会因为画法不同而有更细致的分类，而且用来判断是否为“最完美”的标准，也是因人而异……“最完美的作品”的定义，可说是多到数不清的。

“为了制作各种领域中最完美的画框，要求工房庄的住户们描绘各式各样的作品——事实上，被和久井先生点到名的每个住户笔下的作品，从主题到尺寸都不一样呢！”

这么说来，的确是如此。

姑且不论是“烟雾弹”还是真的都会派上用场——和久井老翁委托住户们制作的作品内容确实琳琅满目，绝不是学校美术课时大家画同一个主题。

有不少住户在今日子小姐的花言巧语下，偷偷拿了画到一半的作品给我们看。在我眼中，每幅画的差异都很大。我不会因为在美术馆待过几天，就自以为懂得欣赏艺术作品……但如果看起来都差不多，我也觉得是要另当别论，可是每幅画显然都差很多，我想应该是真的不一样吧。

如此一来，今日子小姐的假设终于带了一点现实的成分吗？

“如果这才是和久井先生的企图，那么嫌犯就只剩下几个人了。”

“欸？几个人？几个人是什么意思？”

“假设所有受托作画的住户画的图都会被裱框，那么嫌犯就只剩下像剥井弟弟那样，连‘烟雾弹’都当不成的住户，而这种人其实没几个呢！”

今日子小姐做出这宛如演绎法推导的结论，或许，事实也是如此吧。即使把剥井弟弟的话当作孩子气话不去照单全收，但是若换成大人遇到这样的状况，一定无法忍受这种屈辱和愤怒。

当然，要产生这种屈辱和愤怒，必须先察觉到和久井老翁秘密进行的计划……但该怎么说，那些没有被选中的人有办法知道吗……

“老实说，今日子小姐，你认为那些人会是犯人吗？”

我鼓起勇气问她，但是话说出口才发现，这或许只是个很不负责任的问题。把自己不愿思考的难题，丢给今日子小姐去想。

“不管我是否这么认为，这个可能性原本就相当大。”

然而，今日子小姐似乎对回答这个问题丝毫不觉负担。

“顺便再补充一件事——这几个人当中，住在十八楼以上的住户，就只有住在三十楼的剥井弟弟而已。”

“啊！”

“当然，这完全不能代表什么，因为我们并没有证据能证明那一小滴血迹是什么。”

今日子小姐抢在我反应过来之前说。多亏她的预先设防，让我内心受到的冲击少了一半，但就算只剩下一半，还是很大的冲击。

“反过来说，我们也可以先认定那么小的孩子不可能行凶，所以认为那滴血迹与这件事无关。”

“……不。”

我开口说——我可不是为了让今日子小姐安慰才待在这里的。

“我并不否定在小时候，大家可能都曾经有过那种无法以‘装腔作势’来解释的杀意。”

“对吧？”今日子小姐翻案如翻书，“当一个人还无法控制野性的杀意时，通常也还没有执行的能力；等到真正有能力的时候，已经能控制突如其来的杀意了。或许这就是所谓的成长——如果假定剥井弟弟是犯人，那么和久井先生能够保住一命，也就会是一种必然不是吗？”

“必然……”

就算是一时冲动捅了和久井老翁一刀，一想起对方是自己称之为老师的巨匠，也会马上回过神来……她是这个意思吗？但要这么说，所有住户不都符合这点吗。虽然大家都把话说得很难听，但身为画家，应该都还是打从心里尊敬着传说中的裱框师和久井老翁。

“不不不，虽说这也是部分原因，而我也不是要咬定剥井弟弟很可疑，但也还有其他理由使得我无法因为他是小孩，就排除他的嫌疑。”

“其他理由……是什么呢？”

“简单一句话，他的观察力太敏锐了。”

今日子小姐拈起一缕自己的头发说道。

“如果只看穿我的头发是用颜料染成咖啡色，还可以说是恰如其分的观察力……但是光靠我们的来访，加上刚好与救护车擦身而过，便能够推理出和久井先生出事了，这就有点太夸张了吧？”

“……嗯，是啊。”

那你不是更夸张吗……我虽然这么想，但就连很夸张的今日子小姐都这么说，或许剥井弟弟的直觉之敏锐，真的不能用理论来解释。

倘若那不是足以与侦探比肩的推理能力，而是他早就知道发生在地下室的事才假装识破……今日子小姐想说的是这个吗？

要是这样，剥井弟弟又是怎么知道的呢？会知道和久井老翁遇刺的，当时应该只有今日子小姐和我，以及遇刺的当事人和犯人而已……

“而要说他突然开始画起图来很可疑，那也是挺可疑的——会不会是面对上门探查的我们，为了掩饰内心的动摇，才借此安抚自己的情绪呢？”

“……”

我以为剥井弟弟是想掩饰听到和久井老翁遇刺的震惊，才开始画图——但是换个角度，的确也能这么解释。

虽然今日子小姐这么解释是有点小人之心，但确实也没有理由一定要把剥井弟弟当作君子……无言以对，大概就是这种感觉吧。

可是——我心想。

假如当时使得他不禁怒吼的杀意是真的，不也表示直到那时候——直到受到今日子小姐的挑衅之前，他都还没想到“所有画作全部都是和久井老翁要用的”这个可能性吗？

“也有可能是因为戳到他心中的痛吧？或许是因为触碰到动机的核心部分，才又燃起杀意……”

“又……燃起杀意？”

“因为我救了和久井先生——说不定剥井弟弟内心的愤怒，强大到还想再杀他一次才能解恨。亲切先生，你要不要试着思考看看，假设剥井弟弟就是犯人，会产生什么样的矛盾呢？”

“呃……好，我想想。”

根据经验，我知道当今日子小姐像这样要我思考的时候，往往就是她在想其他事的时候。而且如果假设剥井弟弟就是犯人，我还是觉得不太对劲，或说是感到有点别扭，所以这种思想实验似乎还是值得一试。

模拟剥井弟弟就是犯人的情况……没错，这时不用设定动机也无妨。不知是基于什么样的理由，总之就先假设他捅了他口中的“老师”一刀。

看到和久井老翁倒在地上……也许是冷静下来，也许还惊慌失措，剥井弟弟随即逃出地下室。

爬楼梯……逃往自己的房间。

没错，他应该是爬楼梯上楼的——他之所以变得嫌疑重大，就是因为滴落在十七楼和十八楼之间的血迹，如果他是搭电梯上楼，就说不通了。

可是，他住在三十楼。

不用说，三十楼是非常高的。

要爬楼梯到三十楼，几乎是在为难自己——就像我这种成年男子都觉得是件苦差事了，更不要说是才十岁左右的男童。

那为什么还不搭电梯，要爬楼梯呢？自然是因为不能用——电梯正在维修中——下楼时或许还可以搭电梯，但是上楼时就没办法了。

他身上应该沾到了和久井老翁的血，或许也尽量小心了，但还是滴落了一滴血在楼梯上……那滴血迹小到只有今日子小姐才会注意到，所以就连本人也没发现吧？要是注意到了，应该会擦掉才对……

然后回房里换下沾到血的衣服并洗了个澡……吗？因为当时才刚开始查访住户没多久，我不确定今日子小姐怀疑剥井弟弟到什么地步，但既然是从“观察力太敏锐”这点对他产生怀疑，难不成她不动声色地整理剥井弟弟的房间，其实是为了寻找物证吗？虽说应该没人会把染血的衬衫或擦血的毛巾随便乱放吧……感觉今日子小姐的所有行动都有其用意，实在让我很佩服。

乍看之下好像是想到什么就做什么，但实际上每一个动作都有其目的……真是服了她。但是经过这么一番模拟推演，我仍找不出假设“剥井弟弟就是犯人”会造成任何矛盾之处……那么，那股不对劲究竟从何而来？只是出自于“不希望自己认识的人是犯人”这种自私的心情吗？

……也或许是一种惜才的心情。

可惜他在美术馆露一手给我看的那番才情。

只用一支铅笔就能画出那样精彩作品的孩子，居然会成为重大伤人案的犯人……或许就是因为与我有同样的心情，和久井老翁才不用血书写下死前留言，而选择了包庇剥井弟弟。

外人恐怕难以理解和久井老翁这种包庇犯人的行为，但他原本就是因为欣赏剥井弟弟的才华才会资助他——何况犯人是个年纪尚幼，还有大好未来的孩子，会这么做其实也不难理解。

“再说得实际一点，以剥井弟弟的年纪，即使杀人，也不需要负上刑事责任。毕竟被害人会写下死前留言的用意，无非是希望杀害自己的犯人被捕、接受法律的制裁，既然对方是法律无法制裁的人，写什么都没有意义，所以才没写……也可以这样想吧！”

今日子小姐说的每一句话都非常合理，但就是因为非常合理，使得我的心情才更黯淡。深深感受到这个人虽然总是笑咪咪地散发出一股温柔的气质，骨子里却是个如假包换的侦探。

相较之下，我未免也太感情用事了。

我多么希望和久井老翁之所以不告发加害人，是因为爱惜剥井弟弟的才华，而不是因为法律……但是，假如老人要工房庄住户画的图没有一张是“烟雾弹”，全部都是要拿来裱框的，那剥井弟弟在他心里的顺位铁定排得很后面。也就是说，他对剥井弟弟的评价并不高。但如果是此举引发剥井弟弟对他的杀意，同理可证，和久井老翁不也没有理由包庇剥井弟弟吗？

不，等一下？

不用想得这么复杂。

对了，我差点忘了，剥井弟弟刚才不是说过吗——就像遇见我的那天一样，剥井弟弟今天上午也去美术馆画画。

虽然今日子小姐对这项证词不置可否，还说不在场证明什么的是推理小说看太多……但是如果能确定犯案时间，不在场证明就有其意义了。

假设剥井弟弟就是犯人，从铁证如山的血迹可以反推他爬了楼梯。而之所以会爬楼梯，则是因为不能使用正在维修的电梯。

今日子小姐已经向那两名工人确认过了——电梯从上午九点开始，到我们在电梯间遇到他们的下午一点左右，都因为在维修而不能使用。

没错，即使无法确定和久井老翁被调色刀刺伤的时间，但电梯不能用的时间是很明确的。如果剥井弟弟说他一早就去美术馆的说词为真，他的不在场证明就成立了。

至于这个不在场证明的真伪，倒是轻易即可查证。设置在大楼入口天花板的监视器，应该拍到了他出去和回来的影像。而且与工房庄的内部不同，美术馆为了防治小偷，应该都设置了监视摄影机——只要拍到那身影，他的不在场证明就牢不可破了。不，就算因为角度不对没拍到，他也不是去美术馆欣赏画作，有个与众不同的小孩在美术馆里那样画图，应该会让人留下深刻的印象，保安人员可能会比照我当初的做法上前盘问——当然，这并不是我和今日子小姐现在就可以当场查证的不在场证明，但剥井弟弟的态度虽然狂妄，却绝对不是笨蛋，不太可能会扯这种马上就会穿帮的谎。

我找到矛盾之处了。

也不是说我想这么久才终于理清的矛盾之处，就必定是刚才假设剥井弟弟为犯人时直觉的那股不对劲——等等，别急。今日子小姐或许有别的想法。

我慎重地请教侦探的判断。

“嗯，基本上就是你想的那样。”今日子小姐也表示赞同，“所以我不是说过了吗？那只是小孩子的气话。”

与其说是赞同，感觉这件事在她心里早就已经结案。说来，在我们搭电梯上顶楼的时候，今日子小姐看似若有所思，几乎都没有在听我说话。

难不成当时今日子小姐知道电梯不能动的原因之后，马上就在比对这个事实会对命案造成什么影响吗？之所以不搭电梯而选择从顶楼走楼梯下来，不只是因为这样比较有效率，也是因为假设犯案时电梯还在维修，犯人必须爬楼梯的话，可能会在逃生梯上留下线索……吗?

如果是这样，也难怪她下楼时看也没看电梯一眼。对今日子小姐而言，会发现那滴血迹绝非偶然，或许打从一开始，她就刻意在寻找蛛丝马迹——她总是跑在我的一两步之前。

……就这样，我松了一口气。其实也没什么好松一口气的，原本就是我擅自对剥井弟弟抱有莫须有的怀疑……不过能够因此减少一个嫌犯，虽然步伐不大，但还算是前进一步了。

“今日子小姐，拥有不在场证明的住户，人数可能还不少吧？”

细节我不记得了，但是今日子小姐在查访住户之际，也问了他们的生活习惯。我当时完全不明白聊那些闲话有什么意义，如今想来，那应该是为了确认不在场证明吧？她嘴上说剥井弟弟推理小说看太多了，其实她自己也没放过这方面的任何蛛丝马迹。

遗憾的是，似乎没得到太丰硕的成果。

“毕竟事情发生在上午，这里的人都不用上班，所以好像大多都睡到中午才起床。像剥井弟弟那么认真的住户，反而是少数。”

“这样啊……唉，其实直接问和久井先生应该是最快的吧……”

说着，我不自觉地显露疲态。

“还希望手术能一切顺利……”

“听你这么说，好像推理已经卡关了？”

今日子小姐半开玩笑地说道。

“和久井先生就交给医生吧！我们只能做我们能做的。”

做我们能做的——全力以赴。

“再说，就算平安抢救回来，他也不会告诉我们犯人是谁，因为和久井先生打算包庇刺杀自己的犯人。”

“啊……说得也是……”

倘若今日子小姐对于现场没有留下血书的解释正确，和久井先生就算真的捡回一条命，也会继续保持沉默吧。搞不好还会推说是工作上的意外，不小心刺伤了自己。

“是呀，搞不好真的会这么说。但是这种说词说服不了任何人。因为只要看到伤口，就知道是不是自己刺的。”

“……尽管如此，犯人还是会提心吊胆不是吗？担心和久井先生恢复意识，可能会把自己供出来。”

“这就要看犯人是如何认知现状了。看他是以为和久井先生还活着，还是已经死了？是以为事情已经穿帮了，还是尚未有人发现？救护车抵达时，虽然大楼里没有半个人出来关心，不过他们是否将鸣笛声和事件联想在一起？还是只把鸣笛声视为生活噪音，左耳进、右耳出了呢？可以探讨的可能性非常多。”

“但是，目前工房庄的住户里，明确知道地下室发生事情的人，应该就只有剥井弟弟一个人吧？”

“严格说来，是‘在我们所知范围内’明确知道地下室发生事情的人，就只有剥井弟弟一个人。”

今日子小姐说得严谨。

“当然，刺伤和久井先生的犯人也知道有事发生，但绝不会主动提及吧。要是能更进一步地对所有人问话，或许就能抓住他的尾巴，可是这么一来，我们也必须揭露事实，只怕会难以收拾。”

“嗯……”

我不禁闷哼一声。

光是要模拟分析一个剥井弟弟的行动，我就已经晕头转向了，如果还要再揣测犯人现在的心情，脑袋可能会烧起来。不管是验证法还是反证法，要同时处理千头万绪的信息，对我来说还是太难了。这种需要同时把所有的可能性一网打尽的逻辑解谜游戏，真是让我头痛欲裂——甚至产生想就这么撒手不管的冲动。

“逻辑解谜游戏……啊，‘Logicpuzzle’吗？说起来，在欧美，本格推理小说也被称做‘Puzzler’呢……”

今日子小姐说道。接着像是被我说的话触发似的，突然开始行动。她抽出立在工作室角落的薄木板——大概是在外面作画时用的画板吧，上头满是年代久远的颜料污渍，使得画板本身便宛如一幅抽象画。

就像大理石花纹……但即使不是剥井弟弟，应该也会觉得这“很脏”。

该不会是因为我提到逻辑解谜，她打算把大张的纸铺在这块画板上，用图表来汇整现状吧？的确，光用头脑思考想不通的事，只要将数据写在纸上，或许就能看出一点端倪来……但是，结果跟我想得完全不一样。

今日子小姐身为忘却侦探，绝不会把心中所想写下来。

而且，对于脑中一切井然有序的今日子小姐而言，原本就没有必要再特地写出来汇整厘清吧……那今日子小姐捡起那块画板是想做什么呢？在我开口问她以前，今日子小姐就已经采取行动了。

在地下室入口旁边，有一台大得夸张的线锯机。只见今日子小姐走近机器，迅速插上插头，启动线锯，开始切割起画板来！

线锯机发出惊天动地的巨响，今日子小姐毫无惧色，灵活地移动着画板，转眼间就把画板切割成一片一片的零件。她的动作实在危险到我都快要看不下去，但要是现在出声阻止她的话，反而更危险——我连靠近都不敢，只能静静地看着今日子小姐作业。

“线锯翻译成英文时是‘Jigsaw’……所以这不是逻辑解谜‘Logicpuzzle’，而是线锯拆谜‘Jigsawpuzzle’——‘拼图’的话，嗯？”

今日子小姐捧着切割成二十块左右的画板，回到房间的正中央来……似乎不该说是“块”，而应该说是“片”吧?

今日子小姐拍了拍衣服上的木屑，开口问我：

“你知道要怎么拼图吗？”

“呃，从边缘……先拼出一个框框吗？”

“没错，先拼出边框来。因为靠边的拼图必有一边呈直线，很容易分辨。先找出有直角的拼图放在四角，再循序拼接，这是拼图的第一步。”

今日子小姐说着，把画板的碎片分成“边框”和“非边框”两沓。

“第二步是依照颜色分类拼图。虽然也有例外，但相邻的拼图基本上都是相似的颜色。接着第三步是观察拼图的形状，找出各种组合——最后再尝试拼合。而拼图最有趣的地方，则在于拼到愈后面愈不用费心。”

因为拼图的数量会愈来愈少呢——今日子小姐说，一边依照刚才说的步骤完成了拼图。因为是自己做的拼图，原本就没那么多片，能够轻易拼好或许也是当然，但是纵然如此，也实在是神速。

“懂了吗？就算是看起来很复杂的拼图，只要这样按部就班地操作，总是能拼好的。请不要因为一时卡关，就使性子把整幅拼图都打散。”

看样子，我又被今日子小姐安慰了。光是被安慰就已经很丢脸了，还因为我的不中用，害今日子小姐浪费了宝贵的时间，感觉更加丢脸。

“……可是，如果这样还是拼不起来，又该怎么办才好呢？如果拼图片数不多，的确可以一一尝试各种组合，但如果是更困难的拼图呢？”

“困难的拼图主要有三种。一种是单纯片数很多——像是一千片、两千片、甚至是一万片的那种。另一种是无法用颜色分类的拼图——你看过吗？那种整幅都是白色的拼图。听说是训练航天员时用的拼图。”

“嗯，原来如此……那最后一种呢？”

“少了几片的拼图。”

这种拼图当然怎么拼也拼不起来——今日子小姐说着，从地上拿起一片刚刚完成的即兴拼图。

“一旦片数不够，拼图就永远也不可能完成——最吊诡的一点是，通常是在拼图完成大半以后，才会发现片数不够。要是少的是最后一片，感觉真的是非常挫败。”

我尝过这种挫败感。

而且片数愈多的拼图，愈容易发生这种事，真是可悲。

何况此刻的我，就宛如在挑战一幅不知道完成时长什么样、片数更是完全不够的拼图……光是现在手上这几片，就已经让我不知该如何处理。

“但是，也不用这么悲观哦！亲切先生，我们并不需要完成这幅拼图,即使片数不够,只要拼到足以想象完成时长什么样就够了。”

这种量力而为的决断的确很有见识。

因为没有调查权，今日子小姐的举动始终受到限制，但是反过来说，正因为没有调查权，也就没有必要非得掌握确切证据或理清事件全貌不可。就算只有八成可靠的推理，也可以用来与嫌犯谈判——要求他自首。

“但如果只是想知道全貌，从外框开始拼起的正攻法，或许反而是绕远路……因为光是把框拼好，里头空空如也的话，很难想象完成时的模样。那还不如从正中央开始拼，可能还快一点。”

我说着自己也觉得做不到的事，学今日子小姐捡起放在地上的拼图，只留下边缘一圈外框。

“啊哈哈。要从正中央开始拼很困难吧！连我也觉得很困难。

即使要绕远路，还是只能从外框开始拼——不过要是在拼外框的时候就发现片数不够，真的会让人情绪低落呢！”

“就是说啊。只是要从这种状态去想象拼图完成时长什么样，不就像是要只看和久井先生制作的画框，就得去猜是用来裱什么画一样吗？”

说来拼图跟画作一样，完成之后也是要裱框的，所以我联想到和久井老翁……但我真的只是说说而已，并未深思。

不过，虽然我未及深思，但今日子小姐也是一样的吧。突然用线锯做起拼图来，肯定也没有什么特别的意思，只是被我不经意提到的“逻辑解谜”“Puzzle”触发想象，又看到放在工作室一隅的画板，接着与地下室那台充满了存在感的线锯机做联想，才会想要制作拼图……如此而已。

不去担心做无用功，能做的事就都去做——这应该也只是她实践行动纲领的一环吧。

“嘿！”

冷不防，今日子小姐突然扑上来抱住我。那强而有力的拥抱，抱得我全身的骨架都快散了。我大吃一惊，吓得拿在手里的拼图都掉落在地。

“今、今日子小姐！？你怎么了？！”

“干得好！亲切先生。”

我还以为她讲完这句话就会放开我，没想到今日子小姐竟握住我的手，然后毫无顾忌地使劲上下摇。

“托你的福，我终于想通了。”

“想……想通了？想通什么了？”

目前为止，今日子小姐已经有过太多不合理出牌的举动，我还以为不管她再做什么，我都不会感到惊讶——所以当她开始用手边现有的工具做起拼图时，我还能隐藏内心的动摇，尽可能若无其事地看她表演——但是我做梦也没想到她会抱住我，真的让我一阵脸红心跳。

“难不成，你知道犯人是谁了？”

“不，我完全不知道犯人是谁。”

今日子小姐非常干脆地否认——搞什么啊。

“不过，我知道和久井先生为何不让剥井弟弟参与他最后的工作了。”

“什么？”

“其实我很纳闷。当我打扫剥井弟弟房间时也四处查看了一下，发现剥井弟弟的绘画功力就连外行人也能看出十分厉害，别说是叫他画‘烟雾弹’，说他就是那个被选中的幸运儿，我也不会觉得奇怪。他的才华在工房庄里，绝对不是要用倒数来算的。”

又是一边打扫房间一边评估剥井弟弟的才华……真是如同往常

般水平稳定的一心多用能力。我也有同感，挨家挨户查访时，我们也看了不少住户的作品，剥井弟弟的功力绝不比他们差。但也或许因为我们外行人容易被表面的技巧吸引，才会这么认为也说不定。

“换句话说……虽然还不知犯人是谁，但你已经解开和久井先生最后大作的谜团了吗？令你那样在意的大份量画框材料订单……果然并非不小心订错吗？”

“是的，而且也不是为了想要隐瞒实际材料的故布疑阵。虽然多少有扰乱的企图，但终究不是重点。还有，认为所有人的画都会被裱上框的假设也错了。”

“真的吗？”

这样的话，剥井弟弟就更没有嫌疑了——因为他被今日子小姐的挑衅而激起的愤怒，只是以错误的假设作为前提才产生的反应。

不过这么一来，又回到谁才是幸运儿的原点了……而且，那么订购大量材料又是为了什么？

“我不是说我已经想通了吗——都是托亲切先生的福。”

“托、托我的福？”

“因为我完全没想过可以‘只从外框来想象’这件事。没错……只有画框，绘画是无法成立的，但是逆向推算是有可能的。光看画框也可以推理出里头会裱入什么样的画作。耶！”

今日子小姐的情绪十分亢奋，还趁势要与我击掌，所以我也顺了她的意——两人的手掌合奏出美妙的声响——但是，真的能推理出来吗？光是看到画框，就能猜出是什么样的画？与其说是推理，根本是超能力吧……虽然好像是我给了她灵感，这么说似乎并不妥，但我实在不认为办得到这种事。

“会吗？可是在逛书店的时候，不是会看到小说的封面，就决定要不要买吗？唱片封套也是同样的道理，也有人是看封套买唱片呢！”

“嗯，也是，是有这样的人。”

“不是大量生产的画框，而是由裱框师亲手制作的画框——专为内容量身订做的外框，必然会显露出作品的模样吧？”

经她这么一说，我也开始觉得蛮有可能——问题是，现在那幅画框根本不存在。

和久井老翁到底打算制作什么样的画框呢？我们仅能从他订购的材料来推测，然后再去想象什么样的作品会适合那个框。只要能成功地想象出来，挑出相近的作品，就能从受到和久井老翁委托的住户之中锁定目标——找到被和久井老翁钦点的他（她）。

理论上是这样没错，但我总觉得不切实际。如果是手艺与和久井老翁不相上下的裱框师也就罢了，今日子小姐说到底也只是个侦探，对艺术的品味应该跳脱不出欣赏的范围……

“是呀，的确如此。的确无法断言，必须确认过才会知道。”

今日子小姐看了看手表。

说来，虽然今日子小姐截至目前的调查活动都一直被时间追着跑，但这时才第一次看她这样注视着表——就像在计时似的。

“嗯，差不多该完成了吧！我是什么人的那个。”

“我是什么人……的哪个？”

“那个啊，剥井弟弟帮我画的画呀！我不是当了他的模特吗？”

“对哦！是有这么回事。”

“再怎么用心完稿，应该也已经画好了吧。我上去拿一下，顺便再问他两三个问题。”

“哦……好的，那我们走吧。”

那句随口说说的话到底让今日子小姐灵光一闪想到什么，我一点头绪也没有，但是再继续待在这里，事情的确也不会有任何进展。如果今日子小姐闪现的灵光确实正中真相，至少可以终结眼前的胶着状态。然后就是锁定负责画那幅画的住户……

另外，明知现在不是好奇心发作的时候，但我也很想知道剥井弟弟是怎么画今日子小姐的。

正当我满心以为自己理所当然要和她一起去找剥井弟弟，今日子小姐却伸出手来——显然不是为了和我击掌——制止了我。

“不用了，这段时间我还有别的事要拜托亲切先生。”

……咦？

“时间紧迫，所以我们分头进行吧！我想请你帮我一本一本地检查放在那个书架上的书。”

今日子小姐指着摆在工作室的角落，作为书架使用的双层柜。柜子上陈列着大开本的书，应该是与美术有关的资料。

“大略翻一下就好了，请你检查有没有哪一本书里夹了可疑的东西。”

“可疑的东西是指什么？”

“这我还说不准。请你发挥你的感性认识，检查时不要有先入为主的想法。等我从剥井弟弟那里回来之后也会帮忙，但是请你尽可能动作快一点。”

请你发挥你的感性认识——感觉好像是要测验我的品位，让我有点紧张，什么都能自己搞定的今日子小姐都要托付给别人做的事，我真的能做好吗……只是如果我连找出夹在书里的东西都做不好，还有脸做人吗？

我反而担心今日子小姐和剥井弟弟单独见面会不会出状况……事实上，刚才就有好几次气氛都处于一触即发的状态。不知道天才与天才的交手会引起什么样的化学反应……但是今日子小姐说得也有道理，时间已经所剩无几。

“……你多久才会回来？”

我问今日子小姐——想以她的回答设个基准，万一今日子小姐和剥井弟弟之间真的发生什么不愉快，可以马上赶过去。

“机会难得，这次我想爬楼梯到三十楼，所以可能会多花一点时间……不过，三十分钟以内一定会回来。”

爬楼梯到三十楼？这算是什么机会难得……不过我在下一瞬间就想通了，今日子小姐是想模拟犯人的行动。

假设在楼梯上发现的血迹与凶案有关，犯人是爬楼梯回到自己房间的话，她可能是想回溯犯人的行动，看能不能得到什么线索吧。

在这个与和久井老翁最后大作之谜逐渐解开的重要关头，还牢牢地记得要调查凶案的事，今日子小姐到底是个多有活力的行动派啊……

“那就待会见，麻烦你喽。”

在尚未达成结论以前，今日子小姐又已经展开行动。转眼间，她就走出了地下室，我还来不及告诉她，顶着那一头白发去找剥井弟弟的话，可能会吓到小朋友……她不仅动作很快，脚程似乎也很快。

算了，也没时间再染一次头发，反正剥井弟弟早就识破她的身份，应该不会有问题吧……

满头白发的今日子小姐与只用黑色来画图的剥井弟弟——看起来宛如对照组的两个人，其实还是有些相像吧。

两个天才碰头会出事——或许是我想太多了。比起这个，我应该先处理今日子小姐交代给我的工作才对。

我照她的吩咐走向双层柜，先把里头的书全部抽出来。

不过是几本书，留下指纹也没关系吧……说来，我记得今日子小姐白天在案发现场搜证的时候，好像也彻底检查过这个柜子，难道还有“什么东西”是当时没注意到的吗？

虽不知道自己能不能发现今日子小姐没注意到的“什么东西”，但也只能试试了。我把抽出来的书堆成一座小山，由上往下依序翻页。

虽然我满怀信心地开始挑战，只是用不了多久，就把所有书都看完……不，我没看内容，所以就只是翻完而已，几乎没花多少时间，可是完全没有达成托付的成就感……因为没有一本书里夹着让我觉得“不太对劲”的“什么东西”。

虽然今日子小姐叫我不要有先入为主的想法，但我并不认为她要找的只是区区的书签或小册子，所以为求滴水不漏，我还拆开封套，检查里头有没有夹什么东西，结果什么也没发现。

失望极了——原本想力求表现，多少减轻一点今日子小姐的负担，结果还是得等今日子小姐回来再检查一遍。现在我能做的，大概只有为了让她届时方便调查，先把书按照尺寸排好吧……

此时，我的手停在一本杂志上。

倒也没什么特别在意的地方……只是我刚才随手翻阅那本杂志

的时候，目光曾不经意地停留在某个特刊上。

那是一系列有关工房庄的报道，还刊登了和久井老翁和几个住户的访谈——感觉像是常买的杂志里刚好有这篇报道，而不是刻意买来收藏的。这栋工房庄似乎是业界内赫赫有名的设施，只是我孤陋寡闻。

在我这种外行人眼里，工房庄或许怪异得不得了，但是在不以其为异的世界里，则是理所当然得不得了——懂的人就是会懂。

不可思议的是，当我看到工房庄的故事这样登在杂志上，先前挥之不去的迷惑仿佛全都烟消云散了。当然，只凭这样的杂志特刊，绝对是无法看透工房庄本质的。

只是，虽然我也没有认真细读，但作为新获取的信息，看到报道中介绍和久井老翁兴建工房庄的理念之类的信息，令我很感兴趣。

算是对画坛的报恩、回馈——老人是这样跟我说的，就算这是他最大的目的，在此之外似乎也还有私人的理由。

该说是年轻时吃过苦吗……报道中提到和久井老翁过去似乎也曾经立志要当个画家，但是因故放弃了这条路，成了裱框师。之后作为一名裱框师也是功成名就，当然这也没什么不好，但他不希望其他年轻人也经历同样的挫折——不希望他们因为“环境不好”的理由放弃了梦想。

基于这个初衷，和久井老翁兴建了工房庄。

……不过，毕竟是访谈，不知道真实性有多少，但是这比单纯说一句报恩更容易理解。像是只资助绘画的理由、弥漫在整个工房庄里某种禁欲的氛围，都是源于和久井老翁过去受到的挫折。

把梦想托付给年轻人——这样写语意可能不甚准确，也表现不出“其实并不完全是好事”的另一面——结果，我更加搞不清楚到底该怎么解读和久井老翁的人格才好了。

他到底是“好人”还是“坏人”呢?

这种二分法，或许只是在贴标签……不，不是标签，或说是——外框。

只不过是用来衬托人本身的画框。

就像即使采取同样的行动，由“好人”来做和由“坏人”来做，在意义上就截然不同……

说起来……

今日子小姐怎么还没回来——在我想着这些问题时，三十分钟早就过去了。

无意中浪费了原本就所剩无几的时间使我心急如焚，但去找剥井弟弟的今日子小姐迟迟未归却更让我担心。虽说是爬楼梯上去，可是拿张图再问几个问题，算算也该回来了。明明说好三十分钟内一定会回来，不会是起了冲突吧?毕竟今日子小姐是个温和稳重的人，而剥井弟弟则不太有耐心……

我很快就下定决心要去三十楼接她。虽然是完全称不上“最快”的慢了好几拍，但或许此刻就是轮到我效仿今日子小姐走一趟的时机。

不过，有点效仿过头了。冷静一想，如果要去接她，搭电梯就好了，但我似乎被今日子小姐所说的话影响，虽然也并非刻意，还是选了爬楼梯上三十楼。这或许是潜意识里为了赌一口气——今日子小姐都能爬楼梯上三十楼了，如果我搭电梯的话，不就输了吗？另外，想想今日子小姐虽说要爬楼梯上楼，却也没说半个字要走楼梯下楼（何况已经走楼梯下过一次了），万一在我往上爬的时候，今日子小姐刚好搭电梯下楼，两人不就错过了……

考虑到彼此错过的可能性，应该要留张纸条在地下室，但如果又特地为此再回地下室的话……我到底在做什么啊！不如就直接爬上楼吧。

我心中莫名燃起对于今日子小姐的竞争心。就算我的能力远不及她，但如果能在上楼时找到点有力线索也好……我一边做着我的春秋大梦，三步并成两步地往上爬，只可惜天底下没那么多好事，一路走来都没什么发现。

罢了，或许我就是缺乏一心多用的本事，一面急着爬楼梯，一面寻找线索，实在太困难了。既然如此，不如我就化身成越野赛跑的跑者，一股作气地冲到三十楼吧？这大概是唯一一件今日子小姐办不到，而我办得到的事了——正当我下定决心的时候。

大概也是爬到十楼的时候。

从正上方——传来巨大的声响。

我立刻抬头看，映入眼帘的只有通往十一楼的楼梯内侧，完全看不到那边发生了什么事。虽说是逃生梯，但挑高挑得奇形怪状，所以只知道声音来自正上方，却无法判断是从哪一层楼传来的。

而且那声音不只响一次，是在短时间内“咚！咚！咚！”地连续响了好几次，听起来感觉像是“有东西从楼梯上掉下来”的声音，也像是在搬运大件行李时，不小心手滑砸落地的声音。

是呀，认为是正在走楼梯搬运画布或模特儿石膏像的住户不小心手滑，应该比较正常吧……那么，我也应该改变方针。

在查访住户时，我已经和工房庄的大多数住户打过照面。直接和他们谈话的是今日子小姐，所以他们对我可能没什么印象，但是若看到在今日子小姐背后散发出压迫感的那个“市政府派来的调查员”至今还在大楼逃生梯中晃来晃去，应该会觉得很可疑吧。如果是今日子小姐，或许会一脸没事人的样子，我可是会把心虚写在脸上的那种人，还是避免与人打照面方为上策。

不过……我想到一件事。

虽然我直觉地认为那听起来像是“有东西从楼梯上掉下来”，所以也可能是“有人从楼梯上滚下来”的声响。不是手滑，而是脚滑——

“唔……”

从这里无法判断是手滑还是脚滑，但如果是后者，可能会需要帮忙。

的确声音很大，但似乎也不用想太多。就算真的有人脚底打滑，也不见得一定会受伤，而且毕竟我还有任务在身，没有必要特地过去凑热闹。

然而在脑中的理性下定论之前，我的身体就已经先采取行动了——我以最快的速度冲上楼。

因为我已经想到最糟的可能性——真是的，我完全被今日子小姐感化了，才会妄想自己也能像她一样。明知不会因为今天开始模仿她，当天就能突然达到她的水平。

但是在我冲上楼的时候，如此冷静客观的心情也烟消云散——是呀，只不过就是上楼而已，不会有任何损失。如果只要如此举手之劳，就得以排除最糟的可能性，不是很划算吗？倘若什么事都没有，不就可以放心了吗？反正又不是勉强自己做办不到的事，只是做自己能做的事而已。尽力做能力所及的事——而已。

大约在加速冲刺将近十层楼之后，展现在我面前的，却是比最糟糕还糟的情况——不，或应该说是比糟还更糟糕吗？

总之，这是完全超出我想象的——糟糕情况。

“今……今日子小姐？！”

忘却侦探——掟上今日子，就倒在工房庄十七楼和十八楼之间的楼梯间中。

9

我都不知道眼睛该看哪里了。

今日子小姐躺在我面前，原本穿在身上的裤子整个松脱，点缀着蝴蝶结的蕾丝内裤全都露了出来——不，用“松脱”来说明不甚正确，正确地说是整件裤子都散了。

她为了变装而临时缝制的衣服……说来，她是说过“动作太大的话，随时都可能会解体”。看样子，似乎是从楼梯上滚下来的时候扯断了缝线。

“……”

我无暇细想，先冲向今日子小姐。脱下自己的外套，遮住她的下半身，在她身旁蹲了下来。

只见她双眼紧闭，似乎失去了意识——但是摸她的脖子，还有脉搏，也感觉得到体温。把耳朵凑近去听，还可以听到呼吸的声音——太好了。比最糟还糟，糟到极点的状况似乎没有发生。

我调整今日子小姐的姿势，希望让她舒适些……动作虽然不如今日子小姐那般利落，但身为接受过保安公司正规训练的人，还算清楚该怎么处理这种情况。楼梯间虽然不算宽敞，所幸今日子小姐的个子娇小，还能让她把脚伸直。我把已经不成裤子形状的布条折叠卷起，当做枕头用……该说是有样学样吗？但这种程度的应变根本及不上今日子小姐之前施展的水平。

似乎没有外伤或出血，也没有目视可见的骨折。那么，能做的就仅止于此。应该说，该做的也到此为止。从刚才的巨响听来，好像摔得很严重，万一有脑出血，随便移动可就大事不妙了。虽说呼吸也很稳定，看起来就像是睡着了一样，我想应该没什么大碍……

可是，我却也无法因此松懈，紧接着又从楼梯间往上看。楼梯尽头是通往工房庄十八楼的门。今日子小姐是从那里摔下来的吗——不是。

不是摔下来的。

虽然我跟今日子小姐共同行动的时间不过半天，但就我所知，今日子小姐绝不是会踩空的人。擅于一心多用，同时处理好几件事情的她，可能会让人以为她是个注意力散漫的侦探。但是相对地，正因为今日子小姐能一次处理那么多件事，纵使她在做别的事，也必会顾及脚下的事，绝不会失足跌倒。

对了。

当时从楼上传来的声音让我想到两个可能性，一是“有东西从楼梯上掉下来”，二是“有人从楼梯上滚下来”……光是这样或许已经想太多，但如果我是今日子小姐，应该会想更多、想更远吧。

像是想到“有人从楼梯上被推下来”的可能性……而看到此时此刻今日子小姐的状态，显然这绝不是想太多，而是理所当然的推理。

实在不该让今日子小姐单独行动的——无论她说什么，我都应该陪在她身边，不应该分头调查。因为，如果今日子小姐的推理没错，刺伤人的犯人就在这栋工房庄里。

我怎么会蠢成这样。

或许是因为受到和久井老翁想包庇犯人的成见影响，我总有种这件事的犯人“其实是个好人”的印象……好似那个人会是无害的。

然而，冷静想想，那个人可是捅了和久井老翁一刀——而且还是将老人捅成放着不管可能会死掉、现在还在生死边缘徘徊的重伤状态，但我却蠢得完全没想到要亲手揪出这个人是多么危险的一件事。

找出犯人，劝他自首。

今日子小姐在理解和久井老翁的心意之后，决定采取的行动或许带有某种高尚的情操，但是完全没把风险考虑进去。面对面去接触刚刚才出手伤人的犯人，还以为能全身而退，未免太过乐观了。

假设犯人就在查访时见过面的住户之中——如果除了剥井弟弟以外，还有人看穿今日子小姐撒的谎，只是没有点破呢？若是那个人动手伤害到处打探消息的今日子小姐，也一点都不奇怪。

要是犯人以为自己已经杀死和久井老翁，或许会有“杀一个人跟杀两个人没什么两样”这种可怕的想法。虽然是既不合理、也没效率的判断，但人类有时候就是会采取这么不合理又没效率的举动。

这真的只能说是我们太大意了。

没有调查权，同时意味着万一有什么突发状况，也无法保护自己——明知如此，还在没有人委托她的情况下，自发性地展开调查的今日子小姐，就算被人从楼梯上推下来，或许也只会被当作是自作自受。

或许没有同情的余地。

但我心中仍充满了对犯人的怒火——居然这样对待想赶在警方展开调查以前，劝他自首的今日子小姐。

现阶段还不清楚犯人为什么要刺杀和久井老翁，两人之间发生过什么事——所以关于这点，我可能没有立场说什么。身为局外人的我，可能也没资格批评工房庄的那些规矩。但是无论如何，惹出这风波的犯人都没有任何理由可以加害今日子小姐。

我认为这是绝对不可原谅的。

或许会违背久井老翁的心愿，或许也会违背今日子小姐的心愿，但是事到如今，已经不能再用包庇犯人、劝犯人自首这么温吞的态度应对了。

这是两起杀人未遂案——应该马上打电话报警。自作主张进行调查的我和今日子小姐肯定会被骂得狗血淋头，但现在已经顾不得这么多了。

虽然若去考虑各种可能性，今日子小姐自己失足也不是绝无可能，就算是被人推下楼，也不见得就是这次凶案的犯人干的……但是不赶快报警的话，犯人可能就会逃出工房庄了。

这么一来，无论如何都不可能再私底下进行调查——虽然时间还没到，但是如果要弃权的话，只能趁现在。

我拿出手机——不，是想要拿出手机，但手机不在我长裤的口袋里。难道是忘在地下室了吗？不对，是放在盖住今日子小姐下半身的外套口袋里。

想起这件事，我把手伸向外套——就在这个时候。

“……”

今日子小姐静静地睁开双眼。

“唔……唔哇！”

我连忙把手缩回来。要是被她误会，以为我想对失去意识的她动手动脚，那我可就跳到黄河都洗不清了。虽然没能拿回手机，但今日子小姐总算醒来了，真是谢天谢地。

“今日子小姐，你不要紧吧？啊，不要勉强坐起来，保持这个姿势比较好！”

要是突然坐起来可能会走光——我没有讲得这么明白，但她似乎听进我的忠告，维持躺在楼梯间地板上的姿势，视线忙碌地四下游走。看似一下子反应不过来，又像是陷入了混乱……这也难怪，光是想起被人从楼梯上推下来就已经够恐怖的吧。

不，等一下哦？

被推下楼的时候，今日子小姐该不会看到对方了吧？从时间上来推测，大概是在拜访剥井弟弟之后，今日子小姐不知为何在回程不搭电梯而选择走楼梯，于是被人从背后推了一把……不过，她摔下来的时候，或许是因为在楼梯上翻滚了两三圈，今日子小姐最后是仰躺在地板上。那么，她在昏倒前目击犯人的可能性就很大了……知道犯人是谁的话，谜底就将在此揭晓。

就结果而言，今日子小姐以身犯险的行动，终究解开了谜团——于是我满心期待地开口问：

“今日子小姐，你还记得是谁推你下楼的吗？”

这是个在认定她记得的前提下，有点冒失的问题。但是今日子小姐就这么躺在地上，摇摇头如此说：

“我连你是谁都不记得了……”

10

今日子小姐只有今天。

一到第二天，就会把昨天忘掉的忘却侦探——然而我却误会了这个意思，也或许只是因为今日子小姐的说明不够清楚……仔细想想，不管是今天还是第二天，人类的脑子又不是机械化的系统，记忆怎么可能刚好在凌晨零点的时候重置。

体内生物钟未必与地球的自转一致。

既然如此，该如何认定“今天”这个概念呢？看来今日子小姐定义很简单——一觉醒来就是第二天。

换句话说，今日子小姐会在睡着的时候丧失记忆。

不只是单纯的睡眠，昏迷或失去意识之类的情况，似乎也包含在其中。

听起来虽然荒诞无稽，但比起记忆一天就会消失的说法，记忆因睡眠而重置的说法感觉上还比较容易接受——应该是说，也只能相信是这样。

因为那是今日子小姐亲手写在自己左手臂上的内容，由不得我不相信。

“我是掟上今日子，侦探。记忆会在每次睡着的时候重置。”——只见她挽起袖子的雪白肌肤上，有着用极粗签字笔写的这样一行字。

今日子小姐说那确实是她自己的笔迹。

该说是不做记录的忘却侦探唯一的备忘录吗……当剥井弟弟开玩笑地说要帮她画裸体素描时，她会回以“有些原因而不能脱”，大概就是因为身上写着这些字吧。当然，倒也不是说没有这些字她就会宽衣解带。

正因为有这个最基本的记录，她才不至于连自己是谁都不知道。但这么一来，就算今日子小姐目击到推自己下楼的犯人，也都不记得了。

不仅如此，就连和她一起行动了半天的我是谁，还有自己为什么会在这栋大楼里的事也都忘了。

和我的关系又回到初次见面，当然也完全不记得和久井老翁遇刺的事。

忘了自己曾经查访过工房庄所有住户、忘了工房庄是什么样的地方，当然也忘了稍早前灵光一闪——对裱框师和久井和久最后大作的见解。

与这件事有关的一切，都凭空消失了。

长达半天的调查活动，至此全部化为乌有，这是令人无法不感到痛心的事实。早知道也至少先问出她认为谁是那个被选中的幸运儿……心里虽然这么想，但是换个角度看，或许这样也好。

不管怎样，今日子小姐已经恢复意识了，而且看样子除了丧失记忆以外也并无大碍。既然如此，她忘记这件事反而是件好事，对和久井老翁虽然有点不好意思，但现在正是撤退的最佳时机。

“去看医生吧！今日子小姐……看起来虽然没大碍，为了慎重起见，还是去做一下精密检查比较好。”

“嗯……说得也是。”

今日子小姐看似还有些昏昏沉沉地答道。她虽然已经完全忘了我的事，但凭借与生俱来的聪慧，似乎仍然猜到我是来救从楼梯上摔下的她，所以并未对我这个素未谋面的男人过度警戒。

“嗯……你是亲切先生……对吧？可以请你就这样把外套借给我吗？因为这条四分五裂的裤子几乎没法穿了……请让我用来围在腰间。”

“啊，好的。当然，请用。那件外套就送给你。”

我也失去了冷静，一句话讲得颠三倒四的。

“不过，我想我的手机应该放在口袋里，可以请你把手机还给我吗？我要叫救护车。”

“我想应该用不着叫救护车……”

今日子小姐边说边从外套口袋拿出我的手机递给我。是因为被我搭救而感到受之有愧吗？总觉得她过于听话——乖得像是装出来的。

从楼梯间走到十七楼，开门来到走廊上——当然是为了搭电梯回一楼。然而，今日子小姐兴致盎然地把（她应该已经看过一遍的）工房庄内部又再看了一遍，跟着我走进电梯里。

看样子，这个人一旦不是处在工作模式下，感觉真的就只是个大大咧咧的小姑娘……也对，如果她在平时也是那样风风火火地动个不停，就算是想带她去看个医生，我可能也办不到。

“……嗯。”

想要学今日子小姐在工作时的一心二用，我试着在移动时叫救护车，只可惜在电梯里收不到信号。

对了，不只救护车，原本也想顺便报警……嗯，还是先送今日子小姐去医院再说？

万一不小心让今日子小姐知道发生在地下室的事，难保她不会又开始行动。目前看来，她似乎尚未深思自己为什么会在这里，但只要有个风吹草动让她想起自己是来这里工作的，难保会发生什么事。

我想趁她发现以前，先把她塞进救护车里……明明知道并无大碍却还是想叫救护车来，就是基于这个用意。

然而，当电梯抵达一楼时，我还是没能打电话叫救护车——因为电梯门一打开，我就碰到一张熟面孔。

不是别人，正是剥井弟弟，他似乎要上楼，虽说他身为工房庄的住户，会在这里遇见他也很自然，但是这下子惨了——我在心里暗叫不妙。

因为今日子小姐才刚见过剥井弟弟——如果只是要跟剥井弟弟来段鸡同鸭讲的对话倒也罢了，要是剥井弟弟重提刚才与今日子小姐聊过的内容，事情就会（对今日子小姐）穿帮了。

不，等等，今日子小姐刚才也不见得与剥井弟弟见过面……像这样会在一楼遇到他，就表示剥井弟弟刚才出去了……可能又是去哪家美术馆画图，所以今日子小姐去剥井弟弟房间拜访的时候，他可能不在家。

这么一来，剥井弟弟应该是现在才第一次看到白发的今日子小姐吧——可是，他看起来一点也不惊讶的样子。

那，他刚才果然还是在房间里见过今日子小姐，现在只是刚好去附近走走吗？如果是出去画图，却又没带素描本和铅笔……

“哎呀，真可爱的弟弟。你是亲切先生的朋友吗？初次见面啊。”

今日子小姐毫无心机，低头打招呼。

事到如今，又窥见她好像喜欢小孩的一面……或许这是她在工作之外，不加矫饰的模样，但是可以的话，希望她不要再给我增加新设定了。

“大叔。”

幸好剥井弟弟对今日子小姐的寒暄充耳不闻——他指着我手中的手机。

“可以把你的手机借我一用吗？”

“咦……可以是可以，但你要打给谁？”

“警察。”

剥井弟弟说道。那口气一点也不像个孩子，没有半点抑扬顿挫。

“警察？为什么？”

“这还用问吗？”

剥井弟弟这时才转身面向今日子小姐——面对满头白发的侦探。他盯着她几秒之后——平静地开口说：

“因为是我刺伤老师的。”

11

剧情就此急转直下，迎向圆满大结局——这也太莫名其妙了。不理会还陷在混乱旋涡中打转的我，剥井弟弟真的用我的手机打电话给警察。他单方面地报上姓名、告知地址、说自己杀了人。然后仿佛什么事也没有地把手机还给我，从我旁边走过，走进电梯里。

“剥、剥井弟弟……”我好不容易才喊出声，“你、你为什么……”

“可以让我一个人静静吗？可能免不了被加油添醋一番，不过详细情况你看了明天的早报就会知道了。”

剥井弟弟不容我发问。说完，他转向今日子小姐。

“那个……”话说到一半却又吞回去，“没什么。”

最后他只丢下一句。

“拜拜啦！今日子小姐。”

剥井弟弟摁下电梯的关门按钮。

“等等……”

虽然完全搞不清楚状况，也知道不能就这样放他走，我摁下电梯向上的按钮，试图阻止电梯上楼，但今日子小姐抓住我的手臂，摇摇头说：

“让他走吧。”

“可、可是……”

“由我来负责解释吧——亲切守先生。”

她连名带姓地称呼我，让我觉得不太对劲。奇怪？从我在楼梯间救了今日子小姐之后，至今尚未报上自己的全名，只说了亲切这个姓。而且我今天穿的是便服，当然也没别上名牌。她怎么会知道我的名字是“守”？

她应该已经不记得我了啊……

在我还兀自怔忡的时候，载着剥井弟弟的电梯已经上楼——摁再多下也无法让电梯停下来了。

“请往这边走。”

今日子小姐走向逃生梯——我一头雾水地跟在她背后。看样子，今日子小姐打算前往地下室。要在那里解释吗？既然剥井弟弟已经打电话报警，不用五分钟，警方就会赶到现场，已经没有时间在案发现场慢慢解释了。

“只要给我五分钟就够了——我将用最快的速度揭开谜底，别担心。”

今日子小姐从容不迫地说完，走下楼梯——她的脚步十分坚定，没有半点迟疑。果然，她就算是倒着走也不会失足跌倒——而且听她的语气，仿佛根本就清楚记得地下室发生过的事。于是我一踏进工作室，就直接问她：

“今日子小姐，你该不会……还记得这次的事吧？”

“没错。我记得一清二楚。”

“这、这是怎么回事？忘却侦探不是一睡着就会失去记忆吗……”

“是的。我没骗你。我怎么会欺骗亲切先生呢——只是当时的我，并没有昏过去啊。”

只是假装昏过去而已。

所以没忘记。

今日子小姐脸不红、气不喘地说——就算说得脸不红、气不喘，这不就是骗我吗……明明已经看过今日子小姐一路蒙骗工房庄住户的模样，甚至还提高警觉以防被她耍弄，却仍然被唬得团团转。

可是，她为什么要扯这种谎？而且还连我都骗。

“那……那你也知道是谁把你推下楼的吗？该不会是剥井弟弟吧？”

“没人推我下楼——我是自己摔下去的。因为是自己摔下去的，所以才免于昏过去。”

“什么？”

这句话没头没尾，让人难以理解，但唯一能确定的是，里头并没有“不小心跌倒”的意思——纵使如此，我还是一头雾水。

今日子小姐把我留在地下室，独自一人行动的那三十分钟里，到底发生了什么事？

“我会负责向你解释的。请不要着急。急也没用，随着剥井弟弟的自首，事情已经解决了。”

“咦？啊，可是……”

我看了一眼放在房间角落的双层柜，柜子旁边还堆着我抽出来的书。

“那这些该怎么办？我在书页之间还没有找到任何东西……”

“哦，没找到就没找到，如果真找到什么才会把我吓死呢。因为那只是我用来作为和亲切先生分头行动的借口罢了。”

今日子小姐若无其事地说道。也就是说，她故意让我做些不必要的工作吗？假借分头行动之名，把我困在地下室……她则利用那段时间去找剥井弟弟密谈吗？的确，要我再检查一次今日子小姐已经检查过的地方，原本就像是浪费时间的工作……

“因为我无论如何都想一个人去见剥井弟弟——顺便告诉你，因为实在没时间，我上楼时是搭电梯上去的。”

“什么……”

她说要解释给我听，但讲的都是一些令人摸不着头脑的话，我反而愈来愈困惑了。

“欸？呃，你的意思是说……你去找剥井弟弟，并不是要问他与和久井先生最后大作有关的事，而是去劝那孩子自首吗？”

“嗯，没错，就是这样。细节我等一下再告诉你。”

“可是……你当时不是说，还不知道犯人是谁吗？”

“那是骗你的。”

那也是骗我的啊。

那落落大方、丝毫没有一点罪恶感的态度，达到如此境界，我只能佩服。当然，对于她说了那么多谎，尤其是假装昏迷这件事，真的因此为她担心的我实在有很多话想说，但我更在意的是——她怎么知道剥井弟弟就是犯人呢？

“那你从什么时候……开始怀疑剥井弟弟的？”

这是推理小说中一定会有人问侦探的问题——基本上，侦探都会用“从第一眼看到他的时候”来回答，但是最快的侦探又更超越了这个标准答案。

“从看到和久井先生倒在这里的时候。”

“哦……啊？”

不就是发现异状的当下吗……正当在进行那迅雷不及掩耳的急救时，今日子小姐已经推理出答案了吗？在那之后的调查，全都只是验证吗？

这也太——神速了吧。

那时都还没见到剥井弟弟呢。

“是呀，严格说来，当时我还不知道剥井弟弟就是犯人。不过，我打从一开始就怀疑犯人或许就是像他那样的小孩。”

“怎、怎么说？”

“因为伤口的位置。”

今日子小姐指着自己的小腹说。由于我的外套还包覆着她的下半身，所以看不太出来，但我记得和久井老翁的伤口位置确实是在那一带。

“伤口的位置太低了。如果是成人刺成人的腹部，伤口应该再高个十厘米。”

这么一说也真的不是多了不起的推论，但确实如此——身高差异。

就像从刀子刺进去的角度可以分析出是否为自残那样——明眼

人从伤口位置就能判断出对方的身高。原来今日子小姐早就一面进行急救，一面仔细分析过伤口了。

“因此，也可以说和久井先生是侥幸逃过一劫呢！因为那孩子不够高，所以无法捅到他的心脏。”

“这就是……你刚才在地下室里提到的必然吗？”

再补充一点的话，也由于犯人是平常只拿铅笔作画的剥井弟弟，所以连拿放在现场的调色刀行凶时都没能握好。这恐怕也是一种必然。

“如果是在争执时用调色刀捅人，捅到哪里都不奇怪，但好像也没有争执——所以我当时就认为犯人若不是小孩，就是身材矮小的人。”

对了，这么说来，在查访工房庄所有住户的途中，见到剥井弟弟时，我只注意到他识破今日子小姐的变装……但其实真正应该着眼的，是“今日子小姐对于有小孩住在工房庄的事毫不惊讶”——原来今日子小姐当时就已经猜想到工房庄里有小孩了。

“所以当我见到剥井弟弟时，便对他设下各种陷阱，想要试探他。”

“……像是故意把和久井先生的伤势形容得很严重之类吗？”

“没错。还有我只说凶器是刀子，期待对方会不小心脱口说出调色刀这个关键词……只可惜他没上钩。”

好像有这么一回事——我还以为她只是单纯在问话，没想到当时侦探与犯人的勾心斗角就已经开始了。

“总之查访过住户之后，也确定住在工房庄的小孩只有剥井弟弟一个人，几乎可以锁定他就是嫌犯，因为其他住户最矮的都比我长得高。”

她大概是用自己当比例尺去衡量住户的身高……啊，所以才坚持要见过所有住户吗？她的一举一动真的都是有其用意的……不过既然有这番道理，为什么不早点告诉我呢？

“我怎么能告诉你呢？我又不是要解开这个谜，只是想完成和久井先生的心愿而已……若是如此，一旦剥井弟弟想要自首时，如果还有其他人知道他的罪行就不好了。不管这个其他人是你，还是我，都不好——因为那么一来，就称不上是自首了。”

咦？什么意思？为什么这么一来，就称不上是自首了？

“还用问吗……假使我用证据确凿、无懈可击的理论将犯人逼到绝境，要他自首的话，其实等于是让他别无选择，那跟胁迫有什么两样？如果不能让犯人基于自己的意愿自首，就不算完成和久井先生的心愿。”

说得也是……理想上或许是这样没错，但实际上这才是不可能的。如果是会基于自己的意愿自首的人，就算今日子小姐什么都不做，他也早就出来自首了吧。正因为事与愿违，犯人行凶后还逃离了现场，才让身为侦探的今日子小姐得亲自出马……嗯？侦探。

忘却侦探。

啊……原来是这么回事啊。

所以今日子小姐才会假装昏迷、假装丧失记忆吗？虽然我不清楚发生了什么事……但今日子小姐第二次去找剥井弟弟的时候，是以忘却侦探的身份去的。

露出满头白发用以揭露自己就是忘却侦探，找了个借口，把剥井弟弟约到逃生梯，告诉他自己的推理。然后大概是假装脚底一滑，当着他的面从楼梯上滚下来——

失去记忆。

其实是假装失忆。

刚才在一楼的电梯间见到剥井弟弟，打招呼的时候也刻意强调“初次见面”——装出一副初次见面的模样。

故意让剥井弟弟以为指出自己罪行的她——把一切全忘了。

用这个方法，赋予他自首的选项。先将他逼到绝境，再给他一条生路。

基于自己的意愿自首——

“呵呵。说来也真是丢脸，我没有料到裤子真的会整个散掉……不过我知道三十分钟一到，亲切先生就会来救我的。”

剥井弟弟好像是听见你冲上来的脚步声，一时吓得逃走了——

今日子小姐虽然这么说，但天知道呢？说不定就连这点也在她的意料之中。

可是裤子散掉这种事，我并不认为用一句“没料到”就能带过去……虽然不敢说她自作自受，但谁叫她满口谎言，才会遭此报应。

“你想过真的丧失记忆要怎么办吗……”

“那也无所谓呀！考虑到剥井弟弟的处境，说不定那样还比较好……但是，那样的话就无法解释给你听了。”

“……”

“然而说来惭愧，我到最后还是有个谜团无法解开，那就是和久井先生身为裱框师最后的工作——既然动机跟这点脱不了关系，也不能等闲视之——所以我真的很感谢亲切先生。托你的福，我才能解开这个谜团。”

“是、是吗……”

我以为自己会因为听今日子小姐说了太多谎话，再也不敢相信她说的任何话……但也不尽然，听到她对我表示感谢之意，我还是很高兴。

我其实有点害怕，这个人顶着一张笑意盈然、看似纯良的脸，骨子里会不会根本是个惊世骇俗的坏女人呢？比起高超的说谎能力、不会搞混自己说过哪些谎的能力——她就算说谎也会被原谅的能力之强，或许更值得大书特书一番。

“这么说来，今日子小姐一直对动机耿耿于怀呢……”

我还以为她打算从动机揪出犯人，但结果并非如此，之所以想切实掌握住犯案动机，是为了作为劝犯人自首的王牌。

追求速度之余，也绝不会轻忽关键的部分——这就是最快的侦探。

不过，如果今日子小姐说感谢我不是在说谎，给她提示的我却完全不知道和久井老翁制作画框的玄机，也实在太丢人了。

只是我虽然很想知道那个谜底，但说实话我到现在还无法接受剥井弟弟就是犯人的事实……即使他本人都承认了。

“对了，不在场证明呢？”

“不在场证明？”

“就是……我们不是在这里讨论过吗？因为楼梯上有血迹，犯人应该是趁电梯在维修时下的手。既然如此，那时人在美术馆的剥井弟弟就不可能犯案……难道那滴血迹与这件事无关吗？还是他说去美术馆是骗人的？”

“他好像真的去了美术馆，但血迹大概也是剥井弟弟上楼时滴落的，要认真找的话或许有其他血迹，只是我们没看到而已。”

“那……”

“既然前提是要让剥井弟弟自首，在这里讨论的时候，我也不希望你对剥井弟弟起太大的疑心，所以并未特别否定。然而只要单纯假设案发时间是在电梯开始维修之前，就能得出他的不在场证明其实并不成立。”

“什么？”

别说没有特别否定，她这根本是积极肯定好吗？先不谈这些，我还是不懂他的不在场证明为什么不成立。如果电梯当时没在维修，住在三十楼的剥井弟弟就会搭电梯吧？

“不不不，这可不一定。不管电梯会不会动，都可以爬楼梯吧？”

“是、是这样没错啦……”

毕竟楼梯又没有拉上封锁线，如果是重视身体健康……或是觉得爬爬楼梯可以讨个好彩头的人，也许会特地爬楼梯而不搭电梯或手扶梯吧。

问题是，我不认为剥井弟弟是重视健康的人……

“没错。可是如果只有爬楼梯才能到，就只好爬楼梯了吧？”

“嗯……如果是这样的话，的确。”

“身高。”今日子小姐说道，“亲切先生可能从小就长得很高，所以很难想到这点吧……有些小孩可是摁不到电梯里高楼层的按钮呢！”

“啊！”

不，我是上了高中才开始长高的，所以我完全能明白今日子小姐的意思。因为其实没什么大不了的，所以人们长大之后也往往不会主动提起这样的心结，但有些电梯的按钮确实是安装在小朋友怎样都够不到的位置。不只是我，很多人应该都有过这种不方便的经验吧。

事实上，今日子小姐要上顶楼的时候，也得踮起脚尖才能摁到顶楼楼层的按钮，就别说剥井弟弟还是个孩子，根本碰也碰不到吧。而考虑到他那种人小鬼大的性格，相信也绝对不会向别人求助。

……假设他只能勉强碰到十七楼的按钮呢？

可能会先搭电梯到十七楼，再从十七楼爬楼梯上楼吧？刚才说要自己一个人静静的剥井弟弟，此时此刻是否正顺着这样的动线回房呢？

这么一来——会在那里留下血迹就很合理了。

我曾经想过，这种没有无障碍设施的大楼似乎不适合年事已高的和久井老翁居住……看来对小孩来说，也绝不是栋体贴的大楼。

但也难怪，和久井老翁肯定也没有想到，日后竟然会有个才十岁的小孩住进工房庄里。

“那……你的意思是说，案发时间是在早上九点以前吗？后来剥井弟弟就去美术馆画图……为自己制造不在场证明吗？”

“不，据他所述，他似乎并没有要制造不在场证明的意图，只是当时陷入恐慌，一心想逃离现场才跑了出去……那孩子一旦方寸大乱，就会去画图来抚平自己的情绪，这点也跟我想的一样。”

听她这样说，我到底该怎么办呢？

应该要为剥井弟弟没有故意制造不在场证明而感到高兴吗？我该怎么看待到了那个节骨眼，却依然除了画图还是只会画图的他呢？

“我拿那滴血迹当借口，约他到逃生梯谈判——真正目的是要在之后从楼梯上滚下来就是了——但他似乎也没注意到自己在楼梯间留下血迹。”

实际上，若是由警方来侦办，这案子根本不用半天，只要三个小时就能解决了吧——今日子小姐若无其事地说。

只要她有心，看到伤口之后三秒内就能解决这件事了……可是今日子小姐却没这么做。不仅如此，当我开始怀疑剥井弟弟，她还不着痕迹地抹去我的怀疑，诱导我一厢情愿地为他设想根本不存在的不在场证明。

纵使用尽一切手段，也要让犯人自首……今日子小姐之所以这么做，或许不只是因为和久井老翁想包庇犯人，也因为犯人还是个孩子……但就算指出这点，她大概也不会承认吧。

对小孩也绝不手下留情的今日子小姐。

和剥井弟弟一对一谈判时，想必也未手下留情，铁定是展现大人的能言善道斩断他所有退路。尽管如此，她仍坚持要让剥井弟弟自己认罪。

比起逮捕他，更坚持要让剥井弟弟反省——我不知道这个世上有多少侦探，但是会做这种事的侦探，肯定只有今日子小姐一人。

……这种事若不是忘却侦探，或许还办不到。

“我也说过了，他还处在法律无法制裁的年纪。再加上和久井先生打算包庇他，就算真的被捕，或许也不会受到任何处罚。既然如此，问题就在剥井弟弟本人怎么看待自己做的事。”

有道理……回想整件事，就是个孩子在闯下滔天大祸后，害怕得逃走，却又无处可去，只好再回来的闹剧……不，是今日子小姐让整件事得以用这种方式落幕。

“……所以动机到底是什么？剥井弟弟为何要刺伤和久井先生呢？”

两人之间就算起了争执也不奇怪。该说他们物以类聚吗？双方的个性都很容易发火——不过应该还是有什么导火线。

所以今日子小姐才会对这点耿耿于怀吧……果然还是与和久井老翁最后的工作有关吗？

“是的。他已经告诉我了，或是说，就如同他之前的坦白。当他猜到和久井先生要求工房庄的住户们画的那些画并非‘烟雾弹’，而是所有人都被选中的时候，就直接跑去找和久井先生谈判了。我是从材料的订购数量推敲到这一点，而剥井弟弟似乎是从作画的住户说的话联想到的。他或许是觉得接到和久井先生指示画图的住户就算不只一人，但参与人数也实在太多，而因此起了疑心吧。”

“……”

昨天在回家路上与他不期而遇之时，剥井弟弟便将撒下“烟雾弹”一事评为“不是老师的作风”而面露怀疑——这么说来，他的疑虑在那时早就已经坐实了七八分。得知事情已经进展到雇用警卫的最后一步时，终于采取行动——是这么回事吗？

无论在什么样的情况下，除了画图还是只有画图的少年……

对于这样的少年而言——明明只有几个人落选，自己却在落选者的阵容里，是何等的屈辱啊。

说老实话，我不明白这种感觉。

感到屈辱多少难免，但现实中，真的会因此而出手伤人吗？又不是自己的一切都被否定了。

对剥井弟弟而言……

或许就像是一切都被否定了。

“要是和久井先生肯解释清楚就好了。事情会演变成这样，剥井弟弟固然有错，不过和久井先生也有责任。”

“你是指……身为监护人的责任吗？”

“当然也包含这个意思，但要是和久井先生肯早点告诉他就好了。爱搞神秘也不是不行，但凡事都有所谓的限度。”

“什么？”

虽说该早点告诉他……但就算告诉剥井弟弟，或许也只会让纷扰提前发生吧？因为不管事实有多残酷、多苛刻，事实就是事实……嗯？

不过今日子小姐不是已经明确否定“所有人都被选中”的假设了吗？那也是为了误导我的谎言吗？而她就是因为找到这个问题的解答，认为已凑齐用来交涉的王牌，才会把我留在地下室，一个人去找剥井弟弟吧。

“是的。从结果来看，和久井先生最后的工作并不是直接的动机。要说到动机，就是剥井弟弟的误会一场，但是我们探索此事的真相也绝非徒劳无功。要是没告诉他真相的话，剥井弟弟应该不会下定决心自首——也无法自首吧！”

倒也是，倘若动机只是来自“明明有那么多人被选中，自己却被排除在外”的愤怒，早在今日子小姐与剥井弟弟第一次见面的时候，谜底应该就可以解开了。只是我万万没想到，原来误会也可能会成为动机。

可是，若是一切到此结束，剥井弟弟一定不会反省——也不愿反省吧。只会变成他与和久井老翁的意气之争，没有今日子小姐介入仲裁的余地。然而，如果他的动机只是一场误会呢……解开这个误会，或许就能融化剥井弟弟冰封的心。

“可是……是什么误会呢？和久井先生到底在想什么，怎么会订那么多材料，请那么多人作画呢？”

我确认了一下时间，开口问道。

虽然因为剥井弟弟已经主动打电话报警，应该就不需要再赶时间才是，但从今日子小姐开始解谜，已经过了四分钟以上，警车也差不多该到了。身为整件事第一发现者，必须向警方说明的事多如牛毛，大概再也没机会跟今日子小姐说些什么了。

速度最快的忘却侦探，似乎背负着总是被时间追逐的宿命。

那么，至少得让我知道事实的真相吧——和久井老翁要我保护的，究竟是什么样的工作？传说中的裱框师，人生最后的工作到底是什么……

“既然和久井先生没有打算给每张画都裱上框，那还是只有一个人会被选中吧……难道，那个人其实是剥井弟弟吗？”

虽不知这和今日子小姐至今的论述是否有分歧，总之我先提出一个假设。也就是说，目前所有受托作画的住户都是‘烟雾弹’……

“如果是这样的话就太美好，但是以误会来说也太悲哀了。既然和久井先生没有委托剥井弟弟作画，就没有这个可能性。”

“那……果然还是他一开始讲的，只有一个人的作品会被采用，其他人描绘的作品都只是‘烟雾弹’吗？”

要是能证明这一点，多少能安慰到剥井弟弟吧……但纵使如此，“自己并非首选”这点并没有改变，严格说来，这也不算误会。

搞不懂。今日子小姐是如何融化剥井弟弟的心？光用证据逼问对方的话，铸下大错的犯人就算会自白，也不会自首。“我干的”这种话谁都会说，但是到底要怎么做，才能让人坦承“我错了”呢？

“我不是说了吗？而且那想法可是亲切先生你告诉我的呀——只要从外框反过来推测内容就好。”

“你太过奖……不，就算你这么说，事情也没有那么简单啊！光是要从大量的材料想象出要做成什么画框就很困难了，更别说还要从画框推测究竟是要用来裱什么画……”

“嗯？啊，不是，不用想得这么复杂呀！只要单纯地从材料份量来看就可以了。”

“咦……”

份量？大量订购的材料……等等，这么一来，不是又绕回原点了吗？今日子小姐之所以会觉得有异，不就是因为材料过多吗……

假设和久井先生准备的材料全都要派上用场，那不就等于他委托工房庄住户描绘的画作全部都是他想要的，最后又会归结到让剥井弟弟难以接受的结论吗？

“不是全部都是他要的。”

今日子小姐像是强调般地又再说了一次。

“是——全部才是他要的。”

“……等等，我不太懂你的意思……”

名侦探特地为我解谜，我却无法举一反三地反应过来，真是过意不去，但这却是我的真心话。

“也就是说，和久井先生打算用上所有的材料吗？因为要为大量的画作制作大量的画框，所以才订了大量的材料……”

“不是的。他是要为大量的画作制作一个大画框——可以把大量的画作全部装进去——把大量的材料全部用上的超大型画框。”

“超、超大型……画框？”

“就像拼图那样啊！”

今日子小姐看向地面说道。她用画板做的拼图，还一片片散落在地上。

“和久井先生委托大家作画的尺寸虽然大小不一，但我想只要像七巧板那样组合起来，就会成为一个工整的长方形。和久井先生打算将其视为一块完整的画布，为其制作一个大画框。”

“……”

所以——并非全部“都”是他要的，而是全部“才”是他要的。把大量的画作聚集起来，才能拼成一幅完整的画……

和久井老翁企求的是一幅工房庄住户的集体创作吗？倘若把工房庄本身视为一项他的创作，的确是没有比这更适合他最后的工作——人生集大成的规格。

如此也能解释为什么他人生最后之作，不是选择有名气的大师真迹来裱框，而是要采用未来画家的作品了——甚至让人觉得和久井老翁十年之前兴建工房庄，该不会就只是为了这个吧？这个理由比什么想报恩、想回馈、只是兴趣什么的，都更能让人信服。

把委托的画作全都摆上去，制作一幅宛如拼图的画。

的确，这样就能把大量的材料全部用上，而且也不用怕秘密会曝光。这该称之为分工吗……虽说连画的人也不知道自己画的是哪个部分。

不过，居然真的要做超大型画框……他是说过最后的工作工程量庞大，没想到还真有如字面上的意思。

既然如此，也能理解和久井老翁会雇我当警卫的原因了。在这间地下室里不可能制作这么巨大的作品。按照今日子小姐的推测，应该就连材料都装不进去——那么势必得另外租个仓库。

所以他真正要委托我的，并非是在工房庄里保护他，而是保护他在移动时的安全。或许还会要求看起来颇为强壮的我，顺便帮他做些杂事吧。

“可是……不只是大小不一，就连大家描绘的主题也都不一样吧？把那些画摆在一起，真的能变成一幅完整的作品吗？该说是会互有冲突，还是要说是格格不入……总觉得只会像一张大杂烩吧。”

“你听说过马赛克镶嵌艺术吗？那是一种按照颜色将大量的图片分门别类，拼成另一幅完全不同图画的手法。通常都是用照片来制作就是了……我猜和久井先生是打算制作同样的东西。”

“用照片拼出另一张照片……”

乍听之下没什么概念，但仔细想想，确实好像在哪里看过。记得我看到的不是用照片，而是用动画截图拼成的……总之，就是将每张照片都视为一个点，运用其画面中的主要色系，有计划地把这些点摆在一起，呈现出另一幅完整的画。

依颜色分类的——拼图。

对了。

今日子小姐或许只是为了争取时间不让我离开地下室，但也因此让我翻到那本放在双层柜里的杂志，得知了和久井老翁曾经立志当画家的过去。

对于过去放弃了画家之梦的和久井老翁而言，这或许是最后的挑战……他打算把绘画本身当颜料，挥洒出一幅宏大的作品。

这般创意与规模。

我不禁佩服他的执着。但在佩服同时，也有些无言。

这种想法太天才了，平庸如我实在难以跟进——无端被卷入这个计划的工房庄住户，应该也会觉得很困扰吧。

要是能先取得大家同意也就算了，但这样瞒着工房庄的住户秘密进行，实在让人不敢苟同……不过，比起要他们画一堆只是用来掩人耳目的画，这作为拼图用是还好一点。

工房庄住户的集体创作。

如果这样能让和久井老翁光荣退休的话，住户他们也……不，等等，即便如此，剥井弟弟被排除在外的事实依然没有改变。除了剥井弟弟，还有其他几位住户也没接到作画的委托。

还有比这个更羞辱人的吗？受到排挤，连参与集体创作的机会也不给，对于尊称和久井老翁为老师的剥井弟弟而言，必定是很难接受的……不，说不定这才是最难接受的事情。

纵使向他说明和久井老翁真正的用意，剥井弟弟也只会更火大——

“没这回事，他马上就接受了，还似乎对自己的缺乏思虑感到羞耻。”

“咦……是吗？我还以为十岁左右是最痛恨被排挤的年纪……”

“跟年龄无关，因为他是个画家呀。”

今日子小姐耸耸肩。

“在帮我画肖像画时也是……剥井弟弟不是都只用黑色画图吗？”

“嗯，是呀，我第一次见到他的时候，他也说色彩很脏、很恶心……”

说到这儿，虽然慢半拍，但我也终于恍然大悟了。

“没错，就是这么回事。”今日子小姐也点点头，“和久井先生想要画的图里不会用到黑色。其他没被指名的住户，也多是基于这个理由。”

在画图的时候，难免有几乎不太会用到的颜料……也有完全不会用到的颜料。不是画功的问题，而是颜色的问题。

我边听今日子小姐解说，边想起和久井老翁曾经要剥井弟弟到美术馆来临摹有着大理石花纹的“地球”。但剥井弟弟就连“地球”也只用黑白两色来描绘——也许是我想太多了，说不定和久井老翁是想利用这个指示,促使剥井弟弟运用“其他颜色”来画图也说不定。

“的确……画图的时候，黑色很难处理呢！除了会压过其他颜色之外，严格说来，黑色也是自然界里不存在的颜色……”

再怎么说，也是颜料要配合需要，总不能配合颜料来画画吧。硬是要用的话，只会搞得像屏幕出现坏点，如果剥井弟弟的目标是当个画家，那么这个真相的确会让他只能哑口无言。

“就是说啊。所以我给了他一个建议。”

“建议？”

“没错。因为剥井弟弟对于和久井先生的阴谋……抱歉，是对于和久井先生的计划太惊讶也太沮丧了，所以在摔下楼以前，我稍微逾越了侦探的本分，给了他一个外行人的建议。‘既然如此，你就跟其他没被指名的住户一起请和久井先生最后再补上一笔工房庄全体住户的签名不就好了吗？’如果是签名，就算是黑色也无妨吧？”

“……”

原来如此，确实是逾越侦探本分的建议……但，或许让剥井弟弟决定自首的，既不是事情的真相，也不是谜团的解答，而是这个外行人的建议。

那个觉得色彩斑斓的大理石花纹很恶心的少年，也或许能经由这五颜六色、百味杂陈的事件而有点改变吧。

此时，耳边传来鸣笛声。

是警车的鸣笛声——也是时间到的提示音。

“接下来，”今日子小姐说道，“就让我们也来向剥井弟弟学习，跟警察伯伯道歉吧！我们不但没报警，还擅自调查，结果什么忙也没帮上。好好为此说声对不起，然后好好地被警察伯伯骂到想哭吧。”

“……是呀。”

名侦探召集众人，说声“接下来”后便开始解谜——不过看来这位名侦探，非但不召集任何人，而且还是在解完谜后，才终于开口说声“接下来”。

的确，身为大人，接下来才是重头戏。

附记

如此这般，时光荏苒，又过了半年。

即使不是忘却侦探，这段时间也足以让人忘记很多事，就在这个时候，我的手机接到一通电话——那是储存在通讯簿里的号码，液晶屏幕上显示着“置手纸侦探事务所”。

真奇怪。

我和今日子小姐在那以后——被警察连祖上都挖出来问以后——就再也没有见过面了，不消说，她应该已经把我和那件事都忘光了才是。

果不其然。

“你好，我叫掟上今日子。”

她一开口就自我介绍——但接着却这么说：

“方便的话，可以请你马上过来我的事务所一趟吗？我有很重要的事要跟你说，在电话里讲不清楚。”

“……”

我一头雾水。会是什么事呢？不过在那之后，我一直没找到新的工作，时间多的是，所以也没想太多，就答应要过去拜访。

好久没看到今日子小姐了，若说心里没有半点喜悦是骗人的……只是，对方已经忘了我，所以这应该不是约会的邀请吧。

裱框师——和久井和久与工房庄的住户共同制作的划时代大作，前几天已经开始在我曾被派驻的那家美术馆里进行特别展示了，如果今日子小姐还记得发生在工房庄的事，或许是打电话来约我去看画展，但唯独在忘却侦探身上，是不可能发生这种事的——算了，我也收到剥井弟弟寄来的邀请函，改天再自己去吧。老实说，要我独自前往那家开除我的美术馆，真的是非常尴尬……只可惜，我也找不到愿意陪我一起去的人。

之所以选择那家美术馆来展示完成的作品，大概是引起大骚动的和久井老翁想表达最起码的歉意吧——所以，虽然我百般不想踏进那家美术馆，但就连那个老人都愿意放下身段了，我也得大方一点才行。

还听说他在出院以后，还为了那天被他用手杖敲破的那幅画的作者——同时也作为复健用——着手制作了画框。

……虽然和久井老翁身体顺利康复，也没有留下后遗症，但听说要是再晚一点发现，就会有生命危险，幸好今日子小姐的急救完全是医疗从业者的水平。也正因为如此，警方虽然把我们骂得狗血淋头，却也没追究我们没报警就自行玩起“侦探游戏”的行为。

然而，就连被骂到狗血淋头的事她也应该忘得一干二净了。关于这点，我真的觉得今日子小姐实在是很狡猾。

当然，剥井弟弟刺伤和久井老翁仍然是无法饶恕的行为，但因为是自首，而且本人也已经深刻反省，再加上身为被害人的和久井老翁算是他的监护人，最后以接受保护管束处分了事。

不只伤人者在反省，被捅一刀的人也检讨了，结束复健，再度展开最后的工作时，听说和久井老翁也向工房庄的住户坦承一切。想必也有人怒不可遏，但是看到完成的作品，最后还是达成共识了吧。

既然如此，就等看到那幅作品后，再来决定对和久井老翁及工房庄的评价吧。工房庄里有没有艺术家，答案肯定就在展示里。我也很想知道剥井弟弟那歪七扭八的字，究竟会变成什么样的签名。

在东想西想的时候，我已经抵达置手纸侦探事务所了——第一印象是惊讶。因为她说是私人的事务所，我一直以为是坐落在住商混合大楼里的某个斗室，没想到是一栋自有楼房。

三层楼的簇新建筑——虽然远不及和久井老翁的工房庄，没想到今日子小姐名下居然坐拥这样的豪宅。

她该不会是千金大小姐吧。

这么有钱，却又对钱那么锱铢必较……不过，听说发生在工房庄的那件事，她后来好像没收到报酬。毕竟和久井老翁没能在当天清醒过来，身为忘却侦探，这也是无可奈何的事。

想起今日子小姐因为白做工而懊悔到极点，比被警察骂的时候还要沮丧百倍的模样，我不禁莞尔……但或许就是因为那么贪心，才能盖出这种豪宅。

当我踏进那栋豪宅——好像是叫掟上公馆来着，不禁对里头设置的最新安保设备叹为观止，走进二楼偌大的会客室，总算和半年不见的今日子小姐再相会。

对我而言是再相会，但对于今日子小姐而言，却是初次见面。

丝质衬衫上有大片的刺绣，搭配紧身皮裙、裤袜和高跟鞋，打扮有些过于时髦，但是穿在今日子小姐身上，看起来显得很柔和，真不可思议。

她的模样的确很有女社长的派头，与建筑物相得益彰。

如她所说，除了她没有其他员工，所以今日子小姐亲自泡了两杯咖啡，放在沙发桌上，接着如此说道：

“欢迎光临，亲切先生。今天请你过来不为别的，我就开门见山直接说了——其实是我想雇用你。”

“什么？”

这也太直接了，直接到我听不懂她在说什么。今日子小姐似乎觉得我如此惊慌颇有趣，微笑着说道：

“毕竟我们做侦探的很容易招人怨恨，所以相当注重人身安全。”

对了，她不是一般的侦探，而是忘却侦探——就算招人怨恨也会忘记，所以风险比一般侦探还要高出许多吧。可能也因为如此，这栋豪宅才会像是安保设备展销会一般……

“是的，可是把风险管理都交给机械设备的话，还是有些不安……所以我每天都想着要拜托信得过的人。”

“每、每天吗？”

每天都想起，然后每天都忘记吗……

“虽然这么做实在很失礼，但我已经对你调查了一番，听说亲切先生现在正在找警卫的工作。”今日子小姐说道。

调查——是侦探的本行。

一想到自己待业中的身份曝光，不由得有些难为情——如果让我找个借口，只能说之前被当作代罪羔羊解雇的事，至今仍对我求职有负面影响。

这是个狭小的业界。

和久井老翁原本要雇用我担任制作画框时的警卫一事，也因为不需要再瞒着工房庄的住户而不了了之……照这样说来，今日子小姐的邀请不只是天上掉下来的礼物，更像溺水者想抓住的救命稻草、上天垂降到蚂蚁地狱的蜘蛛丝。

“我想你已经知道了，我是个性质比较特殊的侦探……所以我开给你的条件可能有些复杂，但是这部分我会反映在薪水上的。”

她根本就是个守财奴，所以关于薪水的部分，我不敢抱太大的希望，但能从事自己想做的工作，我已经要谢天谢地了。

只是……

"感谢你愿意给我这个机会，今日子小姐，但我想我可能无法胜任。"

"哦？此话怎讲？"

"呃……不好意思，我没自信能保护好你……我想你已经忘了，但我以前曾经有过一次没有保护你周全的经历。"

严格说来，那是今日子小姐自己从楼梯上跌下去，而且还假装昏过去，所以要推托到我身上，实在过于牵强……但就算不提这件事，我也不认为自己有能力保护好今日子小姐。

这个担子太沉重了。

我不觉得自己能保护好这个人——这个视线一离开她身上，就不知道会闯出什么祸，动作那么快又自由奔放的人——而她的才华，要是没保护好也是不可原谅的。

"是吗？"

今日子小姐歪着头看我。

"可是，把你推荐给我的人，似乎不这么想呢。"

"……推荐？谁会推荐我？"

说起来，明明今日子小姐应该已经忘了我才是。我也还没问她——她是怎么会想到要打电话给我的呢？

"请问到底是谁把我推荐给你的？"

“是我本人。”

今日子小姐拿出一张纸，放在桌上。

那张纸上，有着今日子小姐熟悉的笔迹。

“我推荐亲切守先生担任掟上公馆的警卫主任。”

“……”

“我刚想雇个警卫，就找到这张纸条。大概是之前的我故意将这放在一旦我想雇人的时候就能找到的地方吧。我不知道我们一起经历过什么事，也不打算再追究，但你似乎很受到信任呢！”

受到那天的我信任——今日子小姐说。

“掟上今日子的推荐文……对我来说，再也没有比自己更值得信赖的人了。你能重新考虑一下吗？我会耐心等你的好消息。”

我受宠若惊，说不出话来。除了真的没想到自己居然这么受到信任，同时也因为刚才那番显然不信任自己能耐的言行，感到很丢脸。

这张纸条想必是忘却侦探在解决工房庄的案子后，趁着记忆还没重置以前写下的……我能够拒绝这个委托吗？我唯一能做的，就是不要辜负她的信任吧……

我如坐针毡，只想挖个地洞钻进去。为了避开今日子小姐直视着我的视线，我望向会客室的装潢。但就是个没什么特别，以白色为基调的房间，虽然很有今日子小姐的风格……忽然间，我的目光停留在墙壁的画上。

那幅画没有裱框，直接用纸胶带贴在墙上，看起来就像是从素描本上撕下来的一页——用铅笔以镂空的画法，在黑底背景里描画出白色的猫。

“哦，那张图啊？不知道是谁给我的……很可爱吧！要是能在我忘记的时候增值就好了。”

“……应该会很有价值吧。”

因为那幅画是明日天才笔下的今日天才，必会留在历史的一页里的……我心想，却没说出口。毕竟今日子小姐要是真的认为那幅画会增值，就不会随便用纸胶带贴在墙上了。

“我也觉得是一张好图。”

所以我只是简短地附和了一声。

“既是黑，也是白——分不清黑白的感觉尤其好。”

“对吧？”

今日子小姐眉飞色舞地说，仿佛是自己受到称赞。

虽然这位忘却侦探曾经为工房庄的事不顾一切地奔走，最后还以白做工的结局惨淡收场，打从心底懊恼不已……但结果还是得到应得的报酬了嘛。

所谓人生的转折点，永远不知道会往哪个方向转——不过，像今日子小姐这种，无论置身何处依旧竭尽全力的人，或许就像身手轻巧的白猫一样，不管转往哪个方向，都能得到回报。

“所以呢？亲切先生，你有结论了吗？如果还犹豫不决的话，也能先以试用的方式工作哦！不过那段期间的薪水只能给你一半就是了。”

刚刚才说会耐心等我的好消息，回头今日子小姐就催我立刻下决定——算了，谁叫今日子小姐只有今天呢？会急着要我做出结论也是理所当然。不过试用期只给半薪，就企业制度而言也太苛刻。

真是的……和这种人在同一个职场里工作似乎会很辛苦。

说来，如果没保护好就不可收拾，那也只有自己来守护了。

“……我可以提出一个条件吗？”

我再度面向今日子小姐说。

“哎呀。只有一个够吗？既然如此，我也会尽可能满足你的要求。”

“那么……”

我鼓起勇气说。

“请你现在跟我一起去美术馆，有幅画一定要让你瞧瞧。”

裱框师——和久井老翁最后的大作。

我很好奇，今日子小姐会认为那值多少钱。

写在最后

所谓善恶的界线，或许不像我们以为的那么明确，某人眼中的善，对他人而言是不可饶恕的恶；某人眼中的恶，对他人而言却是值得师法的善——这种状况实在不胜枚举。但若认为善恶有绝对标准，我倒觉得那也蛮可怕的。不用扯到“事物皆有两面性”那么远，也非“善恶端看个人解读”这种凭感觉的见解，我想人分辨善恶的根据，只纯粹取决于后天教育。简言之，人会认定所学是善者为善，所学是恶者为恶。不过只要踏出所属的集团、组织或文化圈一步，就会发现即便是完全不同的价值观仍能让世界运作，至今认定的常识根本行不通。随时贯彻信念、永不改变志向，乍听之下是很了不起，不禁觉得生而为人当如是，不过在你信念行不通之处贯彻始终、在志向受到轻蔑之处不改其志，也不会有人表扬你的。我们也许会觉得要从外面进入封闭空间很困难，可是被封闭的搞不好其实是外面，善恶这玩意儿也跟内外一样，或许轻易就能翻转。被人说“你搞错了”之时，会先怀疑是对方搞错可能是人之常情，可是当你觉得对方搞错，却又被他肯定之时，心情也会很复杂吧。话虽如此，要在心中颠覆受到教养形成的价值观，可是不容易的。虽然我认为若能培养时常反向思考的习惯，或许就能临危不乱，但也难说呐。

本书是“忘却侦探”系列的第二部作品。这一系列是描写置手纸侦探事务所所长掟上今日子小姐大展身手的作品——说是这么说，由于今日子小姐的记忆会随着每一本书重置，直接从这本开始看也是没问题的（我一直很想说说看这句台词）。虽然就连身为作者的我也不敢断言完全掌握到今日子小姐究竟是个什么样的人、什么样的侦探，但若能边写边理出头绪，应该也不错。只是当一切都清楚明白的时刻来临，这系列就得结束了，所以仍希望永远保持神秘感。这次虽以长篇小说呈现，但不管是短篇小说或中篇小说，都期盼能让今日子小姐悠游其间。谢谢阅读《掟上今日子的推荐文》。

感谢 VOFAN 为本书画了这么漂亮又契合内容的封面插画。第三本我也会用最快的速度写好，届时还请多多关照。“文艺第三出版部”的各位老师，未来也请继续陪我走下去。

西尾维新

第 12 届本格推理小说大奖

[日] 城平京

虚构推理

译者：

警部殿

深夜，挥舞巨大钢筋袭击人类的亡灵“钢人七濑”。是单纯的都市传说，还是真正的亡灵？给予妖魔鬼怪们智慧的巫女——岩永琴子，与之正面抗衡。为了消灭由人类想象力创造的恐怖妖怪，为了对抗虚构，琴子设下了由虚构组成的重重机关。空前绝后的推理能否成功？

第 23 届梅菲斯特奖

[日] 西尾维新

斩首循环

译者：

胡环

无私关爱他人是一种才能，与其他所有才能相同，不具备的话另当别论，具备却不施展和发挥实在是不应该。我，单纯老实，辨别不清生活中的谎言、伪装等事物。四月，陪同朋友玖渚造访某财阀千金居住的绝海孤岛。没想到受邀而来的访客皆是各个领域出类拔萃的天才，自己与他们相比简直判若云泥。经历了岛上的杀人事件，我深深感受到了“才能”这一概念的分量。而这，就是要讲给大家听的戏言。

《掟上今日子的推荐文》
绯华璃 译

图书在版编目（C I P）数据

掟上今日子的推荐文 /（日）西尾维新著 ；绯华璃译. -- 北京 ：北京时代华文书局，2019.8
ISBN 978-7-5699-3097-9

Ⅰ. ①掟… Ⅱ. ①西…②绯… Ⅲ. ①长篇小说－日本－现代
Ⅳ. ① I313.45

中国版本图书馆 CIP 数据核字（2019）第 124970 号

北京市版权著作权合同登记号　图字：01-2019-2648

掟上今日子的推荐文
DINGSHANG JINRIZI DE TUIJIANWEN

作　　者 | [日] 西尾维新
译　　者 | 绯华璃
封面绘制 | VOFAN

出 版 人 | 陈　涛
策划编辑 | 黄思远　张录宁
责任编辑 | 黄思远　韩　笑
封面设计 | T-Workshop
版式设计 | 刘艳秋
责任印刷 | 刘　银　荆永华

出版发行 | 北京时代华文书局 http://www.bjsdsj.com.cn
北京市东城区安定门外大街 136 号皇城国际大厦 A 座 8 楼
邮编：100011 电话：010-64267955　64267677　57735441
印　　刷 | 三河市嘉科万达彩色印刷有限公司 电话：0316-3156777 0316-3159777
（如发现印刷质量问题，请与印刷厂联系调换）
开　　本 | 880mm×1230mm 1/32
印　　张 | 11.625
字　　数 | 210 千字
版　　次 | 2020 年 2 月第 1 版　2020 年 2 月第 1 次印刷
书　　号 | ISBN 978-7-5699-3097-9
定　　价 | 48.00 元